JN088249

# インジョーカー
## 組織犯罪対策課 八神瑛子

深町秋生

幻冬舎文庫

# インジョーカー
## 組織犯罪対策課　八神瑛子

# 1

八神瑛子《やがみえいこ》はミニバンのなかで双眼鏡を覗いた。

百メートルほど先の木造建築物を見張っている。もとは商人宿だったらしいが、約二十年前に廃業した。家主が替わり、日本家屋風の古びた建物だけが残り続けた。

周辺もくたびれたビルや住宅が並んでいて下町らしい風情があるが、みすぼらしさは際立っていた。政党のPRポスターや探偵事務所の宣伝シールが外壁にベタベタと貼られている。

東上野の下町でも、この手のボロ屋を最近は見かけなくなった。鉄筋ビルに生まれ変わるか、巧みにリフォームされて小奇麗なカフェや料理店になっている。上野署に赴任して四年以上の月日が流れ、街の風景は変わった。

一台のタクシーが停まった。

「来た」

部下に知らせた。ミニバン内の空気がぴんと張りつめる。

隣で舟を漕いでいた井沢《いざわ》が頭をあげた。頬を両手で叩いて活を入れてから、彼も双眼鏡を手にする。タクシーを注視した。

「あきれたな。もう日も高々と昇ってるってのに」

タクシーの後部座席には、中年男がいた。名は安西達志《あんざいたつし》という。肩書きはNPO法人『ふたたびの家』の常務理事だ。

仕立てのいいダブルのスーツとノリの利いたワイシャツを隙なく着こなしている。頭髪は黒々と染め、七三にきっちり分けている。

身なりこそ立派な実業家風だが、素行がいいとは言えない。今もタクシーの運転手となにか揉めているのか、カードで精算しながら、激しい身振り手振りを交えて罵声を浴びせているようだ。登校中の小学生が怯えた表情で、タクシーの横を通り過ぎる。

安西が運転手のシートを蹴りつけてから、タクシーを降りた。身体をぐらつかせる。

昨日の夕方にここを出ると、安西は上野二丁目の歓楽街のキャバクラやカラオケスナックをハシゴしていた。同じ上野署組対課員が確認している。

昔から酒と女好きで知られており、近ごろは上野や湯島で豪遊している情報が瑛子の耳に入ってきた。彼の身辺を洗った先にたどりついたのが、この廃屋のような元商人宿だ。安西にすれば金の卵を産む鶏《にわとり》であることが判明している。

双眼鏡を持ったまま、瑛子は言った。

「酩酊のおかげで、こっちはやりやすくなるかも」

タクシー運転手とのやりとりを見るかぎり、安西の酒癖は直っていないらしい。

彼の左手の小指は欠けている。若いころに兄貴分の情婦が経営するクラブで暴れ、ケジメをつけさせられたからだ。狡猾《こうかつ》な悪党だが、酒にまつわる失敗談は少なくなかった。

瑛子は携帯端末を手にした。ハンズフリー通話で課長の石丸《いしまる》に伝える。

「安西達志《マルタイ》が職場に戻りました。これより家宅捜索《ガサ》に着手します」

〈了解。ひさびさの大ネタだ。ご機嫌斜めな署長を悦ばせるチャンスだぞ〉

井沢が舌打ちした。

「んなこと言われたら、逆にやる気が失せちまいますよ」

「恋人《カノジョ》としばらく会ってないんでしょ。今日できれいにカタをつけて、たっぷり寝技の稽古でもやり合いなさい」

井沢の肩を肘で突いた。彼の恋人は私立大学の女子柔道部でコーチをしている。

彼は目を見開いた。

「なんでそれを――」

井沢の驚きを無視し、車内の組対課員に声をかけた。

「さあ、連中の身柄《ガラ》を押さえましょう。籠城されたら面倒くさい」

女性は瑛子ひとりだけで、他の四名はガタイのいいマル暴刑事だ。

まだ季節は春を迎えたばかりで、外の気温は十度を割っている。男たちの熱気のおかげでカイロもダウンジャケットも不要だった。

ミニバンを出た。朝の冷気が頬をなでた。ふらつく安西を瑛子らが追いかける。

安西の根城である元商人宿は、一見するとみすぼらしい建物だ。注意深く観察すれば、ただのボロ屋でないことがわかる。すべての窓には、建物の色に合わせたこげ茶色の金属製の格子が取りつけられ、内側は板が打ちつけられてある。

安西が入ろうとする玄関ドアはスチール製で一切の鍵穴がなく、カードキー式だった。庇《ひさし》には人感センサー付きの防犯ライト、それにドーム型の監視カメラが設置されている。

建物とは対照的に玄関や格子はやけに真新しい。暴力団事務所を思い起こさせる。

安西がカードキーを玄関ドアのセンサーにかざし、ドアノブを摑んだところで声をかけた。

「安西さん」

「ああ？」

安西が淀んだ目で睨み返してきた。

声の主が瑛子とわかると、酔いが一気に醒めたらしい。表情を強張らせ、すばやく玄関ドアを開けた。なかに向かって、大声を張り上げる。

「刑事《デカ》だ、刑事《デカ》だ、家宅捜索《ガサ》だぞ！」

安西は建物内に入りこみ、玄関ドアを閉めようとした。

瑛子は地面を蹴って間合いをつめた。ドアの隙間につま先をねじ入れる。挟まれ、ドアの重みを感じたが、彼女が履いているのは鉄板入りの安全靴だ。安西らが瑛子を快く迎えてくれるとは思っていなかった。防刃ベストを着用し、特殊警棒と拳銃も携行している。

「上野署の者だけど、理解が早くて助かる。ついては家宅捜索の立会人になっていただきたいの」

建物内から複数の人間がドタバタと駆けまわる音がした。「家宅捜索《ガサ》だ、家宅捜索《ガサ》だ！」と、男の声が耳に届く。

「やかましい！　その汚《きた》え足をどけろ！」

安西からは、やはり強烈なアルコールの臭いがした。

彼が瑛子の脛《すね》を蹴飛ばそうとした。公務執行妨害の現行犯で捕まえるチャンスだ。

安西は堪えた。深呼吸をして足を地につけると、顔を怒りでまっ赤にしつつも薄笑いを浮かべる。

「ど、どうもすみません。ちょっとばかり酒が入ってるもんですから。家宅捜索となれば、まずはそちらの身分証明書と捜索令状を見せてもらえませんか」

井沢が警察手帳を見せながらドアに手をかけた。

「ぐだぐだ言ってねえで開けろ、この野郎。上野署ナメてんのか」

安西もドアノブを摑んで抵抗する。

「こっちもですね、とっくにカタギになって、何年も善良な市民をやってるんですよ。まずは見せるものをきちんと見せるのが、税金でメシ食ってる公務員のやり方ってもんでしょうが。一体なんの容疑で、ここを調べようってんです」

瑛子は鼻を鳴らした。場数を踏んでいる悪党だけに、いくら酩酊していようが、安西はぎりぎりのところで冷静さを取り戻している。

建物内では怒声が響き渡り、蜂の巣をつついたような騒ぎとなっている。安西が白々しく胸ポケットから老眼鏡を取り出してかけた。

彼が言ったことは間違っていないが、のらりくらりと押し問答を続けて、時間稼ぎをしようとするのは明らかだ。その間に証拠を隠されてはかなわない。

ポケットからミントキャンディーを一粒取り出した。眠気覚ましのために持ち歩いていたものだ。

「捜索令状《フダ》なら今見せるから、これでも舐めて落ち着いて」

「ああ？」

安西のワイシャツの胸ポケットに、ミントキャンディーをねじ入れた。

「口臭がひどくてたまんないから舐めろと言ってるの。そんな肥溜めみたいな臭いさせてるから、オキニのエンジェルちゃんから袖にされるのよ」

安西が薄笑いを消して、目を吊り上げた。

「んだと、コラ！」

エンジェルとは錦糸町のフィリピンパブで、安西が入れあげている娘だ。彼は歯を剝いて吠えると、瑛子の右手を荒っぽく払いのけた。

右手をさすりながら部下たちに告げた。

「公務執行妨害《コウボウ》の現行犯。引きずりだして」

「了解！」

組対課員が三人がかりで、ドアを無理やり開け放つ。

井沢が安西の胸倉を摑み、外へと引っ張り出した。ホスト風の長髪をなびかせ、柔道技の大腰をかけると、安西を地面に叩き伏せた。安西の両手を後ろに回して手錠をかける。

「ほら、手間かけさせせんじゃねえ、絞め落とすぞ！」

腰を強打した安西が、顔を苦痛に歪めながらうなった。

「き、汚《きたね》えぞ、クソアマ……」

玄関の三和土《たたき》には、安西が持っていた紙袋が落ちていた。それを拾い上げると、彼は悔しそうに口を曲げる。

紙袋のなかから、ゴムで束ねられたプラスチックの赤いカードが出てきた。ざっと二十枚といったところか。BSやCSの番組を好き勝手に視聴できる変造されたB－CASカードだ。あこぎな貧困ビジネス業者が、小遣い稼ぎのために扱う。

安西を見下ろした。

「私電磁的記録不正作出及び供用罪《しでんじてききろくふせいさくしゆつ》。それに不正競争防止法違反の容疑もプラスしておくわ」

「そ、そんなもん、知らねえ！　てめえら、手錠《わっぱ》外しやがれ。ふざけた真似しやがって、弁護士を呼べ！」

いつまでも安西にかまっている暇はない。目当てはあくまでも建物内だ。井沢を連れて土足で廊下を進む。

外見こそ長年放ったらかしにされている建物だが、室内も玄関同様にリフォームされている。もともとは六畳間や八畳間だったらしい和室をベニヤ板で仕切り、簡素な扉を設けて小さな個室に作り替えていた。

扉を次々に開けた。部屋は独居房のように狭い。布団が敷かれ、そのうえに男たちがいた。大半が何事かと目を丸くした。なかには耳が遠いのか、騒動に気づかないまま、テレビに見入っている老人もいれば、イビキを掻いて眠っている中年男もいる。年齢差はあるものの、共通するのは頭髪もヒゲも伸びきっている点で、室内は古雑誌や古着で足の踏み場もないほど散らかっている。

「うっ」

井沢が鼻に手をやった。

部屋と同じく、入所者は清潔とは言いかねた。腐敗した生ゴミにシナモンをまぶしたような甘酸っぱい臭気が漂う。住人をまともに風呂にも入れていないのだろう。ヤクザ運営の〝囲い屋〟だけに、予想を上回る荒《すさ》みっぷりだ。

囲い屋とは、生活困窮者から生活保護費を奪いとる悪徳業者だ。自立支援を大義名分として掲げ、ホームレスや野宿者を掻き集めて住居を斡旋。生活保護を申請させて、家賃や食費、光熱費などの名目で巧みに吸い上げる。

不潔で狭い部屋に入所者を閉じこめ、彼らからさらにカネを巻き上げるため、変造されたB‐CASカードを売りつける。生活保護受給者の医療費が全額公費負担なのに目をつけると、息のかかったクリニックに通院させては、高額で転売できる向精神薬を大量に詐取し続けてもいる。自立支援とは名ばかりで、むしろ入所者の自立心を徹底して刈り取るシステムを構築していた。

「うちのブタ箱よりひでえ」

井沢は鼻をつまんだ。

個室の扉には掛金と南京錠があったが、すべて外側についている。入所者が勝手に出られなくするためだろう。なかには鍵が閉まった南京錠もある。

その扉のなかから激しくノックする音がした。井沢に目で命じる。

「うす」

彼は南京錠を両手で摑むと、ドアに足をつけて掛金を引っこ抜こうとした。合板でできた扉がみしみしと音を立てる。

「コラぁ、てめえら、勝手になにやってやがんだ！」

廊下の奥から怒鳴り声がした。

ジャージ姿の若い男が現れた。今どきのチンピラらしく、頭髪をツーブロックにして口ヒゲを生やしていた。右手にはゴルフのアイアンがある。

瑛子はベルトホルスターから特殊警棒を抜いた。ひと振りして伸ばす。左手で手錠をブラスナックルのように握って、チンピラと対峙した。

井沢が掛金を壊した。扉を無理やり開く。部屋のなかから男が廊下に転がり出た。ひどく痩せ細っている。

瑛子らは息を呑んだ。男の顔面は腫れとコブで歪んでおり、何本かの歯が欠損している。

ジャージの男に目をやった。一瞬だけバツの悪そうな顔を見せる。ジャージの男は入所者を見張る看守役なのだろう。

この『ふたたびの家』周辺で訊きこみを行い、夜中に男の怒鳴り声やすすり泣きを何度も耳にしたという情報を得ていた。

ジャージの男がアイアンを振り上げた。だいぶ使いこんでいるらしく、シャフトは曲がっており、ヘッドの溝は赤黒く汚れている。

「ど、土足で踏みこみやがって。何様だ、てめえら！」

チンピラの声を無視して、瑛子は特殊警棒を正眼に構えた。

手錠を持った左手を顔のあたりまで上げ、怒気を放ちながら相手を睨みつける。今度はお前が叩きのめされる番だと。

ジャージの男は鋭い視線こそ向けていたが、瑛子が前に進むたびにじりじりと後退した。

一気に距離をつめ、特殊警棒を振り上げると、アイアンを放り出し、背を向けて奥へ逃げ出す。

「花園《はなぞの》」

若手の組対課員に命じた。

「はい」

長髪の井沢と違い、花園は頭を軍人風のクルーカットにしていた。曲者《くせもの》だらけの組対課のなかでは、堅物の部類に入る刑事だ。快活な返事をすると、狩猟犬のようにジャージの男を追いかけ、両足にタックルを決めた。男ふたりが床に倒れ、建物全体が揺れる。

中央の階段に目をやった。建物内に踏みこんだときから、建築現場にも似た、なにかを叩く硬い音が二階からはしていた。

二階こそが落とすべき本丸なのだろう。邪魔者が他にいないのを確かめると、瑛子は階段を静かに上った。商人宿時代から使用されていたらしく、飴色の踏み板に足を乗せるたび、ギシギシと音を立てる。

一階とは異なり、二階は開放的な板張りの部屋があった。十二畳ほどの広間で、複数の事務机やキャビネット、コピー機が置かれ、オフィスらしい造りとなっている。『ふたたびの家』の事務所のようだ。

ただし、空き巣にでも入られたかのように、散らかり放題だった。

書類やバインダーが床に散乱し、隅に置かれた金庫の扉は開けっ放しだ。窓の金属製の格子が外され、人間ひとりが出入りできるくらいの穴ができている。

「その程度の穴じゃ、出るに出られないでしょう」

窓の前にいる肥《ふと》った男に語りかけた。

瑛子の倍以上のウェイトがありそうな五十男だ。窓からは冷気が吹きこんでいるが、禿げあがった男の頭からは湯気が立ち上っている。

『ふたたびの家』の理事長である曽我保雄《そがやすお》だ。就寝中だったのか、ペイズリー柄のガウン姿で、へこみのある金属バットを握り、汗を大量に掻きながら肩で息をしていた。ガウンの帯が外れ、彫り物で青く染まった胸が丸見えだ。足元には、パンパンに膨らんだビジネスバッグがある。

「理事長、あなたには入所者の生活保護費を騙し取ったとして詐欺と業務上横領の容疑がかけられてる。それに向精神薬の横流し、入所者への脅迫、監禁致傷も。今度は長い旅になりそうね」

曽我の眉間にシワが寄った。

「上野《ノガミ》のメス刑事《デカ》が……。人の城をめちゃめちゃにしやがって」

「文句たれてる場合じゃないでしょう。あなたが取れる選択肢は三つだけ。そのバットで私らをなぎ払うか、おとなしく縛《ばく》につくか、その穴から下へダイブするか」

「でかい口叩きやがって。だったら、なぎ払ってやろうじゃねえか」

曽我は掌に唾を吐くと、両手で金属バットを握りしめた。

大柄な曽我が持つと、一般サイズのバットでも子供用に見える。

彼は城東エリアを縄張りとしている指定暴力団の曳舟《ひきふね》連合系の組員だった。とうの昔に組織から除籍となったものの、二年前には、建設現場に労働者を無許可で派遣したとして労働者派遣法違反で逮捕されている。

曽我の除籍はあくまで偽装で、未だに組織の幹部と目されていた。曳舟連合系の親分たちとの交流は続いている。先週も麻雀卓を囲んで親睦を深めていたという。

生活困窮者をダシにして荒稼ぎしたカネの一部は、曳舟連合への上納金として流れている可能性が高い。ビジネスバッグには、違法な手段で稼いだ現金や裏帳簿、向精神薬の横流しに使った携帯端末など、警察に見られては困る証拠類がつまっているのだろう。

曽我の巨体がゆっくりと動いた。彼の足元には、横倒しのオフィスチェアがある。金属バットを振るって払う。金属同士がぶつかる耳障りな音が部屋中に響き渡り、オフィスチェアが床を転がる。

瑛子は表情を消したまま、向きあった。特殊警棒をまっすぐ構えながら、歩み寄る。

曽我が眉をひそめた。でかい音を立てれば怯《ひる》むと勘違いしたらしい。

「ちくしょうが！」

右腕を振った。金属バットが放たれる。回転しながら飛んできたが、瑛子は半身になってかわした。

曽我が背中を向けた。半壊した窓の格子にツッパリを喰らわせる。金属棒の尖った部分で掌や前腕を傷つけたようだが、巨体の曽我が通り抜けられそうな穴ができる。

彼はビジネスバッグを拾うと窓枠に片足を乗せた。下を覗きこんで、地面と睨みあう。

瑛子は大股で踏みこんだ。曽我との距離をつめ、腰を蹴飛ばした。足裏に肉の感触が伝わる。

「うおお！」

曽我が身体のバランスを崩し、頭から外へと落ちて行った。ドスンと重たい音がする。

瑛子は窓から下を覗いてみた。曽我はなんとか受身を取ったらしい。公道で仰向けに倒れたまま悶絶している。近隣の住人が何事かと集まりだす。

曽我と視線が合った。彼は手を震わせながら瑛子を指さした。

「あ、あの……女《アマ》、蹴落としやがった」

近寄ってきた住人たちに曽我がうなった。

「てめえら、今の見ただろうが、あのメス刑事《デカ》、おれを殺そうとしやがったぞ。市民の人権をなんだと……」

瑛子は窓から離れた。あれだけ悪態をつけるのなら、そのまま署に引っ張っても問題なさそうだ。

ビジネスバッグが窓辺に落ちていた。

ジッパーを開けてなかを確かめる。ゴムでまとめられた使い古しの札束と数台の携帯端末、数本のUSBメモリが入っていた。

それに大きく膨らんだビニール袋だ。駄菓子のラムネに似た白い錠剤がぎっしり詰まっている。錠剤にはアルファベットと数字が刻まれてあるため、メチルフェニデートだとすぐにわかった。

中枢神経を刺激し、強い覚せい感と精神の高揚をもたらす精神刺激薬だ。かつて患者の乱用が社会問題となった。

裏社会では高額で取引されているが、現在は第一種向精神薬に指定され、厳しい規制がかけられている。横流しは麻薬取締法違反にあたる。

瑛子はひっそり笑った。叩けば埃が出るものと睨んではいたが、想像以上の収穫だ。

階下にいる井沢に声をかけ、押収品を運ぶための段ボール箱を用意するように伝えた。

## 2

富永昌弘《とみながまさひろ》の心は曇ったままだった。

さきほど、組対課課長の石丸が戦果を報告しに来たが、笑顔のまま労《ねぎら》うのに、かなりの気力を必要とした。

署長室の窓を見やった。浅草通りの広い車道と老舗《しにせ》の仏具店が目に入る。この光景とももうすぐお別れ。そう思っていたものだが。

署長室を出て、廊下を歩いた。給湯室から出てきた女性職員とすれ違った。彼女はバツの悪そうな顔をしながら一礼し、早足で去って行く。

給湯室でふたりの女性職員が茶を淹《い》れていた。富永の姿を認めると、先の女性職員と同じく、よそよそしい笑顔で挨拶をしてきた。

富永は気づかないフリをし、片手を上げて通りすぎた。自分の噂話でもしていたのだろうが、咎《とが》める気にはならない。噂にならないほうが不自然だ。

先週、春の人事異動が発令されたが、今回も富永の名前はなかった。つまり、上野署の署長として三年目を迎える。

キャリア組は渡り鳥だ。数ヶ月で異動も珍しくなく、長くとも二年で出て行くのが通例だ。昨年も大阪府警への栄転の話が立ち消えになった。まさか今年も上野警察署に留まることになるとは思っていなかった。

異例の人事は、富永本人や署内はもちろんのこと、よその県警、省庁に出向中の仲間やライバルたちをも驚かせた。人事が発表された日は携帯電話が鳴りやまなかった。

上層部に睨まれて多忙な大規模警察署で飼い殺しにされているのか、あるいは上からなんらかの特命でも受けたのか。真相を探ろうと、警視庁や県警本部のお偉方が連絡してきたが、富永自身がわからないのだから答えようがない。それがかえって、憶測を呼ぶ羽目になった。

署長会議などの用事で警視庁本部に赴くたび、泣く子も黙る大幹部たちが、さっきの女性職員たちと似た顔をして、探るような目を向けてきた。

富永は出世欲が他人より強くない。それでも、やはりキャリア組の一員だ。この国の治安や国民の暮らしを守るという大志を抱き、より大きな仕事を手がけたいという野望を抱いている。左遷ではなく、異例の留任という意味を、どう受け止めていいのかわからずにいる。

男性用の更衣室に入った。署員のロッカーがずらりと並ぶ。朝と夕方は混雑するが、昼間の今は誰もいない。

富永はロッカーにキーを挿して、扉を開けた。なかにはスーツがあり、下着やタオルも何枚か常備している。

事件が起きれば、家族を持つ警官なら妻に着替えを持ってこさせるものだが、あいにく富永の妻子は京都にいる。

先週、妻の紗希《さき》から離婚を切り出された。新年度も富永が東京に留まると知り、ついに夫婦関係の清算に動いたようだ。

とはいえ、仮に京都や大阪へ異動となり、家族と同じ屋根の下で過ごしても、この事態は避けられなかっただろう。三年ほど前から夫婦仲は冷え切っていた。今回の人事は紗希の決断を後押ししたようだ。

歯茎から血の味がする。今後の警察人生や家族について考えると、なぜか歯茎が痛みを訴えた。

約一年の時間をかけて、虫歯をすべて治療しているが、長いこと歯医者に行っていなかった。奥歯にかけて六本もの虫歯が見つかった。ほとんどが象牙質まで破壊され、虫歯は歯髄にまで達していた。

よくここまで放置できたものだと、歯医者には大いに呆れられた。今は歯にかぶせ物をしてもらっているが、まだすべてが治ったわけではなく、腫れ上がった歯茎が痛みを訴える。

今夜も予約を入れている。

顎のあたりをさすりながら、吊るされたスーツの胸ポケットに手を伸ばした。なかには折り畳まれたメモ用紙がある。

人気《ひとけ》がないのを改めて確かめてからメモを読んだ。

『本日のガサ。Y・Eは容疑者Aに対して転び公妨／Aを挑発しつつ胸ポケットにキャンディーを／Y・Eは主犯Sを二階窓から突き落とし（ただしI含めてマルモクなし）／ネタモトはR・Eと思われる』

メモを丸めてポケットに入れた。歯茎の痛みが一段とひどくなる。

ロッカーに置いてあった鎮痛剤を手に取り、アルミ包装を破って水もなしに錠剤を呑みこんだ。

「あいつは……」

メモを改めて読み直し、内容を翻訳した。

Y・Eこと八神は本日の家宅捜索で、『ふたたびの家』の常務理事である安西達志を転び公妨で逮捕した。

警官が被疑者に突き飛ばされたフリをし、公務執行妨害罪をずる賢く適用して現行犯逮捕するやり方だ。公安警察が得意としており、公安捜査官時代の富永も、部下がこの手口で目をつけた対象者を連行するのを黙認してはいる。

問題は主犯格の曽我を突き落とした事実だ。課長の石丸からは、曽我が逃亡を図って二階から飛び降り、肩や背中に打撲傷を負ったと聞いていた。

もっとも、目撃者はいないという。メモの送り主である〝I〟こと〝私〟も直接は見ていないため、真偽のほどはわからなかった。

おそらく、八神は悪あがきをする曽我の逃亡を防ぐため、窓から突き落としたものと思われた。単に手間を省いたのか、制裁を加える気だったのか。彼女のことだ。どちらにしろ、顔色ひとつ変えずにやったのだろう。

彼女は相手が極道や凶悪犯でも怯むことがない。事件解決のためなら、暴力を振るうこともある。群を抜く検挙率を誇り、我が署のエースであり続けるが、署内外の警官にカネを低利で貸しつけては、先輩だろうが上役だろうが意のままにし、警視庁内の機密情報をも得ている。暴力団などの反社会的勢力ともつながっている。

メモの〝R・E〟とは八神の情報提供者で、盟友ともいえる福建マフィアの女幹部の劉《リウ》英《イン》麗《リー》だ。八神は英麗に見返りとして、警視庁内の情報を提供するか、英麗の個人的な依頼をこなしている可能性が高い。

更衣室を出ると、早足で署長室に戻り、メモを指で細かく引き裂いた。〝私〟こと花園は一年以上にわたって、生真面目に報告を続けてきた。

上野署の陰の支配者である八神や、彼女の右腕である井沢の動向を富永に知らせてきた。ずっと生きた心地はしなかったはずだ。所属長である富永は花園を出世コースである公安部に異動させるよう、古巣の外事一課や上役たちに売りこんだが、彼の名前も人事異動名簿にはなかった。

今回の人事では、富永の意思を阻む力が働いたとしか思えなかった。原因があるとすれば、やはり八神の件以外に考えられない。

「無事で済むと思うほうが、どうかしているか……」

デスクにはじっさいの春季人事異動名簿がある。

そこには、警察庁刑事局長から警察庁長官官房長へと出世した能代英康《のしろひでやす》の名があった。

警察庁長官官房は警察庁の内部部局の筆頭局だ。各都道府県警の予算、人事を握り、警察行政に関する企画や立案を担う警察組織の中枢だ。長官や次長に次ぐ警察庁のナンバー3の座に、能代は就いたことになる。

富永をめぐる人事には、能代ら高官たちの権力闘争が尾を引いているのかもしれない。

八神は四年半前に夫の雅也《まさや》を亡くしている。警察は自殺としたが、八神が受け入れなかった。独自の捜査を進め、昨年の春、殺害犯を追いつめた。雑誌記者である八神雅也殺しに関わっていたのは、かつてスパイマスターと呼ばれた警察の大物OBや、警察組織内の汚れ仕事を引き受けていた新宿署の現役刑事、それに新宿を縄張りとする暴力団だった。

夫の死をきっかけに、まじめな刑事から一転して、違法捜査や暴力も辞さない狼と化し、危険な橋を渡り続けた結果、彼女は真相にたどりついた。腐敗警官や暴力団組長との対決を制し、捜査一課に再捜査をさせ、夫の名誉を回復させるまでに到った。彼女とは反目しつつも、富永自ら身体を張って手助けをしたこともある。

当時、警視庁刑事部長だった能代は、巧みに富永を焚きつけるなどして、一連の事件を警察組織内の政争に持ちこみ、大物ＯＢの息がかかったライバルを蹴落とした。

能代は警察庁刑事局長に就任してから、警察出身の国会議員や巨大企業に天下ったＯＢらと頻繁に会い、独自の派閥を形成した。

それが実ったのか、ついにカネと人事を握る長官官房長の椅子を手に入れた。もはや自ら根回しなどしなくとも、周りが放っておかない要職に就いたことになる。

トップへの道は厳しい。不利益を被った側も黙っているはずはなく、反能代で結束している一派もいるという。富永が上野署に据え置かれたのも、権力闘争の影響かもしれない。自分はどの派閥にも属していないが、周りはそう考えないものだ。

胸ポケットの携帯端末が震えた。取り出して液晶画面に目をやり、思わず息をつまらせた。かけてきたのはその能代だった。液晶画面にタッチし、すばやく電話に出る。

「富永です。ごぶさたしております」

〈おう、署長。元気でやってるか〉

太く濁った声が返ってきた。声の主は間違いなく能代だ。

狸《たぬき》のような丸顔と、赤銅色に焼けた肌が脳裏をよぎる。署長をわざわざ強調して呼びかけてきた。

「おかげさまでどうにかやっております。官房長」

能代が声をあげて笑った。

〈悪いな。おれだけ出世しちまって〉

「とんでもありません。おめでとうございます」

〈そっちは署長を三年目。おかしいじゃねえかと、不思議がってるんでねえかと思ってな。電話させてもらったんだず〉

能代とは、電話で会話するだけで疲労を覚える。

彼は爪を隠すのがうまい。粗野な田舎者を装いながら、高学歴な経済犯を料理し、手強いライバルを抜き去ってきた。人の心や感情の揺れを読み取る技術に長けている。実力は一年前に思い知らされた。

淡々と答えてみせた。

「そのようなことは。私はこの土地を気に入ってますので」

〈相変わらず、わかりやすいやつだな〉

「……と言いますと？」

〈お前が気に入ってるのは土地じゃなくて、組織犯罪対策課《ソタイ》の瑛子ちゃんだべ。渡り鳥のキャリアが、三年も同じ部下といっしょに仕事できるなんて、そうそうありはしねえからよ〉

富永は顔をしかめた。図星ではあるが、それだけに腹が立つ。

咳払いをして言った。

「警察庁《サッチョウ》の官房長ともあろうお方が、わざわざ所轄の署長をからかうために、お電話をくださったわけではないでしょう」

〈むろん、からかうためなんかじゃねえさ。お前の心のモヤモヤを取り除いてやりたぐなってよ〉

携帯端末を握る手が汗ばんだ。

「今回の人事ですか」

〈それ以外になにがある。お前をもう少し、上野署に置いておくよう働きかけたのは、このおれだ〉

「なっ」

思わず絶句した。

一年前、能代に焚きつけられて、八神雅也殺しに絡む瑛子の捜査に協力した。結果、能代は激烈な出世レースを勝ち抜く形となった。

だからといって、富永は彼の派閥に入ったわけでもない。この一年はそうした政争とは距離を置き、上野署の仕事に全力を傾けた。能代とこうして口を利くのも、それこそ一年ぶりだった。

己に言い聞かせた。冷静さを失うなと。

「そうでしたか。私自身はさきほども申しましたとおり、とても気に入っていますし、やりのこした計画がいくつもありますから。官房長がどのような理由で、私を留任させたのかはわかりませんが、大変感謝しております」

〈感謝と来たか。強がり言いやがって〉

「本心です。ただ、官房長の働きかけのおかげで、私が特命でも帯びていると周りから思われて、痛くもない腹を探られています。いささかやりづらさを感じているところでした」

精一杯の気力を振り絞って皮肉を返した。能代は飄々《ひょうひょう》とした調子で言う。

〈たった今から、その特命とやらを与えるつもりさ。だからこそ、上野暮らしを続けてもらうんだよ〉

富永は反射的にデスクの下を覗いた。

かつて八神には、この部屋に盗聴器を仕かけられたことがある。定期的に部屋のクリーニングを行っているものの、能代が切り出す話の重たさを考えると、確かめずにはいられない。

部屋の隅にある観葉植物に近づき、鉢の周辺を調べながら答えた。

「せっかくですが、それは……」

〈待て待て。内容も訊かずに断るバカがどこにいる〉

「私はあなたの派閥の者でもなければ、加わりたいとも思っていません。反能代派でもありません。権力闘争に割く時間があれば、それを市民の安全を守るために使いたいだけです」

〈瑛子ちゃんに危険が迫ってると言ってもか〉

「八神に？」

能代は鼻で笑った。

〈だからよ、早合点はよくねえってことだ。堅物のお前に政治工作なんて頼みゃしねえし、できるとも思ってねえ。ついでに、おれの手下になれと頭ごなしに命じる気だって──〉

「危険とは、どういうことですか！」

思わず声の音量があがった。まんまと能代の手の内に嵌まってしまったと思いつつも、とても放ってはおけない話だ。

〈そんなでかい声だすやつがあるか。当の本人の耳に入るかもしれねえぞ。やっこさんは上野の裏番長だべ〉

「申し訳ありません」

〈とりあえず、聞く耳くらいは持ってくれたようだな〉

「うかがわせてください」

応接セットのソファに腰かけた。能代の奇襲攻撃にうろたえるも、腹をくって平常心を取り戻そうとする。

〈たしかに、お前も瑛子ちゃんもおれの手駒でもなんでもねえが、お前の言うとおり、周りはそうは思っちゃいねえってことだ。ふたりとも、おれの腹心と思われてる。お前らの痛くもねえ腹を必死に探ってる〉

「言うなれば、反能代派が我々を追い落とすために動いているということですね」

〈おれを嫌ってるやつらだけじゃねえ。あの一年前の騒動で、ワリを食った者《もん》は、お前が考えるよりもずっと多いのさ。ようやく、ほとぼりも冷めて、警視庁《ホンチョウ》へのバッシングも落ち着いた。ここらで捲土重来《けんどちょうらい》と企む連中が出てきやがった〉

「殿山俊一郎《とのやましゅんいちろう》の一派ですか」

〈あのあたりとつるんでた連中は、お前らの活躍で冷飯を食わされることになったからな。

ここらでお前らに喰らわしたいと企む輩はたんといる〉

殿山とは、八神雅也殺しの主犯とされた大物OBだ。現職のころから捜査費の私的流用の噂が絶えず、裏金で多くの警官を手なずけ、退職後も隠然たる力を保持していた。私的流用の噂を嗅ぎつけた八神雅也は、殿山の懐刀だった刑事に、自殺に見せかけられて殺害された。

八神瑛子が約三年半もの月日をかけ、犯人たちの謀略を暴くも、殿山は自ら命を絶って永遠に口を閉ざしている。

黒幕はあの世へ逃亡したのだ。ただ、この大物OBや現職刑事が殺人や公金横領に手を染めていた事実が明らかになり、警視庁は大きな傷を負った。当時の警視総監は、メディアや国会から激しいバッシングを受けた末に辞職に追いこまれた。

辞職した警視総監にしろ、能代がライバル視していた警察庁警備局長にしろ、殿山の強い後押しがあったからこそ、その地位に就けたと言われていた。殿山と距離が近すぎた者は、有無を言わさず左遷された。

八神夫妻は、記者と刑事という立場から、殿山という警察組織の暗部を暴いてみせたが、それは警視庁にとって不都合な真実でもある。警察組織のなかに逆恨みする人間が出るのは必然だった。

今回の不可解な人事も、八神らを快く思わない人物が動いたと勘繰ってはいた。あれだけの騒動の中心にいた八神ら組対課の面々、それに自分までもが異動の対象にならなかったのは、きわめて不自然だからだ。まさか、出世の階段を上った能代によるものだとは考えていなかった。

富永は大きく息を吐き、能代の口調を真似た。

「ここを去るかもしれんという噂を聞きつけて、こうしてまっ先に仁義を切りに来たんだ。来年度のお前は関西に栄転、瑛子ちゃんはおれのもとへとやって来る。どうだ」

一年前、彼が富永に言い放ったセリフだ。能代は爆笑した。

〈おいおい、お前に物まねの才能があったとはな。けっこう似てるぜ〉

能代はむせて咳きこんだ。なにかを飲みこむ音がする。富永は口調を元に戻した。

「つい一年前まで、このように仰っていた方が、今度は一転して八神や私を上野に留めたという。果たしてどこまで信じたらいいものか」

警視庁刑事部長だった能代は、瑛子の優秀さに目をつけ、警視庁捜査一課に招きたいと言った。むろん、それは富永を殿山と対決させるための方便に過ぎなかったが、まんまと謀《たばか》られた後悔が残っている。

〈しょうがねえだろう。たった一年とはいえ、あのころと今じゃ、天地がひっくり返ったく

らいに状況が異なる。んなこと百も承知だろう〉

富永もわかっている。本来なら別の人物が、警察庁長官官房長の椅子に座るはずだった。当時の警視総監は任期をまっとうし、殿山と腐敗刑事らは依然として警察組織の裏を取り仕切っていただろう。

能代の声が一転して低くなった。

〈そんなに関西が恋しいってんなら、動かしてやってもいいべ。ちゃんと安らげる家と、三つ指ついて出迎えてくれる女房。人恋しくなる気持ちもわからなくもない〉

「……ご存じというわけですか」

〈状況が異なったのは、おれとて同じさ。警視庁《ホンチョウ》の刑事部長もなかなかではあったが、警察庁《サッチョウ》から見える眺めはまた格別だ。全国津々浦々まで見渡せる。官房長って肩書きがつけば、なおさらだず〉

富永はため息をついた。

紗希から離婚届を突きつけられたことは、まだ警視庁内の誰にも打ち明けてはいなかった。町田市に住む両親にそれとなく伝えたぐらいだ。全国のキャリア組の人事を把握する能代のほうが、富永本人よりも紗希の動向について熟知しているのかもしれない。

ゴネると関西の閑職に就かせるぞ――能代は言外に匂わせていた。今はそれだけの力を持っている。

「八神を守れというわけですか。そのために私を留任させた」

〈おおむね正解だ。さすがに見込んだ男だけある。説明をする手間がはぶけた〉

能代が口笛を吹いた。

〈少し補足するなら、それはつまり、お前のことも守りたいってことでもある。もし瑛子ちゃんになにかがあれば、所属長であるお前も無事じゃ済まねえからな。素直に手下になるタマとは思っちゃいないが、お前らのことがかわいくて仕方ねえんだ〉

しばし、黙った。

能代の言葉を額面通りには受け取れない。なぜ、彼がじきじきに情報を提供するのかを考える。

「また八神や私を使って、あなたの反対勢力を駆逐させるつもりですか」

〈好きに解釈すりゃいいさ。ただし、言っておきてえのは、瑛子ちゃんを狙ってるのが、おれの反目《ハンメ》に回ってるボンクラだけじゃねえってことだ〉

「どういうことですか？　あなたを慕う者のなかに、異分子が含まれているとでも」

〈まあ、ひところのお前と似たようなキャリアどもが、瑛子ちゃんを危険視しているのは確かだ。一介の現場指揮官が、警察組織の秩序や上下関係ってもんを破壊しているとな〉

「しかし、そうでもしなければ、八神雅也の死は永遠に見過ごされ、殿山のような妖怪や悪徳警官がいつまでものさばり続けたはずです。彼女の行動を許容するわけではありませんが、真相を暴いた点に関しては大いに評価されるべきでしょう。だからこそ——」

〈おれだってそう思ってるが、警察庁《サッチョウ》や警視庁《ホンチョウ》にいる高級役人のなかには、あれを一種のクーデターだと震え上がるやつもいるんだよ。組織の威信を深々と傷つけた危険人物だとな。それに瑛子ちゃんは叩きゃなにかと埃が出る身だ。手もだいぶ汚れている。そこを上司のお前がカバーしてやるんだ〉

「誤解してもらっては困ります。私は八神の庇護者なんかではありませんよ」

〈とにかく頼んだぜ。愛しの部下に熱い視線を注いでおくんだ〉

ふいに電話が切られた。

「もしもし？」

思わず呼びかけたが、無駄だった。けっきょく、能代はどのような危険が迫っているのかを、具体的には教えてくれなかった。

電話をかけ直そうかと、液晶画面に触れかけたが、途中で指を止めた。能代が出るとは思えない。

彼の意図自体は不明だ。情報自体もとんだガセネタかもしれず、八神をダシにして、富永の足を掬《すく》うつもりではないか。以前は、利害が一致したかもしれないが、今度はそうとは限らないのだ。

富永は空を睨んだ。

能代は八神を見張れという。それなら言われるまでもない。花園と連絡を取り合い、彼女の動向はチェックしている。

八神は現在も法や規定を無視し、時には暴力さえも厭わない。警官にあるまじき行動を取っている。上野署に赴任した当初は彼女を危険視し、警察社会から追放するため、あれこれと手を尽くしたものだった。

現在も迷ってはいる。八神は警官でいるべきではないと。夫が殺害されてから、彼女はもはや狂気の世界に足を踏み入れているのかもしれない。そう思わされるときがある。

だが、一線を踏み越えた覚悟と命を賭した戦いがあったからこそ、アンタッチャブルな真実にまで踏みこめたのだ。熱い刑事魂を秘めているものと信じている。捜査手法には大いに問題があるものの、捜査一課の職人集団すら見誤った事件を単独で調べ、勝ち目のない大物を追いつめてみせたのだ。

八神とて人間だ。警官やアウトローを飼い慣らし、警視庁内では強い影響力を持つ。己の権力に酔いしれ、道を踏み外してしまう可能性がある。今朝の家宅捜索にしても、花園の報告によれば、被疑者確保のために法を逸脱している。

八神雅也らを手にかけた刑事もまた、ある意味では優秀な警官だった。多くの情報提供者を飼い、結果を出すために法を無視し、上司の犯罪にも手を貸した。やがて、後戻りのできない怪物へと変わっていった。

――君はまだ刑事だ。怪物なんかじゃない。もし君が、あの男のようになりかけるときが来たとしたら、そのときこそ私の出番だ。

かつて、八神に言い放った。だからこそ、彼女をずっと見つめ続けた。

その彼女に危険が迫っているという。突然の知らせに困惑せざるを得ない。

携帯端末を握る手がわずかに震えている。複雑な想いに駆られたものの、曇っていた心に光が差しこんだような気もした。

*

富永は歯科医院を出た。つくばエクスプレス《TX》浅草駅付近の商業施設に入っており、夜九時まで診療を受けつけている。医者の腕も悪くはない。

それでも、ドリルの音を耳にするたびに全身の筋肉が強張る。虫歯が進行しているため、洗浄用のエアが神経に触れて、顔をしかめたくなるほどの痛みが走ったこともある。

　夜の浅草は観光客や会社帰りのサラリーマンでごった返していた。

　街の風景は毎日のように変化している。二十四時間営業の大型量販店があり、道路を挟んだ向かい側には、全国各地の地産セレクトグルメを扱う巨大店舗ができていた。南側の道路には、ビニールカーテンで覆われた居酒屋が並び、呼びこみらしき店員が通行人に声をかけている。店の様子を横目に見ながら、通り過ぎた。

　雷門通りを西へ、早足に歩いた。昼間は歩道も観光客でごった返し、渋滞が起きるほどだが、夜八時過ぎともなると、人の数は多少減る。

　チェーン居酒屋とコンビニが入った古ぼけたビジネスホテルがあった。玄関脇には、英語や韓国語の貼り紙が貼られたコインロッカーがある。

　それとなく周囲を見渡しながら、富永は肩に提げていたビジネスバッグに手を入れ、布製のペンケースをコインロッカーのなかにしまった。

　ペンケースに入っているのは、筆記用具などではない。花園に渡したい紙切れがあるのみだ。八神と組対課に異変がないか、注意深く監視してほしい。彼女を狙う者がいる、とメッセージを綴った。

　花園は若くして刑事になっただけあって、勘の鋭い男だ。このメモのみで、ことの重大さに気づくだろう。

かつては元部下、探偵を雇って八神を監視したが、どちらも見破られては手玉に取られた。浮き足立つことなく、これまでどおりに慎重を期した手法で、八神の動向をチェックする必要がある。

小銭を投入して、ロックをかけたときだった。覆面パトカーのサイレンが聞こえた。五十メートルほど離れた位置にある浅草雷門交番から、三人の警官が飛び出してくる。

心臓がひときわ大きく鳴った。薬物の売人にでも間違われたのか。思わず怯むが、警官たちは富永に目もくれず、雷門通りを渡って南へと走っていく。

覆面パトカーは上野署に分駐している機動捜査隊のもので、ドライバーと助手席には、見覚えのあるスーツ姿の隊員が乗っていた。彼らも富永には目もくれず、雷門の交差点を右折していく。

警官たちの緊張した様子を見るかぎり、ただ事ではなさそうだった。コインロッカーを離れ、雷門通りを渡った。賑やかな繁華街から、静かな住宅街に入る。

覆面パトカーは杵屋通りを進んでいた。低層階のビルや一軒家が集まる一方通行の狭い道だ。夜ともなれば人通りが少なくなる。

今は近くの住民と思しきやじ馬や警官らでごった返している。覆面パトカーの赤色灯が、異変を強調するかのように夜空を赤く染め上げる。

「あれは……」

四階建てのマンションの前だ。ジャージ姿の禿頭の中年男がタオルで頭を押さえている。一見して筋者《すじもの》とわかる風貌だ。頭に損傷を受けたらしく、タオルは赤黒く染まっている。

中年男の周りには、似たような雰囲気の若者ふたりがいた。派手に髪を染め、銀のアクセサリーとごついバックルのベルトを締めていた。ともに眉を糸のように剃っているため、コワモテな顔つきをしていたが、片方は頬をリンゴのように腫らしている。中年男と若者らは仲間らしい。

「救急車はどうした、おめえらに用はねえんだよ！」

もうひとりの若者が警官に吠えた。スーツ姿の機捜隊員らが、落ち着くよう若者に呼びかける。

「見せもんじゃねえぞ。どっかに消えろ！」

黒いパーカー姿の若者がやじ馬にも当たり散らした。

一見するとひとりだけケガがないように映ったが、身体をふらつかせている。傷が見えないだけで、やはりダメージを負っているようだ。

彼らからはアルコールの気配は感じられない。場所を考えると、ただの喧嘩沙汰とは思えなかった。

交番の制服警官がやじ馬の整理に乗り出した。一方通行の道路は渋滞ができている。

制服警官のひとりに訊いた。

「一体、どうしたんだ」

「下がってください、下がってください。ここ車が通りますんで」

質問を受け流された。うっかり、ここが自分の管轄と思い違いをしていた。制服警官は浅草署の所属だ。

自分の縄張りではないとはいえ、隣の署を取り仕切る者としては見過ごすことはできない。場合によっては、方面本部と連携して緊急配備を敷く必要もある。

「ああ、私は」

スーツの内ポケットに手を伸ばした。そのとき機捜隊員のひとりが、目を飛び出さんばかりに見開いて駆けてきた。

「富永署長」

そっけなかった制服警官が、顔を強張らせて敬礼をする。

制服警官にはやじ馬の整理を続けるようにうなずいてみせ、機捜隊員に尋ねた。

「ただの喧嘩には見えないが」

「住民から喧嘩との通報を受けて現場に急行したのですが……」

　機捜隊員は筋者風の男らをチラリと見やった。

「おそらく、強盗《タタキ》ではないかと」

「なに？」

　携帯端末をポケットから取り出しながら、機捜隊員が向けた視線の意味を考える。中年男たちの背後にあるマンションを見上げた。

「喧嘩にしておきたいということか」

「あそこには、浅草署が以前から目をつけていた闇金の事務所があります。連中は曳舟連合系の企業舎弟《フロント》ですよ」

　黒いパーカーの若者が、尋問をする機捜隊員に吠える。

「だから、ただの喧嘩《ゴロ》だっつってんだろ！　ぐだぐだ言ってねえで、医者に連れてけや！」

　若者が多数の制服警官によって取り囲まれた。

　まるで富永らの会話を聞いていたかのようなタイミングだ。〝喧嘩《ゴロ》〟などと口走るあたり、いかにもヤクザな臭いがする。

　現場には、刑事や制服警官らが続々と集まりつつあった。それぞれがマグライトを手にしている。制服警官が誘導棒を持って交通整理をした。車道にはみ出さないようにやじ馬を路肩に押しやりながら、目撃者がいないか呼びかけている。

富永が知る浅草署のベテランもいた。なぜ隣の管轄の署長が現場にいるのか、驚いたような顔を見せる。

コインロッカーに極秘メモを預けたのを考えると、決して目立つべきではない。浅草署にも、八神に多額の借金をこしらえ、彼女に借りのある警官が複数いると、花園から報告を受けていた。それでも、目の前で事件が起きていて、素通りなどできはしない。

「闇金で稼いだカネを狙われたわけか」

「通報者からは、顔や頭をマスクやキャップで覆った作業着姿の男らが、マンションから逃走するのを見たという証言を得ています。ただし……」

機捜隊員が再び中年男らに目をやった。

現場に着いた救急隊員に、救急車へ連れられていくところだった。被害者である中年男らが闇金を営んでいるなら、捜査に協力的な姿勢を見せるとは思えない。暴力団絡みとなれば、なおさらだ。

治療を終えれば、浅草署に引っ張られ、徹底的な取り調べを受けるはずだが、強盗に遭ったとは口が裂けても言えないだろう。闇金商売がめくれるのはもちろんだが、ヤクザのメンツに関わる問題だ。

曳舟連合は墨田区に本部を置く暴力団だ。関東の広域暴力団である白凜《はくりん》会系の二次団体である。強盗が本当なら、襲撃犯はヤクザ金融なのを承知で押し入ったのだろう。

曳舟連合はシノギを荒らされ、代紋に泥を塗られた。自らの手で汚名返上をしなければ、強盗犯の暴力に屈した弱小組織とのレッテルを貼られる。シノギに影響が出るのはもちろんだが、今後も強盗に狙われる可能性が高い。襲撃犯にケジメをつけさせようと、躍起になって動くはずだ。

「ありがとう。浅草署と連絡を取り合ったうえで、しかるべき対策を取る」

富永が告げると機捜隊員は一礼し、やじ馬のほうへと駆けていった。

富永としてもグズグズしてはいられなかった。さっそく浅草署や第六方面本部と協議したうえで、上野署の幹部たちに指示を出さなければならない。

暴力団の捜査能力は、ときに警察をも上回る。曳舟連合は同じ白凜会系の組織に声をかけ、すでに襲撃犯の追跡を始めているはずだ。

## 3

世古《せこ》雄作《ゆうさく》はコンパクトカーを『荒木自動車商会』のガレージに入れた。

すでに二十万キロ以上も走ったオンボロだが、最後まで役割を果たしてくれた。エンジンを切り、助手席と後部座席の男たちに降りるよう指示した。ドアポケットに入れていた三十八口径のリボルバーを摑んだ。追手が迫ってくるようなら、ためらわずにぶっ放すつもりだが、今のところ出番がなくて済んでいる。

車から出ると、世古を含めた三人は服を脱いだ。闇金のチンピラヤクザどもを殴り払ったため、ツナギは返り血を浴びている。キャップやマスクもいっしょにポリ袋のなかに放った。隣に停めてあった白のワゴンには、土建会社の名前が入った作業着を用意していた。それに着替え、ファンとカルマがワゴンに乗車するのを見届けてから、ポリ袋をコンパクトカーのトランクに入れた。

世古はワゴンの運転席に乗りこんだ。いつでも撃てるように、リボルバーをドアポケットにしまう。イグニッションキーを回し、ふたりに向かって意味ありげにうなずいてみせる。

修羅場を潜り抜けた強盗仲間といえども、この外国人たちが強奪したカネを持って逃げない保証はない。ふたりを寄こしたのは呂子健《リュズージェン》だ。呂は太鼓判を押していたが、世古は信用していなかった。

リボルバーは追手のヤクザ対策のためだけに用意されたものではない。裏切りは許さぬという仲間への意思表示の目的もある。

業務用ワゴンをガレージから出した。リモコンでシャッターを降ろす。コンパクトカーと衣服は、日本堤にあるこの整備工場に置いていく。工場長と従業員がバラすか、焼却して消去する手筈となっている。

工場の事実上のオーナーは呂だった。数年前、前の経営者が借金で身動きがとれずにいるのに目をつけ、二束三文の値段で買収した。以降は自動車窃盗団の中継基地、あるいは事故車やガラクタを組み合わせたニコイチ車両の製造場となっていたという。

整備工場を出て、夜の吉野通りを北に進んだ。泪橋交差点の赤信号で停車した。赤色灯をつけたパトカーが対向車線で停まっている。

チンピラどもが下手に抵抗したため、闇金の事務所で暴力沙汰になった。騒動となり、現場から約二キロは離れた場所で、パトカーと救急車のサイレンが鳴り響くのを耳にしていた。警察の介入を避けるため、わざわざ違法な闇金の金庫を狙ったものの、蜂の巣をつついたような騒ぎとなった。

助手席のカルマに目をやった。パトカーに気圧《けお》されたのか、顔をうつむかせて身体を小刻みに震わせている。車内はエンジンをかけたばかりで冷え切っていたが、彼の頭髪は汗でぐっしょりと濡れている。

「顔をあげて堂々としてろ。余計に怪しまれるだろうが」

「あげられない……。ガイジンってバレる」

カルマがたどたどしい日本語で答えた。

元来は向こうっ気の強いネパールの若者だが、警察と入管だけはひどく苦手としている。

世古は心のなかで舌打ちした。座席順を間違ったかもしれない。

「バレやしねえよ。こんな真っ暗じゃ。腹をくれ」

「腹が……なんですか?」

信号が青になった。猛スピードで逃走したい衝動を抑え、ゆっくりと交差点を通り過ぎた。パトカーに呼び止められずに済んだ。

後部座席のファンが口を挟んだ。

「根性出せってことだ」

「ああ……根性ね」

カルマがうなずきつつ、口を歪めている。来日してから一年が経つが、カルマの日本語はたどたどしかった。英語の会話のほうが楽かもしれない。じっさい、中国人の呂やベトナム人のファンとは英語で話す場合が多い。

彼はカトマンズ周辺の農村出身で、ブローカーを通じて技能実習生として来日した。幼いころから兄弟らとネパール相撲に励み、実家の農作業も手伝っていたため、体力や腕っぷしはかなりのものだった。

貧しい実家の家計を助けるつもりで、田畑を担保にしてブローカーに手数料を払った。来日してからは群馬のレタス農家など、東日本の農地を転々とした。冬は北海道のハウス農家でビートの育苗作業に従事したという。

農作業に慣れているはずのカルマだが、日本での労働はケツを割ってしまうほど過酷だったらしい。

受け入れ先にパスポートを奪われ、早朝から深夜まで、時給四百円でこき使われた。残業代をまともに支払わないところも多く、少ない給与からさらに食事代や寮費といった名目で徴収された。住処《すみか》はネズミが走り回る古ぼけたアパートやプレハブ小屋だった。

重労働は覚悟していたものの、ブローカーへの手数料を返済すれば、いくらも残らないという事実に絶望し、今年の冬、長野のハウス農家を殴って逃走した。

高級外車を何台も抱えていたハウス農家の親子が、好んで口にしたのが〝根性〟だという。

世古は笑いかけた。

「反吐《へど》が出る言葉だろうが、ここで根性出せば、ネパールじゃ一生、左団扇《ひだりうちわ》で過ごせるぜ」

「左……なに？」

「リッチマンだよ。でかい家、いい女、ポルシェにフェラーリ。なんだって手に入る」

「でかい家、ポルシェ……」

カルマの表情は晴れなかった。日本に行けば稼げると、ブローカーにさんざん吹きこまれたものの、待っていたのは借金生活と低賃金労働だった。甘い言葉には乗ってこない。

「ポルシェは言いすぎでしょう」

ファンが口を挟んだ。

彼は来日して八ヶ月ほどだが、カルマよりも日本語がずっと流暢《りゅうちょう》だった。皮肉っぽい言い回しすら使いこなせる。

「ざっと、いくらありそうだ」

世古が問いかけると、ファンはボストンバッグを軽く叩いた。

「レンガ七つ」

「レンガね」

世古は苦笑した。

〝レンガ〟と隠語を使うベトナム人と田舎者のネパール人と組んで、筋者の金庫を叩いては、お尋ね者となって逃げている。悪い夢を見ているかのようだ。刑務所を出たときは、もう少しマシな将来を思い描いていたが。

車内の空気がふいに重くなった。今度の強盗にしても、予想とはだいぶ違っている。

　レンガ七個分——七千万円は大金だが充分ではない。分け合ってしまえば、一人分の報酬はたいした額ではないのだ。命をかけてやったわりには、まったく足りない。呂の話では、一億五千万は固いということだった。

「ポルシェには程遠いな」

「ポルシェどころか中古車がせいぜいです」

　ファンがあからさまにため息をついた。

　背中に殺気を感じ、バックミラーをファンに合わせた。右手をハンドルから離し、ドアポケットのリボルバーを握る。

「文句は呂に言ってくれ。むかついているのは、おれだって同じだ」

　ファンが背もたれに身体を預けた。

「おれはほとほとうんざりしてます。この国に来てから何度嘘をつかれたかわからない」

「知ってるよ」

　国道4号線を北上し、隅田川の手前までやって来た。

　世古はひとまず胸をなで下ろした。検問はまだ行われていない。隅田川を渡って足立区に入った。

　千住大橋のうえで、パトカーとまたすれ違った。カルマはもううつむいたりはしなかった。

前を見すえてポーカーフェイスを保つ。

ランプの赤い灯りが、ファンの横顔を照らした。頬骨が突き出た男性的な顔つきをした二枚目だ。陰性な雰囲気と冷たい眼差しのおかげで、人を容易に寄せつけない暗さをまとっている。

極道だったとき、ファンのようなタイプを何度か見かけた。ギャンギャン吠えて、凶暴さをアピールするハッタリ野郎とは違って、この手の男は黙々と仕事をこなす。組織に不利益をもたらした人間がいれば、いち早く身柄をさらい、まるで野菜でも切るように鼻や耳をそぐ。

彼もカルマと同じく日本で稼ぐためにやって来た。ベトナムのブローカーを経て、クリーニング工場で昼夜問わず働き続けた。やはり、借金を返済するだけの労働に嫌気が差して、工場の寮を脱走し、呂に拾われたという。

世古は軽くうなずいてみせた。

「あんたの怒りは理解してるさ。これまで、さんざんひどい目に遭ったことも」

「それならピストルから手を離して、ドライブに集中してくれますか。おれたちは田舎者だが、バカではないつもりです。ここで短気を起こしてあなたに襲いかかってしまえば、交通事故を起こしてなにもかもパーだ。カネを持って逃げたりもしない」

ファンがにこりともせずに淡々と言った。目の光は屈強な兵士のような鋭さを秘めており、言葉にはあまり説得力がない。

「わかったよ」

リボルバーから手を離し、バックミラーを元の位置に戻した。

ファンの様子を確認できなくなったが、たとえ目視できたとしても、世古の手に負えるような男でないのは、強盗の現場で嫌というほど思い知らされた。

ファンにはスタンガンを渡していた。彼は最後まで使わなかった。椅子や木刀を振り上げる闇金のチンピラどもに、惚れ惚れするような回し蹴りや肘打ちを叩きこんだ。

アクションスター顔負けの動きに目を見張ったものだ。母国で兵役に就いていただけでなく、ボビナムなるベトナムの伝統武術を祖父から教えこまれていたらしい。慣れない武器を使うより、手足を駆使したほうがいいというのが、ファンの言い分だった。

ワゴンを運転して、背中をさらしている以上、バックミラーでどれほど警戒していても、ファンがその気になれば、世古をなんなく痛めつけるだろう。強盗仲間に注意を払いすぎて、追突事故でも起こしたら目もあてられない。世古の選択肢はひとつしかなく、警察の目をかわしながら、安全運転を心がけるのみだった。

竹の塚の古びた住宅街に入った。かつては町工場が並んでいた一角だ。トタン波板の寂れた建物が点在している。

どこも静まり返っていた。なかには長いこと放置されていたらしく、壁やシャッターが派手にスプレーで落書きされた工場もある。

ワゴンは建物のひとつを目指した。やはりトタン波板で覆われた倉庫だ。落書きこそないが、塗装がはげ落ちて、屋根も外壁も茶色く錆びている。

倉庫の前には、建物とは対照的にぴかぴかに輝くシルバーのヴェルファイアが停まっていた。

パッシングをすると、少しして運転席から若者が降り立った。呂の手下の中国人だ。薄汚れたMA‐1のジャンパーにケミカルウォッシュのジーンズという、冴えない貧乏学生のような恰好だが、懐には奇妙な膨らみがあった。拳銃だろう。

若者はフック棒で、錆びたシャッターを開け放った。金属がこすれ合う嫌な音が鳴る。

倉庫のなかにはうっすらと灯りがついていた。若者が周囲を見渡してから手招きした。

世古は倉庫内にワゴンをゆっくり走らせながら、ファンに繰り返した。

「とにかく、文句は呂に言ってくれ」

ワゴンを倉庫内に入れると、背後でシャッターがガラガラと派手な音を立てて閉まった。

なかはガランとしていた。かつてはルイ・ヴィトンやシャネルのコピー品で山積みだったらしいが、今はひどく殺風景だ。打ちっぱなしのコンクリートの地面は寒々しく映る。

じっさい、呂子健は丸椅子に座りながら、赤々と燃える石油ストーブに手をかざしている。温暖な福建省出身の彼は、寒さを大の苦手としていた。ミンクのコートを肩にかけ、首をすくめて背中を丸めている。

傍らには、黒革のジャケットを着た禿頭の大男がいた。呂の身長は百六十センチにも満たない。大男が横にいると、余計に小さく見えるが、ナメてかかってはならない。いつも懐にはナイフを持っており、チビなどと揶揄《やゆ》したがために鼻や耳を失った者がダース単位でいる。

大男も飛び道具を持っているらしく、左脇にふくらみがあった。

呂の右腕で蔡《ツァイ》という。埼玉の川口市で自動車工場や中古車販売店を営んでいる。自動車窃盗団の元頭目で、高級車や業務用ヴァンを盗みまくった腕自慢だが、呂にナイフで切り刻まれて手下となった。蔡以外にも、悪そうなツラをした男が三人いた。

世古は運転席からゆっくりと降りた。両手を軽く上げ、敵意がないのを示す。

呂が初めて笑った。コートの内ポケットに手を突っこみ、金属製のシガレットケースを取り出した。タバコを一本くわえると、蔡がすかさずライターで火をつけた。

「世古さん、待ちくたびれましたよ。逃げたんじゃないかと不安になった」

呂が腕時計を指でつついた。

五百万以上はするカルティエの超高級品だ。ホワイトゴールドの輝きを見せびらかすように示す。

「電車じゃないんだ。いちいちぴったり行くか」

「おれは背丈と金玉が小さい。これだけの荒事ともなれば、たった一分が数時間みたいに感じるんだ。このつめたい倉庫でガタガタ震えながら待ってたよ。あんたらが無事に戻ってきてくれて、おれはほっと胸をなで下ろしてる」

呂の日本語はほとんど訛《なま》りがなく、少年のようなかん高い声でまくしたてる。

世古のいた府中刑務所には、右翼団体の構成員や自称愛国者の差別主義者がゴロゴロしていたが、そいつらの貧弱な語彙に比べれば、呂のほうがよほど日本語に長けていた。かといって、この男が日本好きかといえば疑問符がつく。呂にとっては、母国も日本も、ただの漁場に過ぎないからだ。

都内の中国人社会には、何人かの老板《ボス》が君臨している。福建人をまとめている女社長、山奥の農民出身からのしあがった元蛇頭《じゃとう》幹部、中国残留孤児の二世など、出自はさまざまだが、呂もそうだ。

福建の出稼ぎ労働者だった彼は、ゼロ年代前半に来日した。どのように成り上がったのかは、よくわかっていない。ならず者の頭目ともなれば、武勇伝を嬉々として話したがるが、呂は昔話をほとんどしなかった。

　車上荒らしや空き巣を繰り返し、裕福な華僑を拉致して身代金を奪う。不法滞在の女が産んだ戸籍のない子供――黒戸《ヘイフー》を売買していた噂もある。当然ながら揉め事を繰り返したが、得意のナイフで解決してきた。華僑の長老たちも手を焼く狂犬だった。

　世古が八年の懲役を済ませて刑務所を出たころには、首都圏にヤードや自動車工場といった不動産を抱えていた。

　左耳にはプラチナのピアスをつけ、伊達男を気取っていたが、首には長大な刀傷の痕がある。左手の中指と人差し指は義指だ。高い利益を得るためなら、危険を冒すのもためらわない。そんな武闘派だからこそ、ヤクザの金庫を叩くという無茶なプランを思いつく。

「警察のサイレンがここまで聞こえて来るじゃねえか。おれは耳を疑ったよ。世古さんほどの太いお方でも、ミスることもあるのかとな。ヒヤヒヤしたぜ」

　呂が胸に手をやって首を振った。

　てめえがよこした情報がガセまみれだからだろう。文句が喉まで出かかったが、それを堪えて呑みこんだ。

　曳舟連合の準構成員でもある闇金の社長は、本来なら千葉市にいる金主と会食をしているはずだった。仮に社員が残っていたとしても、下っ端がひとりかふたり。拳銃を持った強盗犯に逆らってまで、会社に忠義立てするような社員はいない。呂がそううそぶいたものだ。

「激しい抵抗に遭ったんでな。騒ぎになるのは防ぎようがなかった。なにしろ社長さんがいたうえに、やたらガッツのある番頭までいやがった」

嫌味をこめた。蔡が眉間にシワを寄せる。ボス以外はさほど日本語がうまい連中ではないが、彼には伝わったようだ。

「それこそ電車を走らせるようにはいかねえもんだよな、世古さん。あれだって、しょっちゅう人が線路に飛びこんじゃ、緻密なダイヤを狂わせやがる。強盗《タタキ》ともなればなおさらだ」

当の呂は意に介さず、笑顔のままタバコの煙を吐くと、中国語で仲間たちに語りかけた。自分の言葉を翻訳したらしい。手下たちがにやにやと笑みを浮かべてうなずく。

情報に誤りがあったからといって、それがどうしたってんだ。呂の顔に書いてあった。行くあてもないムショ帰りが文句つけられる立場なのか、と。

世古は黙るしかなかった。組織のために懲役に行ったものの、シャバに出たころには解散していた。親戚筋を頼れば、どこかの組に拾ってもらえたかもしれない。

塀のなかにいるときから、印旛《いんば》会系の団体出身者から勧誘されていた。覚せい剤の密売人や違法風俗店の店長、あるいは振り込め詐欺の責任者をやらないか、と。逮捕要員の消耗品としてコキ使う気でいるのがミエミエだった。

四十も半ばを迎えた。シャバはどこの業界も人手不足に陥っていると聞き、人生をやり直せそうだと思ったが、今は極道よりも危うい中国人のケツを嗅いでいる。

呂がファンとカルマを指さした。

「多少のミスが起きたとしてもだ。こいつらがカバーしてくれただろう？」

「こっちは本物だった。誰かさんの情報と違ってな」

「警察《サツ》が騒ぎ続けるのも、せいぜいこの二、三日の間だ。闇金ヤクザは口が裂けても強盗《タタキ》にあったとは言えねえ。事件にならなきゃ、警察《サツ》だって動けやしねえさ」

ファンが前に出た。呂に近づくとボストンバッグを荒々しく叩く。

「敵の人数に違いがあっても目はつむれる。でもカネまで違うなら話は別だ。たったレンガ七つしかなかった」

呂が目を丸くした。

「レンガね。ミスター・ファン。あんた、本当はジャパニーズじゃないのか。そんだけペラペラになるのに、おれは五年以上もかかったってのに、あんたときたらたった数ヶ月で――」

「話をそらさないでください。最低でも一億五千万は固いと言ったでしょう。半分以下だ。情報を提供した者として、きちんとケジメをつけてほしい」

ファンがまるで検事のごとく、きっぱりとした口調で迫った。

世古はファンに目で合図をした。バカ、よせよ。

ベトナム人の主張はまことに正しい。ただし、正論などクソの役にも立たない。

呂が耳の穴を指でほじった。

「一億五千万だって？　誰がそんな話をした？」

ファンの目が冷たくなり、身体から怒気があふれだす。

感情に乏しいマシーンのような男と思いきや、かなり向こうっ気が強い野郎なのだと気づかされる。ファンの動きに注意を払う。

呂の護衛らも、厳しい顔つきで懐に手を入れた。カルマは言葉がわからないのか、剣呑な雰囲気に戸惑い、男たちの顔を交互に見やっている。

呂が首をひねって訊いてきた。

「世古さん、おれはそんなデタラメなガセネタを吹きこんだか？」

吹きこんだよ、クソ野郎。喉元までこみあげる文句を呑みこみ、首を横に振ってみせた。

「いいや。聞いていたのはレンガ七つだ。ピタリ賞だよ」

ファンの視線が頬に刺さった。

呂に体《てい》よくケツを掻かれ、腹のなかは煮えくり返っていたが、意地を張ってもしょうがない。すでに賽《さい》は投げられたのだ。

警察が動かなかったとしても、曳舟連合はもちろん、上部団体の白凜会が血眼になって追ってくる。今ごろは日本中に監視網を敷き、強盗犯の特定を進めているはずだ。ここでチャイニーズマフィアまで敵に回せば、世古らは明日にでも魚のエサになるか、死ぬまで奴隷労働に就くことになる。

呂が大袈裟にうなずいてみせた。

「そういうことだ。ミスター・ファン、あんなちっぽけな闇金ごときが、億の現金《ゲンナマ》抱えてるわけねえだろうが。数字を聞きまちがえたんだろう。カネに飢えすぎるあまり、幻聴でも耳にしたんじゃないのか？」

蔡と手下たちが声をあげて笑った。

ファンもつられたように苦笑した。次の瞬間、地面を蹴って呂に迫ろうとする。

世古も動いた。ファンの下半身にタックルし、地面に押し倒した。ガツンという音が鳴り響き、世古の額に硬い衝撃が走った。岩で殴られたような痛みに涙が出る。ファンが容赦のない肘打ちをかましてきたのだ。

ただし、もらったのは一発だけで済んだ。場の空気を読んだカルマも、ファンの暴走を喰い止めるため、彼の身体のうえにのしかかった。

呂が椅子から立ち上がると、ファンへと近づいた。しゃがみこんで、彼の頬を平手でぴしやぴしゃ叩く。

「澄ました顔してるが、なかなかの激情家だな、ミスター・ファン。激情家って意味まではわからねえだろう」

護衛がファンからボストンバッグを奪い取った。世古は額の激痛に耐えながら懇願した。

「ボス、この世間知らずの非礼を赦してやってくれないか」

ベトナム野郎を助けてやる義理はなく、呂に詫びを入れるのは屈辱だった。本来なら、このどさくさにまぎれて、呂に一発かましてやりたかったが、このペテン師のチャイニーズマフィアが唯一の生命線だ。袖にされたら明日はない。

ファンがなおも脚をバタつかせた。呂の言うとおり、激情家で無鉄砲だ。彼を押さえつけながらカルマに怒鳴る。

「お前も謝れ、謝るんだよ！」

意味が通じたらしく、カルマもファンの背中に覆いかぶさりながら、ぺこぺこと呂に頭を下げた。

呂が満足そうに笑っていたが、こめかみには血管が浮かび上がり、顔を紅潮させていた。激情家なのは同じだからだ。笑みを貼りつかせたまま、下手を打った手下のツラを張ったところを何度か目撃していた。

呂はファンをじっと見下ろすだけだった。相棒のスウィッチブレイドを抜かない。代わりにポケットから携帯端末を取り出した。

「誤解するなよ。おれはミスター・ファンみたいにガッツのある男が好きだ。最近はすっかり故郷《クニ》も豊かになりすぎて、ハングリー精神に欠ける同胞《トンバオ》が増えた」

呂が携帯端末の画面にタッチして続けた。

「ミスター……幼馴染はマブい女《バシタ》だな」

「まさか、お前」

ファンがぴたりと動きを止めた。表情を強張らせる。闇金の事務所を襲ったときですら見せなかった顔つきだ。

呂がわざとらしく眉をあげた。

「あれれ、意味が通じたよ。あんた、やっぱりジャパニーズだろう。女《バシタ》なんて言葉、今の日本人にだって通じない」

「女……」

思わず呟いた。

ファンに女がいる。初耳だった。彼の反応を見るかぎり、相手をよほど大事にしているようだ。どこにいるのかは知らないが、呂は把握しているらしい。

呂が続けた。

「自分の借金だけじゃなく、女《バシタ》の面倒まで見るとなりゃ、そりゃ幻聴まで聞こえるはずだ」

ファンの顔がみるみる赤くなった。

「そいつに手を出してみろ！　福建《フージェン》だろうが北京《ベイジン》だろうが、どこにいようとお前ら全員――」

世古はファンの右わき腹にパンチを叩きこんだ。

やり手の武術家といえども、無防備にさらした肝臓を殴られればダメージは免れない。ファンが息をつまらせて黙りこくった。

額をそっとなでた。軽く触れるだけで、ずきっと痛みが走る。ファンの肘打ちで、熱を持ったタンコブができている。

「要するに、あといくつ襲えばいい」

世古が尋ねると、呂は親指を上に向けた。

「さすがに元極道。話が早い」

「そんな……一度だけじゃないのですか」

カルマがたどたどしい日本語で異議を唱えた。それを無視して、呂に語りかける。

「釈迦に説法だが、そう何度もできるわけじゃないぞ。おれはこのベトナム野郎と違ってガッツの欠片《かけら》もないんだ。ヤクザにとっ捕まったら、まっ先にあんたの名前を告白《うた》って楽にしてもらう」

「あと一回だけだ。おれだって極道に目をつけられるのは御免だからな。もちろん、狙うのは曳舟連合や白凜会なんかじゃない。荒れ狂ったスズメバチの巣に、チンチンを突き立てるようなもんだ」

ポケットからワイヤーを取り出した。ファンの両足首をそれで縛る。

もともとは、強盗のさいに闇金の社員をふん縛《じば》るために用意したものだった。作業着についた埃を払い、ファンに戦意がないのを確かめてから立ち上がった。

「まずは、おれたちの腕を試したってことか」

「あんなしけたヤクザ金融に手こずるようじゃ、次の仕事は任せられない。おれも死ぬほどカネに飢えてる。新しい土地で事業をやるには、役人、政治家に賄賂をやらなきゃならんし、土地や人件費だってバカにならない」

「お眼鏡にかなったってわけか」

「メガネがなんだって？」

「認めていただけたかってことだ」

「もちろん」

呂は笑みを貼りつかせていたが、やはり目は冷たいままだった。

汗が背中を伝った。もし呂に認められていなければ、おそらく世古らは全員、ここで死体に変えられていただろう。ヤクザ崩れや外国人労働者が消えたところで世間は騒がない。口封じもできて一石二鳥だったかもしれない。

蔡がボストンバッグを開け、なかの札束を確認していた。呂が顎を動かして指示を出す。蔡が札束を無造作に摑み、世古の足元に放り投げた。どさどさと一万円札の束が地面に落ちた。その数はレンガふたつとチョコ一枚。二千百万円のみだった。

もともと取り分は呂が七、世古らが三と決まってはいた。呂が言うには、情報を寄こした者への報酬、それに口止め料といった経費が諸々かかるという。

三人で割れば七百万円しか残らない。命をかけて臨んだわりにはチンケな金額だ。逃亡資金にもなりはしない。

「ミスター・ファンの度胸と、あんたの慎重さがあれば、次だってなんなくこなせる。何度も言わせるな。お前らを認めてるさ」

「それならいい」

わき腹の痛みに悶えていたファンが、怒りに満ちた目で札束を睨んでいた。抗う気はもうなさそうだ。

呂が近づいた。足元の札束を踏みしめ、世古にハグをした。耳元で囁かれる。

「だが、それも妙な考えを起こさなければの話だ。次は四日後だ。頼んだぜ」

お互いにな。その言葉も呑みこんでうなずくと、呂の背中を親しげに叩いてみせた。

# 4

瑛子が自由時間を得たのは、『ふたたびの家』に踏み込んで、三日後のことだった。

悪党に手錠をかけてからはスピード勝負だ。検察官は容疑者の身柄を受け取ってから二十四時間以内に裁判所に勾留請求をし、裁判所を納得させるだけの材料をきちんと提示しなければならない。

『ふたたびの家』の常務理事である安西は、元極道だっただけに逮捕慣れしており、今のところ黙秘を貫いている。

理事長の曽我は瑛子に暴力を振るわれたと、弁護士や検察官にも訴えたそうだが、まじめに耳を傾ける者はいない。

むしろ検察官は、家宅捜索に素直に応じず、金属バットで威嚇したうえに、捜査官の瑛子にそのバットを投げつけた事実を重く見ている。朝駆けが功を奏し、変造されたB－CASカードや大量の向精神薬などの物的証拠、劣悪な環境下で軟禁されていた入所者の証言も揃っている。裁判所はすぐに十日間の勾留を認めた。

瑛子は、アメ横のカレーショップで辛口カレーの昼食を摂った。スパイスの刺激的な香りが徹夜の目にしみた。テイクアウトでカレーパンを買った。

アメ横から東上野に向かい、昭和通り沿いにある古い雑居ビルに入った。首都高の陰に隠れた小さな建築物で、劉英麗の語学教室がある。

エレベーターを三階で降りると、香水と化粧品の匂いがした。向上心に燃えた女たちでいっぱいだった。クラブやパブで働くアジア系がほとんどだ。

大勢の生徒たちとのやりとりに忙殺されている女性事務員が、仏頂面で校長室を顎で指した。瑛子は軽くうなずいてみせる。

一見すると、なんの変化もないように映るが、この語学教室もずいぶんと様変わりした。瑛子が最初にここを訪れたときは、生徒の大半は中国人だった。今はフィリピン、ベトナム、カンボジア、ミャンマーといった東南アジア系で占められている。

中国人はずいぶんと少なくなった。労働のために来日する女が減り、化粧品や電化製品を買い、観光を楽しむ旅行者になったためだ。この教室は、現代日本の外国人労働市場の縮図ともいえる。

教室のインテリアも、中国的な派手派手しい飾りや置物が中心だったが、今はベトナムの伝統工芸であるバッチャン焼きの花器や、カンボジアシルクで織られたピダンが飾られ、東南アジア色が強くなっている。

生徒たちの会話も、クメール語やベトナム語と思しき言葉が飛び交い、かつては騒々しいほど飛び交っていた北京語はあまり聞かれない。

国籍に関係なく、夜の商売に励む女たちが、貪欲に語学を学びにやって来る。校長の英麗自身が、かつては売れっ子ホステスだっただけに、実用的な日本語を学べると評判になり、昼間は多くの女たちでごった返す。瑛子も英麗に北京語を叩きこまれていた。

校長室のドアをノックして入ると、強烈な中華の香りがした。五香粉《ウーシャンフェン》の匂いだ。部屋には金のドラゴンの置物があり、商売の神である関帝の掛け軸が壁にぶら下がっている。

英麗はロシアに近い黒竜江省出身だ。収納棚には、中国風の派手派手しい色使いのマトリョーシカがいくつも並んでいる。泣く子も黙る女ボスらしいギラギラとしたインテリアだ。

瑛子は鼻をひくつかせた。

「すごい匂い。かけすぎじゃない？」

部屋の主である英麗は食事中だった。八宝菜の炒め物に缶入りの五香粉をどっさり振りかけている。

彼女は塗り箸を摑むと、山盛りの白飯を食べだした。白飯がみるみる口のなかへと消えていく。瑛子の部下もたいがい大メシ喰らいだが、彼女もまた荒くれ刑事並みの食欲の持ち主だった。年齢は瑛子の三歳上の四十だが、不気味なほど若々しく、見事なプロポーションを維持していた。

夜の女たちがこの語学教室に殺到するのは、一介のホステスから中国人社会の大立者へとのし上がったカリスマ校長がいるからでもある。

英麗が食べながら言った。

「あなただって、カレーの匂いをぷんぷんさせてる」

「カレー、好きだったでしょう。お土産なんだけど」

カレーパンが入った袋を掲げると、英麗が顔をしかめた。

「バカな印僑がいてね。私からカネ引っ張った挙句、インド料理店の経営にしくじって、ムンバイにトンズラしようとしたの。坊主憎けりゃ袈裟まで憎くなるってホントね。それ以来カレーの匂いを嗅ぐと、そのバカを思い出して、胸がムカムカするのよ」

瑛子は応接セットの椅子に腰を下ろした。

「その度胸あふれるインドの方はどうなったの？」

英麗はにこりともせず、大口を開けて八宝菜を食べた。忌々しそうに嚙みしめる。瑛子はバッグに手を入れた。

「カレーが嫌なら、これをあげる」

取り出したのはビニール袋だった。なかには二百錠の睡眠薬が入っている。テーブルに置く。

「こっちの土産なら受け取ってもらえる？」

「それはありがたいけど、大丈夫なの？」

英麗が眉をひそめる。睡眠薬は曽我が持っていたものだ。

「ちょっとぐらいチョロまかしてもバレやしない。有力情報《マブネタ》をくれたお礼」

「善良な市民として当然のことをしただけ。こっちとしても、面倒なヤカラが消えてくれてすっきりしたから」

英麗は箸を置き、デスクのうえの新聞を取り出した。

『ふたたびの家』の家宅捜索をした当日の夕刊だ。社会面の見出しには、〝貧困ビジネス「囲い屋」NPO幹部ら逮捕　生活保護費詐取容疑で〟と、大きく記されていた。理事長の曽我と常務理事の安西の写真も掲載されている。

瑛子は軽く笑ってみせた。

囲い屋たちの悪行を知らせてくれたのは英麗だった。彼女の手下が経営する錦糸町のフィリピンパブで、酒癖の悪い安西が乱行に出たために、彼女の怒りを買ったのだ。紳士的に振る舞ってさえいれば、カネを持った上客としてちやほやされただろうが、最後は愛想を尽かされて警察に売られた。

安西は、フィリピンパブで景気よく遊んだのが認められ、熱を入れていたエンジェルという名のホステスをホテルに連れこむことに成功した。

しかし、アルコールを摂取しすぎたせいで、ムスコを勃《た》たせられず、苛立ちをエンジェルにぶつけた。頭髪を摑み、頰を張るといった暴行を働き、全治一週間のケガを負わせている。

手下から報告を受けた英麗は、瑛子に安西のシノギを伝えた。ハンパな悪党は、調子に乗った途端に脇が甘くなるものだ。安西が貧困ビジネスで儲けているのは、店の関係者全員が知っていた。おかげで内偵はスムーズに済み、安西らに臭いメシを喰らわせることができそうだ。エンジェルはほとぼりが冷めるまで、宇都宮のパブで働くことになった。

英麗は食事を終えると、中国茶を淹れた。牡丹模様のマグカップを盆に載せ、応接セットのテーブルに置いた。英麗特製の菊花ブレンド茶だ。クコの実や竜眼肉を合わせたもので、眼精疲労や高血圧に効くという。ほんのりと甘い上品な味がした。

英麗が対面《トイメン》のソファに座り、マグカップの茶をすすった。

「まずい」

「そう？　美味《おい》しいけど」

「私の淹れた茶がまずいわけないでしょう。あなたのツラのこと」

「三日寝てなかったから」

「三日？」

英麗はマグカップを置いて天を仰いだ。

「なんてこと。寝不足は美しさの最大の敵だって、さんざん言ってきたのに。あなたはシャブ中と同じ。刑事《デカ》というドラッグにどっぷり浸かったジャンキーよ」

思わず苦笑した。

「いつになく舌鋒鋭いわね。もしかして、まだ私を夜の蝶にしたがってるの？　私みたいなおばさんより、若くてきれいな娘なんて山ほどいるでしょう」

「若さや美しさも大事だけど、これだけ整形手術が幅を利かせた時代じゃ売りにはならない。富裕層のハートをがっちり摑むのは、にじみ出る気品と、他人を愉《たの》しませることができる知性、男をもひれ伏せさせる度胸よ。そんな地味なパンツスーツじゃなく、シルク百パーセントのチャイナドレスを着せてみたい。京都産の和服でもいい。目の肥えた大陸の紳士たちが、あなた会いたさにいそいそ日本に飛んで、うちのクラブに足しげく通う姿が見える」

「向いてるとは思わないけれど」

「いずれにしろ、そのしょぼつかせた目に、顔色の悪さはもはや犯罪的よ。上等な京料理に泥をぶっかけるような愚行を見るのは耐えがたいものがある」

荒くれ者からも怖れられるマフィアの女ボスに、まさか犯罪的などとまで言われるとは。茶を噴きだしそうになるが、彼女の説教に黙って耳を傾けた。

警察は激烈な縦社会で、おまけに男性社会だ。イジメやセクハラが横行しているものの、瑛子を面と向かって叱る人間はひどく限られる。所轄の幹部はもとより、方面本部や警視庁本部にまで、〝八神金融〟の力は浸透している。態度を変えずに小言を口にするのは、署長で変わり者の富永ぐらいだ。

「さっそく耳に入ってる。先日の家宅捜索《ガサ》でも、ならず者相手に大暴れしたって」

英麗が真顔になって続けた。

「……旦那の件ならケリがついたじゃない。刑事《デカ》でいたいのなら、昔の優等生だった自分に戻ればいい。今のあなたは一体なんなの？」

「仰るとおりジャンキーなのかも。チンピラヤクザを小突き回すと興奮するの。警察《カイシャ》には、パワハラ好きのサディストもいるけど、そういうクズの尻を蹴り上げるのが気持ちいいから」

「ふうん」

英麗の視線は鋭かった。裏社会の女首領らしい、心のうちまで読み取るような目だ。睡眠薬入りのビニール袋を手にする。

「旦那を殺《や》った汚職刑事、五条《ごじょう》とか言ったかしら。あなたはあいつにケジメつけさせたけど、今度はあなたがずるずると五條と化しているようにしか見えない」

なにも答えられなかった。それを許さぬほど、英麗の表情は厳しい。彼女が視線をそらさずに言った。

「バカ正直なおまわりさん。ふつうなら怒鳴り返すか、ジョークでも口にしてごまかす場面でしょうに。自分でも気にしてるのね」

根負けして視線をそらす。

「……雅也は自殺なんかじゃない、殺した連中を見つけ出してやる。頭のなかはそればかりで、その後のことなんてなにも」

「現実は『忠臣蔵』みたいに行かない。吉良のシワ首獲って、仇《あだ》を討っても、スカッとなんてしないもの。違う？」

英麗は語学だけでなく、よその国の歴史にも造詣が深かった。『忠臣蔵』についてはよく知らないが、彼女の言いたいことはわかった。

雅也殺しの真相を暴き、犯人を見つけ出すことを目標に命の炎を燃やした。それを果たしてからも、心のなかに巣くう悲憤は消えていない。

怒りをぶつける相手はもはや存在せず、対象を自分自身や警察組織にぶつけている。復讐を遂げた今になっても、未だに手を汚しながら捜査にのめりこむのは、雅也を救えなかった己自身を攻め滅ぼしたがっているのかもしれない。平気で証拠品までチョロまかすようにまでなっていた。

英麗は息を吐き、表情を緩めた。

「そんな調子じゃいつか嵌められる。目的を失った人間を操るのなんてたやすいもの。エースだなんだとちやほやされて、いざとなったらお払い箱。五條と同じ運命をたどるだけよ」

「そうかも」

「刑事《デカ》依存症から、そろそろ抜け出してほしいのよ。もう充分キメたでしょう」

英麗が自分をスカウトしたいだけではなく、本心から心配してくれているのがわかる。

彼女の言うとおり、潮時かもしれなかった。このまま警官を続けていれば、悪党を二階から突き落とすだけではなく、平気で処刑すらしかねなかった。

黙っていると、英麗がタブレット端末を取り出した。電源を入れ、画面にタッチする。

「……まあ、いいわ。あなたのことはひとまず置いておくとして、とりあえずこっちのほうをお願い。約束は約束だから」

白い肌をした女性が画面に現れた。初めて見る顔だ。

パスポート用と思しき証明写真で、硬い表情をした若い女の顔が真正面に写っている。ライティングも構図もあったものではなく、女は長い黒髪を三つ編みにし、化粧もほとんどしておらず、野暮ったく映る。着ているTシャツの首回りはヨレヨレで、みすぼらしい。

ただし、化粧など必要としないくらいに、目鼻立ちはくっきりとしていた。頭髪や眉毛は漆のように黒いが、瞳の色は澄んだブラウンで、エキゾチックな気配を漂わせている。

「きれいな娘《こ》。磨いたら、きっと宝石みたいに輝く」

「でしょう？　一流の美容師とメイクアップアーティストをあてがったら、そこらのタレントなんか足元にも及ばないはず」

「ずいぶん買ってるのね」

「あなたが思っている以上よ。この娘《こ》はきっと大化けするわ。早くアオザイを着せてみたい」

アオザイなら女はベトナム人なのだろう。中国との結びつきが歴史的にも深いためか、ベトナムには東アジア風の顔立ちをした者が多い。外見だけでは日本人と見分けられない人もいる。

「名前はレ・チー・マイ。マイさんは、湯島の日本語学校に通っている留学生よ」

英麗は画面をスライドさせ、別の画像を表示させた。マイの全身写真だった。

日本語学校の玄関から出てくるところを撮影したものだという。初春に撮ったらしく、彼女は膝まで丈のあるダウンコートにジーンズという冬の装いだった。居酒屋の客引きみたいな冴えない恰好をしていたが、顔はモデルのように小さく、脚もかなり長そうだ。

画面をスライドさせた。次々にマイを映した画像が出てきた。上野のシェアハウスで暮らしながらバイトをしているらしい。映っているのは、瑛子にとってなじみ深い風景ばかりだ。画像のマイは東上野の道を歩き、ファミレスでバイトに励んでいた。瑛子もたびたび訪れる店だが、おそらく出会ってはいないはずだ。

写真のバリエーションは豊かだった。店の制服を着用して料理を運ぶ姿や、ハンディを駆使して客から注文を受けつけているものから、全身写真にバストアップ、横顔まで。キリがないほどある。

人を雇って撮らせたのだろうが、枚数の多さに、英麗のなみなみならぬ意気込みを感じた。

「私が見つけたの。もう、びっくりよ。定食でも食べようとして入ったら、でっかいダイヤモンドの原石みたいな娘が出迎えるじゃない。やっぱり、その場でテイクアウトしておくべきだった。私らしからぬ大きなミスね」

英麗は顔をしかめた。

「マイさん自身はダイヤモンドなのに、露店の指輪さえ買えてないって顔ね」

画面上のマイの顔を拡大させた。

彼女はたしかに美人だった。プロポーションも抜群で、腰のくびれは同性の目からしても官能的に映る。だが、表情が一様に暗かった。疲れ切っているといってもいい。顔色は青く、目が落ち窪んでいる。唇はひび割れており、髪や眉毛の手入れも怠っている。

英麗に指を差された。

「あなたと同《おんな》じよ。自分の容貌ってものに自覚がなくて、損な道ばかり選んじゃう。湯島の学校なんかじゃなく、最初からうちに来てくれてたら、かわいいおべべを着て、贅沢な食事にもありつけるのに。肌がくたびれるほど、苦労することだってなかった」

「夜の蝶だって、楽な仕事じゃないでしょう」

「バイトをふたつ掛け持ちしても、授業料や渡航費の返済に追われてぶっ倒れるよりは遥かにマシよ。故郷にだって錦を飾れる。噂じゃ、ガッツも度胸もあるって言うし、日本語もけっこう上手みたい」

瑛子は曖昧にうなずいてみせた。

英麗も人買いのひとりであって、クリーンな商売人とは程遠い。中国、ベトナム、カンボジアなどに送り出し機関や日本語学校を設け、女性の留学生や技能実習生を来日させている。縫製やクリーニング業を装ったダミー企業を通じ、パブやクラブで働かせていた。チンピラや借金で首の回らない日本人の戸籍を使い、女性たちと偽装結婚をさせてもいる。

世間は深刻な労働力不足に喘いでおり、中国、東南アジアからの留学生や技能実習生が補っている。コンビニや飲食店で外国人の店員を目にするのは珍しくない。日本の介護や製造業は、今や技能実習生なしには成り立たない。

彼らを取り巻く環境はきちんと整備されているとは言い難い。劣悪な労働環境に置かれ、日本人がやりたがらない仕事やサービス残業を課されて、ブローカーと化した日本語学校や協同組合への借金返済に追われている。多くの外国人はまじめに働いているが、金は貯まらず、生活も楽にならないのに嫌気が差し、スーパーで万引きに走り、窃盗団や詐欺グループに加わる者もいる。

英麗は事業主から逃げ出した人間を国籍問わずに雇い入れ、まっとうな住環境を提供し、新しい就職先を提供している。

もっとも、彼女は慈善家でもなんでもない。兵役の経験がある屈強な男は手下に組み入れ、見目麗しい女性は夜の蝶として働かせる。場合によっては、強引な引き抜きも辞さない。明らかな不法就労助長罪だったが、彼女はそこらの技能実習生よりもたっぷり稼がせ、人間らしい暮らしをさせているとうそぶいている。

英麗はマイに惜しげもなく投資をする予定だったが、彼女自身告白したとおり、ミスを犯してしまった。

接触する前に、肝心のマイが蒸発したのだ。二週間前まで、学校やバイト先に通勤通学していた。彼女に目をつけた人間に誘われたのか、日々の労働に疲れ果てて逃げ出したのか、住処のシェアハウスから荷物をまとめて出て行ってしまった。英麗は慌てて行方を探っているが、今日にいたるまで発見できていない。

貧しい外国人に用意される未来は暗い。とくに疲れ果てた美女ともなればなおさらで、悪党に目をつけられる可能性が大きくなる。鮫がうろつく海のなかを、血を流しながら漂うようなものだ。

英麗よりもさらにタチの悪い輩に監禁され、身体を売るよう強要されるケースは大いに考えられた。

『ふたたびの家』に関する情報の見返りとして、マイを捜し出してみせる。それが英麗との約束だった。

ドアがノックされた。英麗が入るように声をかけた。褐色の肌をした若い女がおずおずと入ってくる。

「フィリピンから来たアンジェラさん。マイさんの同級生ね。詳しいことは彼女に訊いて」

天井のスピーカーからチャイムが流れた。

「というわけで、よろしく」

英麗が立ち上がった。ジャケットを羽織ると、壁にかけられた鏡を見やり、髪型や化粧をチェックした。これから授業があるようだ。

「蒸し返すようだけど、刑事《デカ》という薬《ヤク》を、そろそろ本気で断つべきね。ろくなことにならない。友人として忠告しておくわ」

彼女はドアの前で言い、アンジェラを残して部屋を出て行った。

＊

ビルを後にして、携帯端末を見た。英麗と話をしている間に、ショートメールが届いていた。

文章はきわめて短い。〈顔を貸してくれ〉とだけある。

送り主は甲斐《かい》道明《みちあき》だ。彼からのメッセージはいつもそっけないが、文面からはいつもと異なる気配がした。

瑛子はメールを返した。

〈今はどこ？〉

すぐに返信があった。

〈例のところだ。会えるか？〉

甲斐は印旛会系千波組の大幹部だ。斐心《ひしん》組を率いる親分であり、同時に八神の情報提供者でもあった。

千波組は上野を中心に、御徒町や秋葉原といった東京東部を根城にする老舗団体だ。関東の広域指定暴力団の印旛会のなかで大きな影響力を持つ。

最初に出会ったときは、甲斐はまだ若衆のひとりで、警察とのパイプ役を担っていた。

一年半前、昇竜の勢いにあった若頭補佐を排除し、その後釜に座った。八神から得た情報をうまく活用し、シノギである風俗店やホストクラブの摘発を免れ、安定した経営を続けた。一方で若頭補佐の儲け口だったネットビジネスを奪い、名の知られた動画配信サイトの運営会社の大株主となった。稼ぎのよさが認められ、現在は、筆頭若頭補佐兼本部長という要職に就いている。

例のところ。口のなかで小さく呟くと、東上野から御徒町へと向かった。彼が指定した場所は少し遠い。彼女はメールを返した。

〈わかった〉

職場には『ふたたびの家』の悪党が勾留されている。調書を巻かなければならないが、上司である課長の石丸に電話をすると、まずは休息を取れと命じられた。二つ返事で了承し、御徒町駅の改札口を通り抜けた。

山手線で東京駅まで向かい、中央線に乗り換えて八王子駅を目指した。乗車している間、椅子に座って約四十五分の睡眠を取った。いつもは外で眠ることなどないが、甲斐の様子を考えると、わずかでも休息を取る必要がありそうだった。

いつもの夢も見た。黒く濁った川が、どうどうと凄まじい勢いで流れており、瑛子はじっと見つめているしかない。濁流からガスで膨らんだ手が伸び、彼女は足首を摑まれ、川のなかへと引きずりこまれる。岩棚に頭を叩きつけられ、氷水のような冷たさに身体の芯まで冷やされ、川底の汚泥に顔を押しつけられる……。

八王子駅到着のアナウンスを耳にし、目をこすって電車を降りた。目の周りは涙で濡れている。事件は解決したが、夢に終わりはないらしい。

雅也が亡くなったとき、瑛子は妊娠四ヶ月目で刑事職を離れ、荻窪署の総務課に在籍していた。雅也の自殺説を強硬に否定するも訴えは通らず、耳を貸す人間もいなかった。夫の死から一ヶ月後には流産してしまう。瑛子の警察人生も一変した。

三ヶ月の休職を終えると、刑事職に戻れるよう、上司に請願し続けた。雅也の死を自殺と断定した捜査一課に対する疑念は隠しながら。希望が叶い、上野署の組対課に来てからは、もう手段を選ばなかった。暴力団や外国人マフィアと取引もした。

――仇の首を獲りたいのなら、これからも追い続けるしかないのさ。その手みたいに。赤く汚しながらな。

雅也を殺した男は、瑛子にそっくりだった。暴力団とつながり、警視庁内の汚れ仕事をこなし、知ってはならない極秘情報を握り、上層部からも怖れられる怪物として暗躍した。自分も怪物になりかけている。カネや暴力、脅しを駆使すれば、知り得ぬ事実も摑めるのだと、禁断の味を知ってしまった。

今度はあなたがずるずると五條と化しているようにしか見えない――英麗にも指摘された。いつまでも夢に悩まされるのは、あの世の雅也と〝子〟が警告しているのかもしれない。正義感の強い記者だった雅也が、今の瑛子をひどく嘆いているだろう。

八王子駅からタクシーで北西へ進んだ。丘陵に設けられた墓地に向かう。盆や彼岸の時期でもない平日の午後、大きな駐車場はガランとしていた。甲斐のカムリが停まっていた。

彼は以前、値の張るジャガーに乗っていたが、なるべく筋者の臭いを消すために売却し、国産のハイブリッドカーに替えていた。

若い男が熱心に車体をモップで磨いていた。軽量級のボクサーのように引き締まった身体だが、地味なスーツにネクタイを締めており、一般企業の社員にしか見えない。

タクシーから降りたのが瑛子とわかると、彼は即座に携帯端末を取り出し、画面をタッチした。甲斐に瑛子の到着を伝えているのだろう。

若い男は瑛子に向かって頭を下げた。軽くうなずいてみせる。

墓地に続く坂道を上った。山の斜面は多くの墓石で埋め尽くされており、この地で眠る仏や墓参者は多摩の町並みを一望できた。今日は天気がよく、都心のあたりまで見える。

薄汚れた墓石だらけのなか、甲斐がいるその一画は清潔だった。ゴミひとつ落ちておらず、花立には色とりどりの花が飾られてあり、線香の煙が天に昇っている。墓で眠っているのは、千波組の有嶋《ありしま》組長の妻と娘だった。

有嶋の娘は、ある人物によって一年半前に刺殺された。甲斐の思い人だったらしく、彼はビジネスや義理掛けに追われながらも墓をまめに掃除し、花や浄水を供えていた。今日は有嶋組長の妻の月命日だ。

ダークスーツを着ていたが、甲斐もやはり極道には見えなかった。蜘蛛《くも》のように手足が長く、身長は百八十センチ以上あるものの、なで肩で胸板は薄く、ヤクザ特有の威圧感はない。メタルフレームのメガネをかけ、上品な高級時計をつけており、オフィス街にいそうな若手の重役といった外見を装っている。

彼は線香の煙を見つめていたが、やって来る瑛子に目を移した。

「こんな遠くに呼んですまなかった」

「トレッキングもたまには悪くない。お互い、騒々しいところが縄張《シマ》りだから。空気がおいしい」

甲斐の顔を確かめた。表情に乏しい男で、感情が読み取りにくいが、眼光にいつもの鋭さがない。

「なにやら、お悩みのようね」

「わかるか？」

「長いつきあいだもの」

甲斐は鼻で笑った。

「今日びの極道で、悩みのないやつなどいないさ」

瑛子はバッグから線香を取り出した。燭台のろうそくで火をつけ、墓に供えた。両手を合わせて、故人の冥福を祈りつつ、甲斐の言葉を待つ。

やがて、彼が切り出した。

「別れを言いに来た。いや、別れを言うために呼んだというべきか」

「懲役にでも行くの？」

「バカな。あんたという強い味方もいるのに。そんな下手は打たない」

改めて見やった。甲斐の表情が張りつめている。

見た目こそ優男風だが、この男は生粋の極道だった。強烈な野心を持っているが、同時に強い忠誠心を持ち、親分の有嶋のためなら身体を張る。兄貴分だった若頭補佐を罠に嵌めたのは、有嶋の娘の死に乗じて、出世の道具に利用しようとしたためだ。

「足を洗って、故郷《クニ》に帰るわけでもなさそうね」

「あんたの情報提供者《エス》じゃいられなくなった。そっちとの関係を終わりにしたい」

「なるほど」

軽くうなずいてみせた。驚きはない。妙なよそよそしさを漂わせていただけに、なにかあると思っていた。

「有嶋組長の具合は？」

「思いのほか悪い」

有嶋は最愛の娘を惨殺され、その事件には自分の子分まで絡んでいた。大きな喪失に見舞われて体調を崩した。

伊豆での湯治と静養で持ち直し、それから一年ほど千波組の首領として精力的に活動した。だが、九州での義理事からの帰りに大量の鼻血を出し、都内の病院に救急搬送された。かねてから肝臓を患っていたが、肝硬変がだいぶ進行しているらしい。大量の鼻血は、肝細胞の働きが低下し、血液凝固因子の量が減少したためだ。

甲斐の口ぶりを考えると、長くはないのかもしれない。東京の顔役として知られた大俠客だが、老いと不幸が重なったため、前から引退説が囁かれていた。千波組も変化の時代に突入しようとしている。

法と条例で縛られた暴力団は、苦難の時代を迎えている。ヤクザの生存を認めない警察に対し、今では多くの暴力団が情報提供も捜査協力もせず、対決姿勢を露にしている。広域暴力団の印旛会も同様だが、下部組織の千波組は必ずしも方針に従ってはいなかった。

寝技を得意とする有嶋は、警察との関係を維持する方法を模索し続けた。企業舎弟を通じて政権与党の大物代議士や都議会議員に多額の献金をした。縄張り内の警察署に裏DVD店や違法エステ店を定期的に摘発させ、逮捕要員の店長や構成員を差し出し、現場警官たちの点数稼ぎに協力している。

警官崩れや元探偵による政治団体を作り、インサイダー取引などで儲けを手にした企業、選挙違反をした候補者と運動員を所轄の捜査二係に売る。不良外国人や半グレの悪行を摑めば、組対課と取引を交わした。

甲斐が瑛子に情報を提供したのも、有嶋の意向があったからだ。瑛子も静養中の有嶋と面会し、機密情報を得るために暴力団に手を貸したことがある。

有嶋がこうも危うくなる以前から、千波組は跡目争いが浮上しつつあった。親分が大きな存在であればあるほど、後継者をめぐる争いは激しさを増す。有嶋が持たないとなれば、千波組は本格的に揉めるかもしれない。

千波組のナンバー2は、若頭の数佐周作《かずさしゅうさく》だ。策士と呼ばれた有嶋とは対照的に、堅実な番頭役として組の運営に長く携わってきた。五十半ばの極道だ。

カリスマ的な親分の陰に隠れがちだが、二十年前に華岡組系の組織と衝突したさい、凶器準備結集罪で逮捕され、府中刑務所に下獄している。刑務所内では、カミソリで襲ってきた関西ヤクザを裸絞めで返り討ちにした。傷害致死罪に問われ、さらに三年の懲役を加えられたうえ、嗜虐的な刑務官に腹を立てて暴行を働き、何度も懲罰房行きとなった。

ふだんこそ親分を陰で静かに支えるが、いざとなれば関西だろうと、当局だろうと一歩も引かずに鬼となる。極道の手本のような男であり、有嶋のような寝技は好まない。警察にとっては話の通じない相手だ。

ため息をついてみせた。

「数佐氏が組を仕切るのね。あなたがトップに指名されるって噂も耳にしたけれど」

「よしてくれ。単にカネ集めがうまいというだけで、おれの尻をしきりに掻こうとする連中が多くて弱ってるくらいだ」

「九代目の座はおれだとばかりに、野心をギラギラ燃やしてるもんだと思ってた」

甲斐がしばらく黙った。しぶしぶといった様子で口を開く。

「どうせ、あんたらに知られるのは時間の問題だ。じきに有嶋《オヤジ》は病気療養を理由に一線を退く。当分は、若頭《カシラ》が組長代行として、組を引っ張ることになる。次代に向けた組織固めが済んだら、〝代行〟の二文字が取れるって寸法だ」

「じつは策士の有嶋組長が院政を敷く。そんなシナリオでは？」

「有嶋《オヤジ》にそんな元気はもうない。稼業に執着してないどころか、あの世で姐《あね》さんやお嬢さんに会えるのを愉しみにしてるぐらいだ」

甲斐の表情をそれとなく観察した。

人形のようで、感情を読み取らせまいとしているのがわかる。瑛子と似たところがあり、怒りや悲しみをこらえているときほど、彼は表情を消したがった。

「たしかに資金力だけをいえば、おれは頭ひとつ抜きんでてる。ただし、株式会社じゃないんだ。長い懲役を経験してもいなければ、顔だって広くない。おれと数佐《カシラ》が跡目を争っていると、やたらと空気を入れるやつらがいるが、数佐《カシラ》は組の内外から尊敬されているし、スジをきちんと通す極道だ。あんたらにとっちゃ面倒きわまりない相手になるが、どこぞの組と違って、割れたりはしない」

「あなたも数佐氏についていくのね」

「ああ」

甲斐はきっぱりと答えた。今の彼は名うての経済ヤクザとして名が通っている。策謀を駆使して、渡世の荒波を乗り越えてきた有嶋と似て、腹の底を見せない曲者とも。

瑛子は知っていた。兄貴分を押しのけ、スピード出世を果たした野心家という評判とは裏腹に、昔気質な性格のヤクザであるのを。

「あなたは？」

「……若頭代行だ」

「組の組織固めが済んだら、〝代行〟の二文字が取れるわけね。皮肉でもなんでもなく、おめでとうと言わせて」

彼の目を見て言った。本心であると伝えるために。

頑固な武闘派で知られる数佐とは、案外ウマが合うかもしれない。千波組を二人三脚で率い、警視庁の手を大いに焼かせるだろう。

有嶋が組長の座から退くのも、実力者の子分ふたりがいがみ合うことなく、一致協力して組を守り立てていくと判断したからだろう。

「あんたと会うのもこれで最後だ。今後は情報を流すどころか、反目《ハンメ》に回って罠を仕かける側になる」

瑛子は苦笑した。

「長いことポリ公をやってるけど、面と向かって『罠を仕かける』なんて言われるのは初めてよ。味方のフリして嚙みつけばいいのに。ヤクザに向いてないのかも」

「これがおれのやり方だ。スジを通しておかなきゃ夢見が悪い」

甲斐の頰が紅潮していた。

身内からの批判をかわすためのポーズではなく、数佐体制のために本当に動く気でいるらしい。

有嶋の命を受け、長いこと警察との外交役を担い、瑛子の情報提供者となった。彼女に裏社会の情報を提供する代わりに、シノギを有利に展開するなど、なにかと恩恵にあずかったのは事実だ。

だが、組のなかでは、警官《ヒネ》とつるむ無節操な不忠者と後ろ指をさされてきた。不本意かつ損な役割をも引き受ける不器用なヤクザだ。

空を見上げて、独り言のように呟いた。

「和泉忠成《いずみただなり》の成波《せいば》総業」

甲斐が驚いたように目を見開いた。

和泉は千波組の舎弟頭で、先代の時代に有嶋と組長の座を争って敗れはしたものの、今も長老として影響力を持ち、シンパを抱えている。

数佐や甲斐にとっては目の上のタンコブといえる存在であり、よくも悪くも、有嶋同様に知恵の回る老ヤクザとして知られている。仮に有嶋が退くとなれば、それを機に自分の息がかかった者を組長に担ぐなど、内部に混乱をもたらしかねない要注意人物だ。あれこれと組員に吹きこんでは、数佐と甲斐の関係に楔《くさび》を打つといった策を練ると思われた。

ポーカーフェイスが得意な甲斐が、和泉の名を出した途端、驚きの表情を見せた。瑛子の推理は的を射ているのかもしれない。

「あそこの事務局長をやってる某《なにがし》。情婦のひとりが管内で鉄板焼きの店をやっていて、けっこう繁盛してるみたいだけど、どうも様子が変なのよね。休みなしで切り盛りしてる働き者だけど、テンション高すぎて従業員も常連客も軽く引いてるみたい。囲い屋をパクったし、そろそろあのあたりを探ってみないと」

独り言を口にしながら、腕に注射器を打つジェスチャーをしてみせた。最近になって瑛子が耳にした情報だ。

「八神さん……」

甲斐が目を丸くする。

現在の千波組は、有嶋の強い意向もあって、覚せい剤に触れるのを厳しく禁じている。売買にかかわるのはもちろん、組員自身が摂取するのも許していない。

事務局長は秘蔵っ子として、和泉から特別に目をかけられていた。そんな男が覚せい剤にタッチしているとなれば、親分である和泉の立場もなくなる。甲斐は情報を目一杯に活用して、和泉の影響力を削いでいくだろう。

決別宣言をしたヤクザに、有力情報《マブネタ》を与える必要はないのかもしれない。しかし、瑛子も仁義を切らずにはいられなかった。

かつて甲斐は決定的な情報を瑛子に何度も与えている。この墓に眠る有嶋の娘、向谷香澄《むかいやかすみ》の殺害に、千波組の幹部が関与していることを教えてくれた。雅也殺しに絡む警察OBや現役刑事を知ったのも、彼の忠告がきっかけだ。情報だけではなく、ひそかに銃器まで提供してくれたときもある。利害関係が絡んでいたとはいえ、彼がいなければ雅也殺しの真相にはたどりつけなかった。

「餞別。あなたには借りがあるから」

甲斐が小さく笑った。

「飼い犬に吠えられても、エサを与えるとは。あんたこそ、警官《ヒネ》には向いちゃいないんじゃないか」

「そうかもね」

きれいに掃き清められた墓石に目をやった。甲斐とは敵同士になるが、この男には敬意に近い感情を抱いていた。

「おれも最後にアドバイスをしておきたい」

ふいに甲斐が真顔になった。

「なに？」

「まっとうな刑事に戻れ。今なら遅くない。旦那が死ぬ前までは、クリーンで知られたおまわりだったんだろう」

「驚きね。ヤクザが刑事に更生しろだなんて」

思わず目を見開いた。彼は真剣なままだった。

「……この稼業に身を置いてりゃ、報復をやらなきゃならん場面に出くわす。仇敵にケジメをつけさせて、この世から消えてもらったところで、晴れやかな気分になれるわけじゃねえ。あんたもそうじゃないのか」

「別の友人からも同じことを言われてる。刑事《デカ》なんか辞めちまえって」

「それも悪くない。仇を討ったわりには、その後も稼業人と手を組んだり、警官をカネで縛ってる。惰性でやってりゃ身を滅ぼすだけだ。まだ間に合う」

「むしろ、破滅したほうがあなたのためになるんじゃ？　いずれ、あなたを逮捕《パク》るかもしれない」

甲斐は残念そうに肩を落としたが、すぐに不敵な笑みを浮かべた。

「やってみなよ。婦警《メスポリ》さん」

彼の薄い胸板を軽く小突いた。

「忠告、感謝するわ。首を洗って待ってなさい。チンピラ」

瑛子は墓から離れた。一度も振り返らずに参道を歩む。

彼が極道でいるかぎり、いつかは敵同士に戻る日が来るのは織り込み済みのはずだった。

情報提供者は他にも大勢いる。そのうちのひとりが消えただけに過ぎない。そう思うことにした。

墓地から離れて坂道を下った。急に冬へと逆戻りしたような冷たい風が吹きつけた。瑛子は首をすくめ、唇を強く嚙んだ。

## 5

須藤肇《すどうはじめ》はミニバンのなかでストレッチをした。痛みを感じるくらいに背中をそらす。

狭い車内に閉じ籠もっていると、腰痛が悲鳴を上げるようになる。整体師から、マメにやるようにアドバイスされていた。

イヤホンマイクから部下の瀬戸《せと》の声がした。

〈八神《マルタイ》を乗せたタクシーが墓地を出ました〉

「早かったな」

〈やけに深刻な様子ですね。行動確認《コウカク》を続行します〉

須藤は腰を叩きながら命じた。

「充分だ。そこで止めておけ」

〈しかし……〉

咳払いをしてみせた。

「田辺寛《たなべひろし》を知ってるだろう。今は外事二課か」

須藤も瀬戸も公安畑出身だった。尋ねられた瀬戸は、意味を摑み損ねているのか、口籠もりながら答えた。

〈え、ええ……評判は。外事きっての職人と聞いてます〉

「以前、その職人さんの監視をも見破って、ドロンしたのが八神《マルタイ》だ。お前が田辺よりも優れていると思うなら、行動確認《コウカク》を続けてみろ」

〈……わかりました。中止します〉

瀬戸が声をひそめた。

瀬戸は監視のエキスパートではあるが、いささか自信過剰だった。八神瑛子の危険性を丁寧に説明してきたが、瀬戸の目には所轄の刑事にしか映っていない。

公安に長いこと在籍し、スパイやテログループといった脅威を相手にしていると、強盗や違法風俗店を追う警官を蔑みがちになる。

組対などはヤクザという絶滅危惧種を虐める二軍刑事の集まり。そう言って憚らない連中もいる。その公安から奥の院である警務部監察係に抜擢されれば、エリート意識を抱くなというほうが無理かもしれない。

須藤班の新たな標的が上野署組対課の女係長だと告げると、瀬戸ら部下は拍子抜けしたものだった。真珠入りの男根でヤクザにひいひい言わされたのか、キメセクに溺れたのか。部下たちは野卑な声をあげて笑った。

八神の経歴や過去を丁寧に教えた。自分たちが相手にしているのはちっぽけな小魚ではなく、下手をすればこちらが嚙み殺されかねない人喰い鮫の類だということを。

〈相手も墓地を出てきました。八神が会っていたのは、やはり甲斐です〉

瀬戸が報告を続けた。そっけなく返事をする。

「だったら、もう用はないな。早く上野に戻ってこい」

八神は八王子くんだりまで、一体なにをしに行ったのか。

瀬戸に後を追わせたが、八神を待ち受けていたのは、彼女の情報提供者である甲斐道明だった。なんでも親分である有嶋章吾《しょうご》の妻や娘が眠る場所らしい。

瀬戸には不用意に近づくなと命じたため、八神らがなにを話し合ったのかは不明だ。互いの縄張りである上野を離れて顔を合わせるのだから、重要なやりとりがなされたのかもしれない。

八神は千波組との癒着の疑いがあった。現金の受け渡しといった決定的な証拠が摑めた可能性もある。

瀬戸は鼻息を荒くして墓地に潜りこもうとしたが、須藤は待ったをかけた。人気がない平日の墓地に、刑事の臭いを漂わせた男が乗りこんでいく。しかも、相手は警視庁を揺るがせた危険人物だ。あまりにリスクが大きい。

瀬戸は前に公安総務課におり、監察係に来て間もなかった。政治好きの市民運動家や意識の高い学生を見張るのとはわけが違うと、口を酸っぱくして言い続けたが、田辺の名を出したことで、ようやく真意が伝わったらしい。

瀬戸との通話を打ち切ると、携帯端末を操作した。

「でも八神《マルタイ》がこの有様じゃ、ナメたくなるのも仕方ない」

画面には八神の姿があった。瀬戸が尾行中に撮ったものだ。

八王子へ向かう電車のなか、彼女は座席に腰かけて、手すりに身体を預け、ぐっすりと眠りこけていた。囲い屋の悪党どもを潰すため、徹夜続きで内偵を進めていたとはいえ、口を半開きにする姿は、あの五條を倒した怪物とは思えなかった。

——あの後家の息の根を止めろ。

首席監察官の加治屋《かじや》から命じられた。

須藤の上司にあたるこの男は、着任早々に八神潰しを目論んだ。目的は意趣返しにある。

一年前、八神は警視庁のパンドラの箱を開け放った。本来なら永遠に隠しておくべき大不祥事だ。彼女は中心人物の大物OBの殿山を追いつめ、監察さえも手が出せなかった怪物を退治した。

その余波は警視庁の勢力図を塗り替えるだけでなく、警察庁にも影響を及ぼした。殿山は自死を選び、彼の派閥にいた者には粛清が待ち受けていた。当時の警視総監も例外ではない。殿山らによる謀略と殺人が明らかになった時点で辞職に追い込まれている。

出世の階段を上った人間もいた。一年前までは警視庁刑事部長だった能代英康がそうだ。味噌をつけたライバルらを蹴落とし、この一年で能代は巨大派閥を形成している。

現在は警察庁長官官房長として、全国の警察組織に睨みを利かせる存在だ。今や未来の警視総監、あるいは警察庁長官の本命と目されている。

加治屋は定期的に能代が行うゴルフ懇親会に誘われ、毎回欠かさず出席しては恭順の意を示している。だからこそ、首席監察官という重いポストを与えられたのだ。

霞が関の世界は、永田町と同じく複雑怪奇だ。面従腹背に情報操作、探り合いや化かし合いが日常茶飯事だった。

加治屋は能代のゴルフコンペの幹事まで務めながら、その一方で反能代派と手を握り、ひそかに彼の追い落としを図っていた。

刑事畑を歩んできた能代がトップに立つなど、エリート意識の高い公安畑の連中にとっては我慢がならないらしい。反能代派もまた急速に数を増やしている。

一兵卒から成り上がった須藤には、そんなパワーゲームなど興味はない。ときの上長の命令に黙って従い、流れに逆らわずに仕事をこなしてきた。他の同僚が二の足を踏むような任務でさえも。あるときは捜査費用を捻出するため、やりすぎと思えるくらいに偽の領収書を作ってもいる。

そんな自分が〝警察のなかの警察〟といわれる監察官になるのは、必然といえた。和というものを軽んじた父とは違い、警察社会の掟をしっかりとわきまえている。

「須藤さん、ふたりが」

助手席の折戸《おりと》明菜《あきな》が知らせてきた。須藤は我に返った。

「出てきたか」

フロントウィンドウに顔を向けた。

窓越しに上野中央通りの繁華街が目に入る。老舗の和菓子店やレストラン、宝飾店にファッションビルなど。大小さまざまなビルが並び、上野らしい雑然とした景観を作り上げている。

須藤らがいるミニバンは、上野中央通りの路肩に停まっている。仕事熱心な駐車監視員が次々にやって来ては、キップを切ろうとするため、警察手帳を見せて追い払わなければならなかった。須藤を含めた三名全員がカジュアルな装いをしているだけに、駐車監視員にいちいち驚かれた。

明菜の視線を追った。鈴本演芸場の隣にあるチェーン系の寿司店だ。

須藤は目をこらす。井沢と花園が店から出てきた。どちらも八神の部下だ。メートルが上がっているのか、身体をふらつかせている。

井沢が花園の肩を組んで、ぺらぺらと話しかけていた。上野署組対課内のムードメーカーという評判通り、陽気な気配を振り撒いている。後輩の花園がいささか困り顔を浮かべつつも、井沢の喋りに相槌を打つ。

「まだ日が高いというのに。最低なやつら」

明菜が吐き捨てるように呟いた。

彼女は目黒署や万世橋署の交通課に所属し、ここの駐車監視員に勝る熱心さで、交通違反者にキップをひたすら切り、やがてナイフや危険ドラッグを車内に隠し持っている人間を見破れるようになった。まじめさと嗅覚を買われ、公安畑を経て監察係に引っ張られた。

「そう怖い顔をするな。それこそ昼も夜もなくぶっ通しで、悪党たちを見張ってきたんだ。一段落すれば、ハメを外したくなるのも当然だ」

須藤は明菜をたしなめるように手を振った。

「それに、あれぐらい隙があってくれないとこっちが困る」

冗談を口にしたつもりだが、明菜のしかめっ面は変わらなかった。冷ややかな視線を須藤に投げかけてくる。

瀬戸のようなクセのある自信家も使いづらいが、明菜みたいに頭の固すぎる部下も面倒だった。まるで中学生の学級委員長だ。

もともと、女性警官は好きではない。一生をかけて組織に仕えなければならない男と違い、結婚という逃げ道があるせいか、暗黙のルールを理解しようとせず、薄っぺらい正論を振りかざしたがる。

八神はその最たるものだった。警察組織にいながら、調和を徹底的に無視し、己自身の都合のために警視庁を混乱に陥れた。今も大きな顔をして警官をやっている。秩序の安定を第一に考える公安出身者にとっては、テロリストをそのまま抱えているようなものだ。加治屋は鼻持ちならないキャリア野郎だが、いい仕事をよこしてくれたものだと思う。

井沢と花園が寿司店の前で別れた。深夜までのハシゴ酒を想定していたが、井沢が中央通りをわたって御徒町駅方面へ。花園は反対の湯島方面に向かって歩き出す。

「監察官」

運転席の及川《おいかわ》が振り返った。彼の後頭部を軽く小突く。

「外にいるときは『監察官』は厳禁だ」

「す、すみません」

「次にやったら外すぞ」

及川の頭にはヘアワックスがべっとりとついていた。須藤は拳をハンカチで拭い取る。

「井沢は女《ウマ》のところに向かう気だ。やつらの酒盛りにつきあわされずに済む」

ミニバンのドアを開けて路上に降りた。心地よい春風が頬をなでた。車内は陽光のせいで暑いくらいだった。

助手席の明菜も降りた。彼女とカップルを演じながら歩き、中央通りを渡って井沢の跡を尾《つ》けた。

井沢はしっかりとした足取りで春日通りへ曲がり、予想通りに御徒町駅へと進む。寿司店を出てきたときは、かなり飲んでいるように見えたが、歩く速度はわりと速い。

外見こそホストのようにチャラチャラしているが、一時期まで柔道で五輪を目指した猛者《もさ》だ。今も新木場の術科センターに顔を出し、全国大会や五輪を目指すアスリートとともに汗を流している。

彼の女も調査済みだ。市川市に住んでおり、千葉の大学で柔道を教えているコーチだった。コーチの仕事だけでは食っていけず、錦糸町のスナックで働いているときに、店に立ち寄る井沢と知り合った。軽軽量級の選手だったわりには身長が高い。鋭さを秘めた眼差しは、彼の上司である八神と雰囲気がどことなく似ていた。

彼女といい仲になってからまだ日も浅いこともあって、恋人の住処に一刻も早くしけこみたいのだろう。

イヤホンマイクで及川に指示を出した。

「井沢の身柄《ガラ》をさらう。車を回しておけ」

明菜とともに小走りになって近づいた。

須藤班は井沢をウマと呼び合った。将を射んと欲すれば先ず馬を射よ。それが須藤のやり方だ。八神本人がいくらガードが堅くとも、部下たちが同じとは限らないからだ。

井沢には駅構内に入る直前で声をかけた。

「井沢さんですね」

「ああ？」

彼がいかにも不愉快そうな顔をする。

警察手帳を出すまでもなかった。すぐに同業者だと感じ取ったらしく、みるみる表情が強張っていく。

須藤は小指を立ててみせた。

「飛んで行きたいのはわかりますが、ちょっとだけ時間をいただけませんか。手間は取らせません」

「お前ら……人事一課《ヒトイチ》か」

井沢がかすれた声で言った。

須藤は答えずに笑みだけを浮かべてみせた。傍に停まったミニバンに促すと、抵抗する様子もなく乗りこんだ。

## 6

『東都日本語アカデミー』は、ビルが並ぶ湯島の一角にあった。

大きなオフィスビルに、学校名を記した袖看板が掲げられてある。十二階建ての建物だが、そのうち三つのフロアを校舎として借り上げていた。瑛子は八王子を去ると、その足でやって来た。

甲斐から決別を告げられ、動揺しながら墓地を離れた。千波組を容赦なく叩くだけと、都心に戻る電車のなかで心に誓った。

そう決意させたのは、八王子駅に向かうタクシーのなかから、若頭の数佐を見かけたからだ。山道を下る最中、黒のベンツとすれ違い、後部座席に座る数佐を目撃した。彼も月命日の墓参をしに八王子を訪れたのだろう。

一般社会に溶けこもうとする甲斐とは異なり、一目で稼業人とわかる姿だった。ダークスーツを身にまとい、黒く染めた頭髪をオールバックにしていた。刑務所内でヤクザを絞め殺した経歴を持つだけあり、太い首と岩のような肩が見えた。

ほんの一瞬だが、数佐も瑛子に気づき、視線が交錯した。情に厚い熱血漢という噂とは異なり、見る者を震え上がらせるような冷たい目をしていた。

今後、甲斐があの男とつるむかと思うと、頭がひどく熱くなった。苛立ちを引きずったまま日本語学校に来た。

ビルのなかに入る。生徒と思しき東南アジア系の集団とすれ違った。エントランスホールの掲示板には、日本語と英語、中国語による注意書きが貼ってある。

エレベーターに乗り、事務室のあるフロアで降りた。壁や天井はホワイトで統一され、小奇麗な印象だ。狭苦しい英麗の教室よりもゆったりとしている。

日本語学校は国内の労働者不足に合わせて、爆発的に数を増やしている。生徒集めのためにクリーンな教室はもちろん、校内にフィットネスジムやシアタールームまで完備されているところもある。

フロアの一角には休憩ラウンジがあり、何人かの生徒らがテーブルを囲んでいた。瑛子に気を払う者はいない。

授業は昼間のみとあって、夕方五時を過ぎたこの時間、生徒の数は少ない。留学生という肩書きを持つものの、生徒は労働目的で来日している。ラウンジの一角にはパソコンコーナーが設けられ、デスクトップが三つあったが、使用している者はいない。

休憩ラウンジにいる生徒たちは、談笑や暇潰しというより、労働前の腹ごしらえといった様子で、スナックや菓子パンをペットボトルの茶で胃に流しこんでいた。

もともと、校長の鰐淵伸光《わにぶちのぶみつ》は人材派遣会社の経営者であり、教育経験はない。五十代になった今も学校という名の口入れ屋を営んでいる。

事務室は人気がなかった。六つあるデスクはどれも空席だ。ただし、デスク上のノートパソコンからファンの風切音がしており、スタッフは一時的に席を外しているだけのようだ。

事務室の奥に、〝校長室〟とプレートの貼られたドアがあった。カウンターのスイングドアを通過して事務室に入る。

「え、ちょっと。そこの人」

ネクタイ姿の中年男に呼び止められた。

彼はトイレにでも行っていたのか、ハンカチで手を拭きながら、小走りになって駆けてくる。事務員のようだった。

歩みを止めずに校長室へ進んだ。中年男に先を回られ、行く手を阻まれる。

「うちの……生徒ではないですね。校長のお知り合いですか？」

中年男は息を弾ませながら、瑛子の顔や服装を確かめている。

「これから知り合うんです」

ショルダーバッグから警察手帳を取り出し、身分証とバッジを見せた。

「警察……」

中年男が驚いて硬直している間に、瑛子は校長室のドアノブに触れた。鍵はかかっていない。

部屋に入ってすばやく室内を見渡した。他のフロアと同じく、ホワイトを基調とした部屋だった。分厚い学術書や洋書がぎっしり収まった本棚がいくつも置かれ、そのうえには鰐淵の業績を称える賞状が、室内を囲むように飾られてある。

上座の陳列棚には、数えきれないほどの表彰盾が並んでいた。壁は名の知れた政治家や文化人、アジアのVIPと鰐淵が写る写真で埋め尽くされている。校内での喫煙は全面禁止との紙が貼ってあったが、校長室のなかはニコチンのきつい臭いがした。

インテリアだけなら、どこにでもいる自己顕示欲の強い学校経営者の部屋と見なしただろう。

ただ、部屋の中央には革張りのソファの応接セットがあり、鰐淵と若い女が半裸で抱き合っていた。印象をガラリと変えざるを得ない。商売熱心だという評判は耳にしていたが、下半身も同じく盛んらしい。

鰐淵はワイシャツ姿だったが、下半身はなにも着けていない。濃い脛毛と陰毛を露出させている。

VIPらと写っている彼は、鼈甲《べっこう》のフレームのメガネをつけ、黒々とした頭髪をきっちりと七三に分けて、貫禄のある教育者を演じていた。目の前にいるのは、上野公園の花見でハメを外しすぎた老サラリーマンのようだ。

若い女は背中まで黒髪を伸ばした色白の美人だった。スレンダーな体型で、ウエストは鰐淵の半分ほどしかなさそうだ。彼女が身に着けているのは外れかけのブラと靴下だけだ。ふたりとも、彫像のように固まっている。

瑛子はポケットから携帯端末を取り出し、カメラを起動させてシャッターボタンを何度も押した。

「哎呀《アイヤー》」

若い女が悲鳴をあげ、背中を丸めて身体を隠そうとした。中国語で叫ぶあたり、学校の生徒かもしれない。ふたりは慌てて動き出す。

「な、なんだ！　あんたは」

鰐淵から怒号を浴びせられたが、瑛子は携帯端末の画像を確かめながら、背後の事務員に告げた。

「ドアを閉めたほうが。声が生徒の耳に入るかもしれない」

事務員が少し躊躇《ちゅうちょ》してから、ドアを閉める。

鰐淵は若い女を突き飛ばし、顔をまっ赤にして瑛子を指さした。

「お前はなんだと訊いてるんだ」

「け、警察の方だそうです」

事務員が代弁してくれた。顔は汗でぐっしょりと濡れている。

「警官だと……」

鰐淵が目を見開いた。テーブルの灰皿を手に取り、事務員に向かって投げつける。

「お前はなにやってるんだ！」

クリスタルの重そうな器が、事務員の肩にドスンと当たる。事務員が苦痛に顔を歪める。投げた鰐淵本人も、灰で顔やワイシャツを黒く汚している。

鰐淵に抱かれていた若い女は部屋の隅に逃げ、そそくさと衣服を着始めた。

瑛子は鰐淵の下半身と、痛みにうめく事務員を交互に見る。

「なかなかの教育方針ね。驚いた。ヤクザ顔負けだわ」

「ふざけるな！　なんの権限があって、ここに入ってきた。警察官だからといって、こんな横暴が許されると思ってるのか！」

「事務室に誰もいなかったから、話をうかがいたくてお邪魔しただけで。うっかりノックを忘れましたが、まさか学び舎で行為に及んでいるとは。こちらも考えてませんでしたので」

「校長先生《ジャオチャン》……」

若い女の視線が、瑛子の携帯端末に向いた。鰐淵が立ち上がり、肩をいからせて近づく。

「戯言《たわごと》は大概にしろ。撮っただろう」

鰐淵が携帯端末をひったくろうとする。瑛子は後ろに下がって、携帯端末のレンズを向ける。

「今も撮っています」

携帯端末の動画アプリを起動させていた。

鰐淵が眉間にシワを寄せた。仁王立ちになって深呼吸をする。声の音量を抑えて訊いてくる。

「……あんた、本当に警察官か」

再び警察手帳を取り出し、身分証を呈示してみせた。

「上野署の者です。ここに通われていたレ・チー・マイさんについてお訊きしたくて」

「知らん。帰ってくれ」

鰐淵が即答した。瑛子は見逃さない。横にいた事務員が、一瞬だけ顔を引きつらせたのを。

「いいのですか？　帰っても」

携帯端末に目をやる。撮影したハレンチ画像の公開をほのめかすと、鰐淵は唖然としたように口を開けた。

「あんた……ただの警官じゃないな」

鰐淵が他のふたりに対して手を振った。

若い女が頭髪を乱しながら、事務員とともにドアへそそくさと向かう。ふたりは外の様子を確かめてから、部屋を出ていった。

鰐淵と対峙した。股間を露出した五十男とふたりきりになるのは、心地のいい時間とは言い難かった。

鰐淵のほうも同じ気持ちのようで、急《せ》いた様子でパンツとスラックスを穿《は》いた。手ぐしで頭髪を整える。酔漢という見た目から、グレーゾーンの世界に生きる商売人に変わる。いずれにしろ、教育者には見えない。

彼は身体についた灰や吸い殻を払い落としながら、エグゼクティブデスクへと近寄った。デスクのうえの携帯端末を手に取り、VIPと撮った写真を指す。

「あんたがそういう警官なら、こちらもそれなりの対応を取らせてもらう。後悔しても知らんぞ」

「どうぞ。弁護士でも政治家でも」

鰐淵は威力のあるカードを切った気でいるようだ。瑛子がまったく動じない様子を見て、再び腹を立てたのか、携帯端末の画面を叩くように操作した。

「ヤクザに半グレ、事件屋にジャーナリスト崩れ。これまでもな、お前みたいなハイエナがわんさかと寄って来た。このおれを黙って喰われる死肉と思いこんでな。なかには警官だっていた。中国でもベトナムでもカンボジアでも。そんなハイエナに、おれはいつだってキツい一発をかましてきたんだ」

鰐淵が携帯端末を耳にあてた。

瑛子が部屋に踏みこんだときこそ、すっかり虚をつかれて慌てていたが、今は目に力が籠もっている。

彼が精力的な実業家なのは確かだ。ベトナム北部やカンボジア、バングラデシュまで足を延ばし、労働者を掻き集めてくる。他国に潜む悪徳警官、強欲な政治家やマフィアと交渉をしながら。そんな喰えない男だからこそ、瑛子も反則攻撃に出たのだ。

「あ、署長ですか。私《わたくし》です。鰐淵伸光でございます。先月の防犯対策懇親会以来になりますか。お忙しいところ大変恐縮ですが……」

鰐淵がかけた相手は、警察署の署長のようだった。一転して声のトーンが高くなり、口調が柔らかくなった。面倒なことが起きた飲食店の店主が、ケツモチのヤクザを頼るといった構図に似ている。

瑛子はじっと立ったまま、鰐淵の好きなように喋らせていた。その発言から考えれば、電話の相手は湯島を管轄する本富士警察署の署長のようだ。

「ええ、ええ。そうなんです。上野署の刑事が令状も持たずに、私の学校にずかずかと入りこんできては、今まさに私《わたくし》を強請《ゆす》ろうとしているところでして……はい、代わります」

鰐淵が胸をそらして、瑛子に携帯端末をつきつけた。さっきまで情交に励んでいたためか、汗と精液の不快な臭いがする。

「今さら逃げるんじゃねえぞ。お前のようなぺーぺーじゃなく、相手は本物のエリートだ。警官だからってな、バッジちらつかせて、おれにたかろうなんて百年早いんだ」

携帯端末を受け取って電話に出た。

「お久しぶりです。奥平《おくひら》署長」

電話の相手が息を呑んだ。

〈……やっぱり、あなたですか〉

若い男の声がした。

「それで――」

〈八神さん、あなたは合理性を貴ぶ人だ。率直に言わせていただくが、私はあなたに意見できる立場にない。その鰐淵某氏を好きにしていい。友の会や交通安全協会に寄付をしている篤志家のようだが、それとこれとは別であって、友人と思われるのは心外だ〉

奥平が早口で答えた。

親しげに電話をかけてきた鰐淵に対し、彼は苛立ちを隠そうとはしなかった。瑛子を怒らせまいとするポーズかもしれない。

本富士署は麴町署や丸の内署などと並び、キャリアのなかでも抜きんでた者が赴任する由緒正しい警察署のひとつだ。

近年は、ノンキャリアの人間が署長のポストに就く傾向にあるが、昨年の秋から奥平が任ぜられた。東大法学部と警察大学校で優秀な成績を収めたサラブレッドだが、着任早々に署内のトラブルに巻き込まれた。

会計課の女性職員が、慰安旅行の積立金に手をつけ、結婚詐欺師に二百万の金を貢いでいたのだ。

奥平は自身の経歴に傷がつくのを避けるため、内々で問題を処理すると決断し、〝八神金融〟に話を持ちかけた。瑛子はその日のうちに現金を用意し、奥平に恩を売った。

女性職員には退職金で返済させた。結婚詐欺師は特殊警棒で服従させ、今は情報提供者のひとりとして飼っている。

そんな過去があるためか、奥平があっさりと鰐淵を切って捨てた。

「では、お言葉に甘えます」

〈こちらに火の粉を飛ばさんでくれ〉

「その心配はありません」

微笑を浮かべてみせた。

会話の内容を察したのか、鰐淵の表情が張りつめたものに変わっていた。一介の女性警官に対してエリート署長が、なぜあっさりと引くのかと、顔に書いてある。

携帯端末をスピーカー通話に切り替え、鰐淵に突きつける。

「しょ、署長。まさか――」

〈彼女に協力してあげてください。私は会議があるので。それでは〉

奥平が冷やかに告げて電話を切った。

携帯端末を鰐淵に放る。彼は受け取りそこねて、床に取り落とした。

「あ、あんな若僧に連絡を取ったのが間違いだった。やっぱり弁護士だ。弁護士を呼ぶ」

瑛子は自分の携帯端末を握った。

「どうぞ。その間にハレンチ画像をネットにアップさせてもらう。私も暇じゃない」

「てめえ……」

「足掻《あが》くのは自由だけど、ここで追い返せば、今度は逮捕状《フダ》を持ってやって来る。ここの生徒を都内のホテルに派遣して、違法な長時間労働をさせていたという証言も得ているから。パスポートまで没収して、借金背負った生徒を強制的に働かせていたことも」

アンジェラがまさに被害者だった。鰐淵の妻と息子が経営している人材派遣会社を通じて、ホテルの清掃員やフロントスタッフとして派遣された。

彼女も稼ぐために、週二十八時間という留学生の労働時間を超えて働くのを望み、月二百五十時間も勤務したが、派遣会社からは仲介料といった名目で給料を天引きされた。換算すれば、時給は四百円にも満たない。

どんなに切り詰めて生活しても、アンジェラは借金の返済どころか、寮費も満足に支払えなくなった。高い給料を得るため、学校が斡旋する仕事ではなく、自主的に就労先を探そうとしたところ、鰐淵に呼び出された。学校に対する重大な裏切り行為だと罵られ、分厚い辞典で殴打された。

にっちもさっちも行かなくなった彼女は、人づてに英麗の存在を知った。来日してからの境遇を、隠さず英麗に伝えたという。

携帯端末の画面に目を落として続けた。

「強制労働より、まずは女性問題で揉めるほうが先かも。今までトラブルにならなかったほうが不思議というべきかしら」

「あんた……なにが狙いなんだ」

「レ・チー・マイさんの行方よ。マイさんがここから消えたのは、あなたがモノにしようと企んだからでしょう」

鰐淵が強気に睨みつけてきた。ただ目は正直だ。視線がわずかに泳ぐ。

鰐淵の立場からすれば、女子生徒をモノにするのはたやすかっただろう。家族を楽にさせるために来日したというのに、カネを稼ぐどころか、借金の返済すら覚束ない。

現状を打破しようとしても、パスポートを奪われるといった服従を強いられる強固なシステムが構築されている。寝れば借金を返せると囁かれて、敢然と抗える者は多くはないだろう。

鰐淵は首を横に振った。

「おれはそんな真似――」

悪あがきにつきあいきれなかった。クリスタルの灰皿を拾い上げ、無造作に投げつけた。重い器が腹にぶつかり、鰐淵が息をつまらせて身を縮める。ハンカチを右拳にきつく巻きつけた。

「け、警察がこんなことしていいのか！」

「お互いさまよ」

鰐淵の胃袋に右拳を叩きこんだ。腹の肉が震え、彼が苦しげに悶えた。

「あと一押しで、あなたの特出し画像を世界中にバラ撒ける。つまらない言い訳で煙に巻こうとするのは得策じゃない」

「止めてくれ！　たしかに迫った。あんな上玉、見逃すわけがないだろうが！」

鰐淵が吠えた。セクハラは当然だと言わんばかりの口調に胸が悪くなる。思わず画像を拡散させるところだったが、今は彼を完落ちさせることが先決だ。鰐淵がヤケクソ気味に続ける。

「けれど、おれはあいつを抱いちゃいない。やってないんだ！」

「やったかどうかはどうでもいい。行方を教えて」

「知らん」

吐き捨てるように、鰐淵が言った。瑛子が右拳を振り上げると、懇願するように両手を掲げる。

「あ、いや……まったく知らないわけじゃない。人を使って探らせた。借金だってそっくり残ったままだった。あいつは同胞の伝手《つて》を頼って、埼玉の大宮に逃れていた」

「大宮……」

オウム返しに呟く。

鰐淵は告白した。生徒を最低賃金を下回る給料で酷使しているため、失踪者がたびたび発生していた。

日本語学校は、入国管理当局の審査基準によって、在籍する留学生のうち不法残留者が五パーセントを超えると〝非適正校〟に、二〇パーセントを超えると〝問題校〟に区分され、留学ビザの審査が厳しくなる。そのため、新大久保の探偵事務所と提携し、失踪者を連れ戻させていた。マイの追跡も依頼していたという。

探偵事務所は、元ヤクザや元保険調査員などで構成されており、手形のサルベージや倒産整理を手がける事件屋だった。今は不良外国人を雇い、鰐淵のようなブローカーの依頼を受け、脱走者の連れ戻しを生業としていた。外国人コミュニティに顔が利くのを売りとしている。

瑛子は携帯端末をいじりながら尋ねた。彼が情報をもたらすたびに、ハレンチ画像を一枚ずつ消去した。

「その様子じゃ、連れ戻せてはいないのね」

鰐淵がエグゼクティブデスクにもたれかかった。口を開くたびに疲労していく様が見て取れる。

「探偵は荒くれ者の集まりだが、ふざけたことに匙《さじ》を投げやがったんだ。待ってくれ、嘘じゃない。あの女、大宮に幼馴染がいた。そいつのところに逃げこんだんだ」

「それで？」

「一週間前だ。あのごろつきども、徒党を組んだベトナム人たちにやられたとかほざいて、こっちに手間賃をプラスして請求してきた。よくよく聞いてみれば、たったひとりにぶちのめされたらしい」

瑛子は顔をしかめた。鰐淵が手を振る。

「本当だ、嘘じゃない！」

携帯端末に残ったハレンチ画像は一枚のみになった。それを表示した画面を鰐淵に見せる。

「その一匹狼について教えてくれたら、あなたのムスコが世間に知られることはないわ」

# 7

須藤らを乗せたミニバンは首都高湾岸線を走った。湾岸市川ＩＣで降りて、近くのショッピングモールの駐車場に入る。

須藤は運転手の及川に駐車場の隅に停めるよう命じた。井沢に話しかける。

「このあたりはよくご存じでしょう。私らが知るかぎり、あなたはここに五回は訪れている」

井沢はふて腐れた顔をしたまま黙っていた。

ミニバンの後部座席に、三人の警官が並んで座った。須藤と明菜で井沢を挟みこんだ。シートは広くもないため、嫌でも身体が触れ合った。井沢の身体からはアルコールの臭いがするとともに、激しい苛立ちが伝わってくる。

悪事に手を染めた警官は、おおむね暴飲暴食にふけって醜く太るか、良心の呵責に襲われて痩せ細る。不摂生やストレスで身体の調子を崩しているケースが多い。肉体は嘘をつかないものだ。

井沢に関してはあてはまらないようだ。肩や背筋は岩のように盛り上がり、胸板も分厚かった。健康診断でメタボと診断された須藤よりも、健康に気を遣っているのは間違いない。

長い髪に隠れた井沢の耳はカリフラワー状に潰れていた。柔道やアマレス経験者に見られる餃子耳だ。八神の番頭役として、腕を磨くのを忘れずにいるらしい。彼女に対する忠誠心の強さを感じさせる。

「そのとおりだよ。ここまで送ってくれて助かった。じゃあな」

井沢が明菜をまたいで降りようとした。彼女がドアに手を伸ばして遮る。

「用はこれからよ。金融屋」

「あ？　なんだって？」

井沢は耳の穴をほじった。

「ご協力いただければ、すぐに解放しますよ。今夜はとりわけ大事な夜でしょうし」

須藤はシートを叩いて座るように促した。井沢の顔が強張る。

この男は上野や新橋、錦糸町では夜の顔として知られている。地回りのヤクザ顔負けで、キャバクラやガールズバー、スナックの女や店員たちと広くつきあっている。夜の業界を通じて、裏社会の話を掻き集め、群を抜く検挙率につなげている。気前よくチップをばら撒いているため、彼らのもとには無数の情報が集まるのだ。

井沢のポケットには奇妙な膨らみがあった。婚約指輪とケースが入っているのを把握している。彼が女の住処を訪れる前に、寿司店で酒を飲んだのは、緊張を和らげるためでもあるのだろう。

夜の貴公子などと自称し、あちこち遊び回っているわりには、学生のような純情さも持ち合わせていた。

井沢の目に警戒の色が浮かんだ。須藤に射るような視線を向けながら腰を下ろす。

須藤は満足そうにうなずいてみせた。

「御徒町の宝石商に作らせた、華やかなエタニティリングだ。お相手の女性も喜ぶでしょうな。なにしろ価格は――」

「無駄口叩いてねえで、さっさと本題に入れや」

須藤はカップホルダーのミネラルウォーターに手を伸ばした。

巡査部長ごときが、なんて口を利きやがる。毒づきたくなったが、ペットボトルに口をつけ、柔らかな笑みを浮かべてみせた。

「そうしましょう。まず、プロポーズならもう少し待ったほうがいい。これから忙しくなるでしょうから。せめて再就職先が決まって、生活を安定させてから切り出すべきでしょうな」

井沢が顔を近づけた。

「再就職先だ？　誰が辞めるってんだ、コラ」

「辞めるんではなく、辞めさせられるんです。あなたと八神係長、あなたがたをのさばらせた上長の石丸課長のクビも危うい。その他は戒告か減俸といったところでしょうか」

「優秀極まるおれらが、なんだってクビにされなきゃなんねえ。おれと姐さんが何十回表彰されてきたと思ってんだ」

井沢がヤカラのようにガンをつけてきた。酒臭い息が頬にかかる。

やはり井沢を狙《ウマ》って正解だった。腕っぷしは上野署随一だろうが、役者としては二流に過ぎない。カマをかけただけだというのに、すっかり冷静さを失っている。

明菜が冷やかに告げた。

「同僚らにカネを貸しつけて、利子をふんだくってきたでしょうが。もはや副業といえるレベルで。地方公務員法に反するし、当然ながら貸金業法にも触れる。法律以前に言語道断よ」

須藤も追いつめる。

「あなたがたへの返済に苦しめられたと、数人の警官や職員から証言を得ている」

井沢が口角を上げた。笑みを浮かべたつもりだろうが、ひどくぎこちない。

「恩を仇で返す恥知らずな連中だ。おれたちはひどく気前がいいのさ。からっけつの同僚を見るに見かねて貸してるだけなんだが、一体どこのどいつがあんたらに密告《チンコロ》したんだ？ 利子なんてとんでもねえ」

明菜がパーカーのポケットに手を入れた。なかからICレコーダーを取り出した。会話は録音中だ。

「吐いた唾を呑みこまないでね」

「上等だ。優秀な警官捕まえて、クソみてえないちゃもんつけやがって。証文一枚ありゃしねえだろうが。金貸しに励んでるというのなら、現金を貯めこんだ金庫だの借用書だの見つけたんだろうな」

「いいえ」

須藤は肩をすくめた。

八神金融に証書の類はない。すべて口約束だ。いちいち書類など作らなくとも、貸した相手の身元はわかっているのだろう。借主がとぼけようものなら、井沢や八神に痛めつけられるか、弱点を突かれて脅される。

噂レベルでしかないが、拳銃を突きつけられた者もいれば、ときには博奕や女の味を覚えさせ、身を持ち崩すように仕向けられた者さえいたという。

加治屋のような反能代派の人間たちが、八神らをパージするため、血眼になって極秘調査をした結果、借主の警官ら数人から証言を得られた。井沢の言うように、決定的な証拠まで得られてはいない。八神には資金洗浄や不正蓄財を可能にする裏社会の味方がついている。

高価な指輪をローンも組まずに買うぐらいだ。どこかに裏金をしこたま貯めこんでいるに違いなかった。

井沢が運転席を蹴飛ばした。

「顔を洗って出直してこいや。せっかくの記念日が台無しだ。気分悪すぎて女に会う気にもなれねえ。運ちゃん、御徒町まで戻ってくれ」

むろん、井沢を逃がす気はなかった。情報収集が得意なのは、八神らだけではない。

「本題はこれからですよ。あなたがカネの流れを解き明かすんです。借用書はなくとも、帳簿データはあるはず。それを私のところに持ってきてください」

「ああ⁉」

目を剝く井沢を尻目に、足元に置いたカバンから、一冊のファイルを取り出した。彼の関係者一覧が記されている。

笠原咲良《かさはらさくら》に関するページを開いた。彼女の写真が貼りつけてある。大学のサイトに掲載されていたものをプリントアウトした。青い柔道着姿で写っており、武道家らしく峻険な眼差しを向けている。井沢が婚約指輪を渡すはずの相手だ。

「フィアンセの笠原さん。とても努力家のすばらしい方だ。選手時代は輝きに欠けたものの、教える側になってから才能を開花させた。こういう人を名コーチというのでしょう。名門とは言いかねる大学柔道部を育てあげ、昨年は全日本学生柔道優勝大会の三人制で三位に食い込んだ。国際大会にも愛弟子を送りこんでいる。今年こそ夏の大会で頂きに立つため、ゴールデンウィークは合宿を組んで、みっちり猛稽古を行おうと計画中だ」

「おい……あいつは関係ねえだろうが」

井沢の抗議を無視する。

「そういう方が雀の涙ほどの給料で働かざるを得ないところに、現代社会の歪《ひず》みを感じずにいられませんがね。それでいて、教え子たちの遠征費や合宿費を捻出しようと、寄付を募るだけでなく、自腹を切って東奔西走している。今の仕事が生き甲斐なのでしょうが、それゆえに悲劇も起きてしまう」

「この野郎」

須藤は息をつまらせた。

井沢に胸倉を摑まれ、シートに身体を押しつけられる。須藤も警官である以上、柔道の経験は積んでいるが、力の差は段違いだ。

万力で固定されたように動けなくなる。それでも話し続ける。

「柔道部のためにスナックで働いていたが、昨年秋ごろに実業家を名乗る男が店に訪れるようになった。甘いマスクで愛車はアウディのグランツーリスモ。チップを配るなど金回りがいい。咲良さんの柔道に対する想いに打たれ、資金面で援助したいと申し出ては、彼女の懐へと巧みに潜りこんだ。そうそう、この男には特技がある。女を悦ばせる舌と指、柔道家顔負けの持久力。正体は竿師なのだから、当然といえば当然でしょうが――」

井沢の拳が目の前に迫った。ギリギリのところで止まった。明菜が彼の腕にしがみついていた。

困窮したワケアリの美女。詐欺師にとっては狙い目のカモだ。咲良は身も心も許したが、相手は管理売春と結婚詐欺の前科がある男で、関西系暴力団の構成員でもあった。

やがて男は竿師としての本性を現す。甘い言葉と性技で咲良をコントロールし、彼女に消費者金融や闇金からカネを借りさせた。

いずれは風呂に沈める気でいたのだろうが、阻止したのが、常連客の井沢だった。竿師の魂胆を見抜いて、彼の住処を急襲すると、やはり胸倉を摑んで脅し、彼女から吸い上げたカネの一部を奪い返したのだ。

明菜に告げた。

「折戸さん、構いませんよ。いっそ殴ってくれたほうが話が早い」

彼女がおそるおそる井沢の腕を放した。井沢は自制心を働かせたらしく、もう殴りかかろうとはしない。

「……汚《きたね》え真似しやがって」

「あなたたちも、しょっちゅうやってるでしょう」

　明菜が呆れたように鼻を鳴らした。井沢は両手を震わせる。

「姐さんを売ったりはしねえ」

　手の甲で咲良の写真を叩いた。

「今週中にも、大学に密告《タレコミ》が入る。柔道部のためとはいえ、スナックでバイトしていたという事実に、大学側はいい顔をしないでしょう。ましてや、最近まで反社会的勢力の人物と交際し、セックスのさいには覚せい剤も使われた。これはいかにもまずい。今どきの大学は競争が激しすぎて、警察組織よりも体面を気にする。過去のことだとシラを切り通そうとしても、あの竿師に腰と臀部に刺青まで入れられた。さっさと刺青の除去手術をやるべきでしたな」

　井沢が全身を震わせた。日が落ちて、車内の温度は急激に下がっていたが、彼の顔は汗で濡れそぼっている。

　明菜がドアを平手で叩いた。銃声のような音が鳴る。井沢の身体がびくっと痙攣《けいれん》した。

「こっちの話は以上よ。降りてもらってけっこう。それとも我々といっしょに都内に戻る？　好きな場所に連れてってあげる。私たちも気前がいいの」

　いけ好かない女だが、人を萎縮させるやり方を熟知していた。

「あいつから……柔道を奪うな。苦労に苦労を重ねて、ようやく結果が出たんだ」

「だったら、帳簿の件を頼みますよ」

「そんなもん、おれだってどこにあるか……」

須藤はペットボトルの水を井沢の顔にかけ、口調をがらりと変える。

「無駄口叩いてねえで、やることをやれ。ぐずぐず言ってると、今から学長に電話するぞ。お前んところじゃ、刺青《モンモン》入れた女にコーチさせてんのかとな。キメセクでよがってたころの話も添えりゃ、明日にでも学校から放りだされるだろう」

井沢は向かってこなかった。

長い頭髪がぐっしょりと濡れそぼり、水が滴り落ちたが、拭おうともせずにうつむくだけだった。

黙りこむ井沢の頭髪を摑んで揺さぶった。水しぶきが須藤らにも飛び散る。

「おら、さっさと答えろ。部長刑事《デカチョウ》ごときがでかい口叩きやがって。てめえみてえに調子こいてる腐れ刑事に、こっちだって貴重な時間を割きたくねえんだよ」

脅し文句ではあったが、嘘偽りない本音でもあった。縦社会のルールを忘れ、警察社会に身を置きながら、自由気ままに振る舞ってきた輩だ。

濡れた手を井沢のスーツにこすりつけた。

「てめえの女親分、とことん追いつめるぞ。なにがエースだ、暴力団員《G》と不良外人とベタベタつきあって数字でっち上げてるだけだろう。あの女、悪党とつるんだ挙句に拉致監禁や殺しまでやってのけたって情報《ネタ》まで摑んでんだ」

井沢は顔をあげた。

「こ、殺し？」

じっさい、八神には殺人に関与した疑いがあった。

約一年半前、千波組の依頼をひそかに受け、メキシコの麻薬カルテルを裏切った元構成員を護衛したという。元構成員の抹殺を目的に来日した殺し屋を殺害した疑いがある。

当時の捜査本部は、元構成員と殺し屋による相討ちとして片づけた。八神らしき女が現場付近で目撃されているのも事実だった。噂の域を出ないが、揺さぶりをかけるには有効な情報ではある。

「大好きな姐さんと仲良く心中するか？　それならそれで構わねえ。だが、てめえのせいで恋人が生き甲斐を失うことを忘れるなよ」

「……時間をくれ」

井沢が絞り出すように言う。須藤は及川に命じた。

「大学に電話しろ」

づく。

「よせ。わかった」

須藤は耳に手をあてがい、聞こえないフリをした。

「なにがわかったんだ。ああ？」

水滴が頬を流れて口に入った。しょっぱい汗の味がする。思いのほか興奮しているのに気づく。

井沢は固く目をつむると、無念そうに顔をしかめた。涙が鼻筋を通る。

「帳簿を……捜す」

「誰の」

「姐さんのだ」

「姐さんってのは誰のことだ」

「八神係長の帳簿を捜すと言ってんだ！」

井沢がキレたように叫んだ。須藤は明菜と軽くうなずき合った。

「今後、口の利き方も改めてもらおうとして、これで後に引けなくなったな。帳簿捜しはもちろんだが、八神に関する情報を残らず報告してもらう。熱心にやれよ。お前が使えないと判断したときは、フィアンセはかわいい教え子たちとお別れしなきゃならんし、お前は今の宣言を耳にした八神に埋められる」

明菜がＩＣレコーダーを掲げてみせた。

足枷《あしかせ》は多ければ多いほどいい。脅しのネタが恋人だけとあっては、井沢が力を持つ〝姐さん〟に打ち明けて打開策を練る怖れがある。八神とこの男をしっかり分断させなければならない。

「言っておくが、自殺や逐電なんて考えも起こすな。代わりに、後輩の花園善彦《よしひこ》にやらせるだけだ。むろん、恋人は柔道とお別れを余儀なくされる」

「んなこと、考えるかよ……」

井沢が完落ちした被疑者のように肩を落とした。須藤は井沢の耳を引っ張った。

「口の利き方を改めろと言ったはずだ。年齢も階級もはるかに上の人間になぜタメ口を叩く？　ぶっ殺されてえのか！」

頭がふいに熱くなった。警官のくせに我を通そうとする、父のような人間が嫌いだった。耳を千切らんばかりに引っ張り回す。井沢が苦しげにわめく。

「須藤さん」

明菜が張りつめた表情で止めに入る。

我に返って手を離した。井沢の餃子耳が充血している。監察官となってから、これほど取り乱すのは初めてだった。

井沢が耳を押さえてうずくまった。唇を嚙んで痛みと屈辱に耐えているが、目をまっ赤にしながら涙を流す。

須藤はバックミラーに目をやり、乱れた頭髪を手で整えた。火酒を呑んだように頰を紅潮させている。咳払いをしてから、井沢の肩に腕を回した。柔らかな口調に戻す。

「働き次第によっては、組織で生き残れるように取り計らってあげます。警察学校で柔道の教官なんてのはどうでしょう。恋人といっしょに、ふたり仲よく柔《やわら》の道を歩むなんて最高でしょうが」

「姐さんはどうなる……どうなりますか」

「事を大っぴらにすることなく、穏便に済ませますよ。うちの常套手段だ。ただでさえ、警視庁《カイシャ》は昨年の件でマスコミから袋叩きに遭ってる。これ以上、威信に傷をつけるわけにはいきませんから。八神係長には自主的に退職願を出してもらい、多額の退職金を手にして警視庁《カイシャ》を去っていただく。あれだけ仕事ができて外国語もペラペラ。こちらがわざわざ再就職先など斡旋しなくとも、民間企業が放っておかない」

井沢が掌で顔をぬぐった。疑わしい目を向けてくる。彼の背中を優しく叩いた。

「過去の慣例を考えてみてください。警視庁《うち》は警察組織のなかでも特別な存在でなければならない。これ以上、乱暴に八神係長のクビを刎《は》ねれば、返り血を大量に浴びることになる」

井沢が切なげに中空を睨んだ。

「おれも……辞めなきゃならねえな」

「それは自由ですが、今は我々のチームの一員だ。頼みます」

井沢がうなずいた。及川に車を出すよう手を振った。

「送っていきますよ」

「い、いや……降ろしてくれ」

井沢が苦しげに口を押さえた。

明菜をまたいで、スライドドアから転がり出ると、パーキングの隅へと駆けていった。植え込みに向かって嘔吐する。

明菜が井沢を見やりながら訊いてきた。

「本当ですか」

「なにがだ」

ハンカチで顔の汗を拭った。

「あんな男を左遷程度で済ませるなんて。八神にしてもそうです。依願退職なんてありえない」

心のなかで舌打ちした。

井沢みたいな不良きどりの警官にもむかつきを覚えるが、明菜のご清潔な態度も癇《かん》にさわる。彼女にドアを閉めさせてから告げる。

「方便に決まってる。今回はしっかりコレだ」

手刀で首を刎ねるフリをした。

加治屋からは、八神らをメッタ斬りにし、血を派手にまき散らすよう命じられている。彼女の金融業や暴力団との癒着については、井沢を通じて情報を集めさせ、しかるべき時が来たさいはメディアにリークする。

夫殺しの真相を暴いた執念の女性刑事も、数々の悪事で手を汚してきた腐敗警官だったと知らしめる。

それが警察組織にどのような影響を与えるのかは、須藤のようなノンキャリアにはわからない。能代嫌いの連中が息を吹き返し、裏を掻いた加治屋はさらに出世を果たすのかもしれない。

そのときの上司の命令に黙って従う。それが須藤の処世術であり、哲学でもあった。

## 8

富永は缶のカフェオレを飲んでから、歯医者にもらった薬を呑んだ。食後に服用すべき抗生物質や鎮痛剤だが、あいにく昼食も夕食もまともに摂れないまま、書類仕事に忙殺された。

ただでさえ、大規模警察署の署長の仕事は多忙を極めるが、浅草署管内で襲撃事件が発生した。逃走犯を捕えるため、隣接する上野署も多くの署員を動員し、緊急配備を敷いたものの、犯人の検挙には到っていない。今日もその後始末に追われている。

浅草署は闇金融を襲った強盗事件として、被害者を厳しく問いただしているが、暴利を貪っていたヤクザ金融とあって、資金を強奪された事実を認めようとしない。被害額も把握できずにいる。

曳舟連合と上部団体である白凜会の各事務所は、人の出入りが激しくなっていると、警視庁組対四課から報告があった。暴力団側としては、犯人に落とし前をつけてもらわなければならず、独自に犯人捜しを行っているはずだ。

警視庁は、暴力団の私刑が行われる前に、犯人を確保して事件の全容解明に努めなければならない。組対課長の石丸には、管内の白凜会系の事務所や企業舎弟の動向をチェックするよう命じている。

書類に次々と目を通しては判子をついていたが、デスクのうえに置いていた携帯端末が震えた。

液晶画面に目をやる。十一桁の番号が表示されていた。電話帳に登録していないナンバーに戸惑ったが、すぐに誰のものかを思い出し、携帯端末を手に取る。

「富永だ」

〈花園です。至急、ご報告したいことが〉

歯茎がずきりと痛んだ。花園の口調が速い。ただならぬ事態が発生したのだろう。

「そこは安全な場所か」

スピーカー越しに、バラードのメロディーが聞こえた。

〈鶯谷のカラオケ店です〉

「よほどのことだな」

落ち着き払った調子で言った。花園の声は震えている。

彼とは直接電話でやりとりはしない。八神の目を怖れ、メモを使うなど、慎重に慎重を重ねて連絡し合ってきた。

〈井沢さんをひそかに尾けたところ、御徒町駅で警視庁《カイシャ》の者らしき連中に引っ張られました。もしかすると、人事一課《ヒトイチ》ではないかと〉

「……監察か」

ふいに能代の言葉を思い出した――ここらでお前らに喰らわしたいと企む輩はたんといる。反能代派が動いたのか。右腕である井沢に目をつけたところを見ると、周到に追い落としを企んでいるのかもしれない。

八神班は先日、貧困ビジネスで稼ぐ悪徳NPOを挙げ、大きな手柄を立てたばかりだ。井沢が油断しているところで嚙みついたのか。

「これまで監察の影を感じたことは？」

〈ありません。もし、以前からうろついているようでしたら、八神係長が勘づいていたはずです〉

富永は低くうなった。

八神班には問題が多々あるのは事実だ。それでも、体面を重んじて隠蔽する体質が残る警察組織において、真実を追求する八神たちの存在に光を見出してもいた。

八神雅也殺しに関しても、本来ならば〝警察のなかの警察〟である監察係が役割を果たしていれば、八神が狼と化すこともなかったのだ。

監察係がある警務部には、不正を許さぬ熱き魂を持った者がいると信じている。ただ警察組織で生きていると、独特の掟に縛られていると思うときがある。

タレントや歌手の場合は、たとえ微罪であっても、詳細な中身を実名で記者に伝えてさらし上げるが、警察関係者や公安委員となれば匿名で発表する。奇妙な配慮がなされ、身内に甘い。

警官も犯した罪が大きければ大きいほど、監察係としては厳正に処断すべきはずだが、警察の体面を重んじるあまり、時として組織防衛に手を貸す。メディアを恫喝しては事件の矮小化を図ることもある。そうした悪しき慣習やなれ合いが、殿山のようなアンタッチャブルな妖怪を生んだのだ。

八神班が監察の調査対象となるのは当然だ。目をつけられても仕方ない。それでも監察側の動きからは、上層部の政争の臭いがやはりする。

しばし考えてから尋ねた。

「井沢に接触した者たちの人相は憶えているか?」

〈スマートフォンで撮影してあります。とっさのことで、手ブレしてますが〉

「よくやった」

井沢に接触したのが、本当に監察係なのかを確かめる必要がある。

〈署長……おれは怖いです〉

花園の声がわずかに震えている。富永は力強く励ました。

「なんの心配もいらない。君が目撃してくれたおかげで、人事一課《ヒトイチ》の調査に対応できる。仮に八神班が処罰の対象になったとしても、私はこの首を賭けてでも、君には累が及ばぬように取り計らう」

ただの空手形ではない。嘘偽りない言葉だ。

監察係が狙う本丸は八神だろう。富永自身も対象となっているのかもしれない。花園は上野署の顔役である八神を相手に、渡り鳥であるキャリア署長のために危険を冒して仕えてくれている。あらゆる人脈を駆使して、花園の働きに報いてやらなければならなかった。

花園をなだめて通話を終える。彼から画像つきのメールを受け取った。

画像を確かめると、ふたりの人間が井沢を挟みこんでいた。どちらも、パーカーやセーターというカジュアルな装いだったが、いかにも同業者らしい匂いを放っていた。

ひとりは鷹の目をした若い女で、もうひとりは肥満体型で丸顔の中年男だ。

こちらは若い女と対照的にボンヤリと摑みどころのない目つきをしていた。対象者から怪しまれぬよう、できるだけ爪や牙を隠すのが公安刑事の特徴だ。セーターとスラックスを着た姿は、どこの町にでもいるおじさんだ。繁華街では人ごみに溶けこみそうな気配の薄さが、かえって公安畑出身者らしさを際立たせている。

携帯端末で電話をかけた。通話ボタンを押すのに、じゃっかんのためらいを覚えた。

〈田辺です。お久しぶりですね〉

富永の心配をよそに、相手はワンコールで出た。抑揚のない声の調子は相変わらずだ。

「ああ……そちらじゃ元気でやっているか」

〈変わっていません〉

田辺は、富永が警視庁外事一課にいたときの部下だった。花園に対しては頼りになる親分肌を演じたが、田辺には遠慮がちになってしまう。

もともと、富永には気の許せる部下などほとんどいない。八神の実力や信念を認めているが、花園をスパイとして使うなど、ある種の緊張関係にある。二年以上も居座っているおかげで、それなりの信頼や敬意を勝ち取ってはいたが、署内は上から下まで八神の息がかかっている。

田辺は昨年秋の人事異動で、外事一課から二課に異動していた。二課は中国と北朝鮮に関する情報収集、スパイに関する捜査を担当するセクションだ。緊迫する北朝鮮情勢に合わせ、防諜の専門家である田辺は二課に引っ張られた。現在の公安警察のなかで、もっとも激しい戦いが繰り広げられている。彼の場合はつねにどこの部署でも重宝がられ、手強い諜報員や不法滞在者と火花を散らしている。

かつて机を並べた仲というだけで、富永は彼を自分の手駒のように使ってきた。上野署に赴任したばかりのときは、八神を警察組織から追い出そうと、監視を依頼してもいる。以後もなにかと助けを求めてきた。そのくせ田辺と口を利くのは、彼の異動が公表されたとき以来だ。

〈こちらこそ電話一本もせず、申し訳ありません。まさか上野に留任とは〉

「情報通の君にも見抜けなかったか」

〈今回の人事もやはり八神絡みですか。彼女が関連すると、私のアンテナも調子が狂います〉

「それに警察庁《サッチョウ》の能代さんだ」

本来なら秘密にしておくべき話ではあるが、彼には事実を伝えておきたかった。

田辺がしばし沈黙してから言った。

〈なるほど……なんとなくですが事情はわかりました。ひとつ、お尋ねしてもかまいませんか？〉

「なんでも訊いてくれ」

〈あなたは能代派ですか〉

ストレートな問いが、いかにも田辺らしい。思わず首を横に振った。

「いや、私はどの派閥にも属す気はない。興味も湧かない。そんなことに汗を流すくらいなら、今の職務に熱中していたい」

田辺を失望させるかもしれないと思いつつ、ここでも嘘偽りなく本音を伝えた。

「君には済まないと思っている。どうやら出世には向かない性質《タチ》のようだ。世話になりっぱなしだというのに。今までの借りも、どう返したらいいのか」

田辺は静かに笑った。

〈でも、また私に頼みごとができた。違いますか？〉

「そのとおりだ」

〈遠慮なく仰ってください〉

「いいのか？」

〈もし、あなたがどこかの派閥に属し、立身出世の話をされるようなら、私は電話を切ります〉

思わず息を呑んだ。

かつての上司の頼みを激務の田辺が聞くのは、優秀な警察官僚として買い、ついていけば食いっぱぐれがないと考えているからだと踏んでいた。所轄に塩漬けにされ、隆盛を誇る派閥に属していないと言い切る男など、見切られても仕方ない。

〈あなたは上野に行ってから変わった。私もそうです。あなたから与えられた内職をこなせば、少なくとも冷飯を喰わされずに済みそうだと、打算を抱いていた時期がありました〉

田辺の声から、人間くさい温もりが伝わってきた。いつもは機械のように感情を表さないだけに、思わず耳を疑いたくなる。

〈釈迦に説法ですが、公安畑はエリートの集まりです。それだけに上も下も暗闘が盛んでしてね。あなた以外にもいろんな方々から依頼を受けて、職務とまったく関係のない仕事をこなしては恩を売ってきました。市民の安全や治安維持とは無関係で、ライバルの弱点を探り、他の派閥の動向をチェックするなどです〉

「田辺……」

公安警察の政争はたしかに激しい。部下を私兵のごとく扱う不埒者がいたものだ。そんな暗闘と彼も距離を置きたくなったのかもしれない。

〈その手の内職にちょっと飽きたのかもしれません〉

「ありがとう」

礼を述べてから、井沢の件を打ち明けた。いったん通話を終えると、彼に接触したふたりの写真を田辺にメールで送る。

送信後、すぐに田辺から電話があった。

〈女のほうはわかりませんが、セーターの男は人事一課《ヒトイチ》の須藤肇監察官です。前は公安総務課の理事官でした〉

田辺の記憶力に舌を巻きながらも、歯茎に痛みが走るのを感じた。どうやら自分や花園の見立ては正しいらしい。

年齢からすれば、須藤なる男は叩き上げの公安捜査官だったのだろう。公安総務課から奥の院である警務部に引っ張られるとは、かなり優秀な人物である証拠だ。

田辺が冷たく言い放った。

〈キリスト須藤。来るべき人物が来たといったところでしょうか〉

「キリスト？　クリスチャンか？」

〈そんなんじゃありません。イエスとしか言わない茶坊主だから、そんな渾名がつきました。上長の命令は、どんなふざけたものでも拒まない。かつて酒癖の悪かった上司に、アイスペールで酒を飲めと言われ、それを呑み干して病院に担ぎこまれた経験があります。機動隊に所属していた若いころは、ゲイの先輩に身体を捧げていたなんて噂もありました〉

警察組織という強烈な縦社会では、上司の命令は絶対だ。誰もが多かれ少なかれ、忍従を強いられる。黒いモノさえ白いと答えなければならない極道の世界と近いものがある。

上野署のトップの富永も、点数をあげるために本庁や方面本部からの容赦ないお達しに苦しめられているのが実情だ。

軍隊にも通じる上下関係の厳しさに耐えきれず、退職に追いこまれる者はもちろん、拳銃で自分の頭を撃ち抜いてしまう者もいる。

田辺によれば、須藤は実力者であり、上長に対するご機嫌取りが得意なようだ。約十年前、所轄の警備課長時代に、北海道へ慰安旅行に行ったさい、上の命令に従って、空の領収書をいくつも書いて裏金を作り、何人ものコンパニオンを呼んで高く評価された。あるときは、酒乱の署長から全裸で歌えと指示され、嫌な顔ひとつせず、パンツすら脱いでピンク・レディーを歌い、そこまでやるのかと部下や同僚らから呆れられてもいる。

〈右の頬を打たれたら、左の頬をも黙って差し出す。上司に自分の尻を掘られたら、次に女房もくれてやる。だからこそ、キリストと陰口を〉

「そんな男が監察官か。まったく、警視庁《うち》はどうなっているんだ」

〈そのような人物だからこそ、監察官になったともいえます。もともと父親も千葉県警の警察官でした。とくに親しかったわけではないので、ただの推論でしかありませんが、警察官の家庭で育ったからには、幼いうちから上下関係というものを徹底して叩きこまれていたのかもしれません〉

「上長のためなら、自尊心も投げ捨てて結果を出してきたというわけか。それはそれで手強いな」

現在の警視庁の組織図を思い浮かべた。評判どおりだとすれば、須藤は上司の指示に従って動いている可能性が高い。

「待てよ。このキリストの上長といえば」

首席監察官の加治屋だ。警視庁の爆弾ともいえる八神を刺すように命じたのは彼ということになる。これは奇妙な話だった。

加治屋とは面識があった。なにしろ、ゴリゴリの能代派だからだ。

警視庁本部でたまに顔を合わせれば、東大法学部の教員たちの近況や、警察社会のたわいもない噂を話題にして、やけに親しげに近づいてきた。能代派の集会といえるゴルフコンペにも、何度誘われたことか。家庭や仕事を理由に断ってきたが、幹事をしていたのも加治屋ではなかったか。

――瑛子ちゃんに危険が迫ってると言ってもか。

能代から直々に情報を与えられた。捲土重来と企む連中が出てきた、と。それが側近だともほのめかしていた。

監察官の須藤が刺客として上野にちょっかいを出してきた。能代の言葉は正しかったことになる。能代派のまとめ役として精を出している加治屋こそが、捲土重来と企む連中の中心のようだ。

血の味がした。歯茎からまた出血したらしい。能代派に食いこみながら、反能代派として暗躍する。政治ゲームにどっぷり浸かる加治屋が苦々しく思えた。そんな男に唯々《いい》諾々《だくだく》と従う須藤も。国民の血税で高禄を食《は》みながら、自身の栄達のために情熱を燃やしている。富永はクーデターを起こす青年将校のような気分になる。

田辺が声をひそめた。

〈須藤と井沢を洗いますか？　あのヤンチャ坊主に接触したということは、須藤はやつをコントロールできるだけの急所を摑んだと見るべきでしょう〉

「それには及ばない」

〈八神にリークを？　彼女なら加治屋を含め、人事一課《ヒトイチ》に痛烈な逆ねじを喰らわせるでしょうが〉

「まさか。少なくとも須藤は、公務として八神を調査している。彼女たちは監察に睨まれるだけのことはしてきている。調査妨害など保身にあたり、私も能代たちの政争に加わることになる。それでは意味がない」

椅子から立ち上がり、署長室の窓を開けた。

# 9

瑛子は美女木《びじょぎ》ジャンクションを通過し、埼玉大宮線を走った。

車は雅也が遺してくれた白いスカイラインだ。九〇年代初頭のモデルで、骨董品というべき代物。未だにカセットデッキ付きのカーオーディオが内蔵されている。

グローブボックスには、カセットテープがぎっしりつまっていて、雅也が独自に編集した曲が収録されている。すでにいくつかはテープが劣化し、もはや再生不可能となっている。

雅也はオーディオマニアだった。ジャズからヘビーメタル、演歌からアイドルポップスと、なんでも聴いた。さっきまで、モータウンの渋めなソウルミュージックが流れていたが、今は松田聖子の懐かしいアイドルソングだ。

瑛子は音楽自体にたいして興味はない。ジャンルの幅広さに雅也の残り香を感じ取ることができた。カセットテープの中身をデジタル化して、ハードディスクに移し替えなければ、そう遠くないうちに全部ダメになってしまう。車に乗るたびにいつも思うが、つい後回しにしてきた。

携帯端末に電話がかかってきた。スピーカーの音量を下げ、イヤホンマイクで対応した。

〈おはようさん。今日はいい朝だった〉

相手は上野署組対課の長老である宇野《うの》辰巳《たつみ》だ。五十半ばを過ぎ、今はもっぱらデスクワークに専念している。彼は機嫌のいい声で挨拶してきた。

「午後は二十度を超えるほど、ポカポカ陽気みたいです」

〈ありがたいことだ。年寄りには助かるよ。関節痛もだいぶ和らいできた。おかげで今日は張り切れた〉

「巻けましたか」

〈出血大サービスの確変大当たりってやつだ。理事長の曽我は金筋《キンスジ》だからね。意地張って完全黙秘《カンモク》してるが、手下のチンピラや常務理事の安西はすっかり口が軽くなった。瑛子ちゃんがクスリや変造カードを押収したのも大きい。訊いてもいないうちに喋りだして、理事長に罪をなすりつけている〉

「助かります」

激戦区の上野署で働くには、ガッツと体力がとりわけ求められる。長時間の張り込みや、徹夜の捜査もできない年配の居場所など、刑事部屋にはない。極道社会の生き字引といえる宇野は、取り調べの職人として、海千山千の悪党らの口を割らせる技術に長けていた。今も幹部たちから重宝がられている。

本来なら、『ふたたびの家』の悪党は、八神が中心となって取り調べるべきだが、この案件の裏づけ捜査と称し、今日も外出していた。

宇野は少し言い淀んだ。

〈それでだ。恩を着せるわけじゃないんだが……〉

「わかってます。いくら用立てればよろしいですか？」

〈二十。いや、三十で頼む〉

「おやすい御用です。天皇賞ですか？　なんなら、もっと出しますが」

組対課の男たちは、たいてい〝飲む・打つ・買う〟の三拍子が揃っている。課長の石丸からして、夜の世界や賭博に目がなく、嗜まない者は、いい刑事になれないというデタラメな発想の持ち主だ。穏健派の宇野も例外ではない。

〈いや、仮想通貨。あれの熱さに比べたら、おウマさんなんぞ子供の遊びだ〉

「午後三時までにお渡しできるよう、井沢に伝えておきます」

〈うん？　あいつなら病院に行ってるところだぞ。ただの風邪だと思うがね。バカは風邪引かないはずなんだが〉

「二日酔いではなくて……ですか？」

昨日の井沢を思い出した。

『ふたたびの家』の家宅捜索でひと区切りつき、まだ日が落ちないうちに、花園を連れて一杯繰り出していった。

〈瑛子ちゃんが知らなくて当然だ。ちゃんと署に顔は出したんだが、顔が真っ青で熱もあってな。腹もピーピー下して何度も便所に行くもんだから、課長が医者に診てもらえと命じた

ところだ〉

「昨日は『寿司《シースー》だ、寿司《シースー》だ』と騒いでましたから、なにか悪いネタに当たったのかもしれません」

〈おれの見立てはちょいと違うな。鮮度の悪すぎるサバや生ガキを食っても平然としてられるだけの内臓を持ってる。肉体も鋼鉄みたいに頑丈だが、案外ハートはガラスでできてるからな〉

「ああ、なんとなくわかりました」

井沢はホストみたいなナリをし、まるでジゴロを気取っているが、それはコンプレックスの裏返しだ。高校も大学も柔道漬けの日々を送り、警視庁に入庁するまで女と交際したことがなかった。純情なところがあり、過去にも失恋が原因で欠勤したことがある。

〈たぶん、そんなところだろうと踏んでるし、課長も同じ考えだ。ハメを外しすぎたわけじゃなさそうだし、あまり叱らないでやってくれ〉

「ありがとうございます。現金は花園に届けさせますので」

宇野との通話を終えてから、井沢に電話をかけた。

ふだんなら、すぐにつながるはずだが、呼び出し音がいつまでも鳴るだけだった。

空は澄みきっていたが、瑛子の心はにわかに曇りだす。最近の井沢は派手な夜遊びを控えていた。江戸っ子みたいに、宵越しの銭は持たねえとうそぶいていたが、給料は真面目に貯蓄に回していた。

井沢は恋人がいるのを秘密にしていた。婚約指輪を上野署管内にあるジュエリーショップで作らせたため、その情報は宝石商のジャイナ教徒を通じて瑛子の耳にも届いた。八十万もするエタニティリングとあって、今度の恋は一段と気合が入っているとわかる。もし、指輪を受け取ってもらえなかったとすれば、身体を壊してしまうほどの悲しみに包まれてもおかしくはない。うまくいっているように見えたが。

与野出入口で首都高を降り、新大宮バイパスに出た。大型店舗が並ぶロードサイドの風景が目に入ったときに携帯端末が鳴った。井沢からだ。

〈もしもし……。姐さんっすか〉

彼の声はひどく弱々しかった。

「話は聞いてる。体調を崩したって？」

〈あ、その……医者はただの風邪じゃないかって。すんません。すぐに治しますんで〉

強がってはいるが、鼻がつまっているのか、声がくぐもっている。ぜいぜいという呼吸音がし、息をするのも苦しそうだ。

「案件も一段落したし、ゆっくり休みなさい」

失恋云々の話には触れず、簡潔に伝えて切ろうとした。

〈あの……ちょっと、いいっすか〉

「どうかした？」

〈いや、あの。じつは……情けない話なんすけど、また失恋しちまって。たぶん原因もそれじゃないかと〉

「そうだったの」

深く息をついてみせた。初めて知ったというふうに、とぼけてみせる。

〈何度も経験してるし、馴れっこなんですけどね。腹は下っちまうし、熱は出るし。恥ずかしいかぎりです〉

彼は洟をすすった。泣いているようだ。

新大宮バイパスを北に走っていたが、傍にあるファミレスの駐車場に入る。人を待たせているものの、悲嘆に暮れる部下を放っておけない。

「けっして情けないなんてことはないし、あなたのそういう純情なところが好きよ。だから、私は安心してあなたを頼れる」

息を呑む音がした。瑛子の言葉が感情を揺さぶったらしく、声をつまらせてむせび泣いた。言葉にならないうめきを、瑛子は黙って聞いた。

〈おれ、ホントにバカで。すみません……すみません〉

「じつは最近、私もえらい失恋したの。仕事を全部放り出したくなるくらい」

〈はい⁉〉

井沢は一転して、素っ頓狂な声をあげた。

〈ま、まさか、警察《カイシャ》を辞める気ですか〉

「それぐらい血迷ってるってこと。ここだけの秘密よ」

〈そもそも、恋愛なんかしてたんすか？〉

「私だって恋のひとつぐらいするんだけど。尼さんかなにかだと思ってたの？」

甲斐の姿が脳裏に浮かんだ。

彼に恋愛感情は抱いていない。ただし、いい男だ。一介の情報提供者という関係でもなく、現役の暴力団幹部という立場にあったが、一時期は同志とさえいえる仲だった。彼が最愛の人間を亡くしてからは、さらに意思が通じたように思えた。それだけに、別れを切り出されたときは、身をもがれたような痛みに襲われた。

〈だ、誰ですか、その不届き者《もん》は。なんなら、腕のひとつくらい折ってきます。警察《カイシャ》の野郎ですか〉

興味をそそられたのか、彼の声に力がこもった。

「野郎じゃなくて女」

〈ええっ〉

井沢は盛大に咳をした。気管に鼻水や涙が入ったらしい。

「冗談よ。でもこっぴどく振られて、なにもかも嫌になっちゃったのは本当。詳しく知りたければ、気合入れて風邪を治して。一杯やりながら失恋した者同士、傷を舐め合いましょう」

〈あ、ありがとうございます。おれ……〉

井沢は再び泣きじゃくった。なるべく傷つけない言葉を選びながら、励まして通話を終えた。ファミレスの駐車場を出ながら、再び電話をかけて、待たせている相手に伝えた。

「もうすぐ着くから。待機してて」

＊

目的の工場が見えてきた。

さいたま市北区日進の工業地帯だ。機械部品やメッキの工場がいくつもあり、広めの道路をトラックや業務用ライトバンが激しく行き交っていた。ただでさえ埃っぽい季節だが、大型車が頻繁に往来するためか、空気が黄土色に染まっている。

スカイラインを『おひさま急便』の敷地内に停めた。北関東を中心に展開している中堅のクリーニング会社であり、ここに本社と工場を構えている。

車から降りて、正面玄関に向かった。自動ドアを潜ると、ドライクリーニングの有機溶剤の臭いがしたものの、建物自体は清潔で、リノリウムの床はピカピカに磨かれている。

受付の女性社員に名前を告げた。会社のロゴ入りの作業服を着た中年男性が飛んできた。大田《おおた》という名の総務課長だ。

朝イチに来意を告げていたこともあり、すんなりとなかに入ることを許された。通されたのは、水墨画の掛け軸や柿右衛門様式の壺が飾られた応接室で、本来は重要な取引先を迎えるのだろう。

名刺を交換した。大田は恐縮した様子だ。組織犯罪対策課と刷られた名刺に、戦々恐々としているのがわかる。一般人なら当然の反応だ。

女性社員が茶を運んできた。大田はそれをひと口啜ってから切り出す。

「あの……うちにいた者が、なにか犯罪でも」

微笑みかけながら首を横に振った。

「今、都内で飲食店を集中的に狙う二人組の強盗がいるんですが、先日、上野にも現れまして」

大田に理由を説明した。

二人組が上野のタイ料理店を襲ったが、勇敢なベトナム人の店員が撃退した。ベトナム人の彼はワケアリのようで、警官が同店に駆けつけたときには姿を消していた。強盗犯の貴重な目撃者なだけに店員を捜している、と。

話はほとんどが嘘だ。タイ料理店が二人組の強盗に襲われたのは事実だが、上野ではない。タイ人の店員はレジの現金を渡した。犯人らは目的を達している。

「犯人逮捕につながる目撃者ですし、犯罪を防いだ英雄でもありますから。こちらとしても、お話をうかがったうえで感謝状を贈呈したいと検討しています」

大田がほっと息をつく。

「上野でそんなことが。ファンらしいな」

「課長さんも、彼をご存じでしたか」

「あ、いやいや……じつのところとくには。なにせ人の出入りが激しいもので。すぐに従業員を呼んできます。彼らのほうがよく知っているはずですから」

大田がしどろもどろで答え、そそくさと部屋を出て行った。

ソファに腰を下ろし、携帯端末でファン・バー・ナムの顔写真と経歴に目を通した。すでに頭には叩きこんではいたが。

突き出た頬骨が特徴的な男前だ。兵役の経験があるだけではなく、祖父から伝統武術を叩きこまれていたという。外国人研修制度で出稼ぎに来たが、労働よりも暴力としての腕を見込まれてしまった悲運の男だ。

鰐淵からマイに関する報告書を奪い取った。作成したのは、彼が追わせた新大久保の探偵だ。探偵は逃げた彼女の居所を見つけるため、三人のチームを組んでベトナム人コミュニティで訊きこみをしたが、約一週間前にファンなる男に大宮で叩きのめされている。

そのファンはといえば、約一ヶ月前までこの工場で汗を流していた。過酷な長時間労働に嫌気が差し、工場で揉め事に巻き込まれたこともあり、町内にある寮から姿を消した。

探偵を追い払ったのは、彼が会社から逃亡してからだ。今も首都圏にいる可能性が高い。同じ村出身のマイと息を潜めているのかもしれない。

受け入れ先から逃げた外国人が暮らしていける場所は限られる。同胞を頼るか、裏社会に取り込まれるかだ。若い女ひとり見つけるだけの仕事と思いきや、ファンの登場で一気にキナ臭くなった。

大田が従業員をひとり連れて戻ってきた。シワだらけの帽子と作業服を着た青年で、表情は硬い。ひどく暗い目をしていた。

外国人であるらしく、大田がゆっくりと語りかける。

「この警察の人がファンを捜している。質問に答えてあげるんだ」

瑛子は立ち上がって一礼した。

「お仕事中、申し訳ありません」

「課長さん、ファン君のいるところなんて、ぼく、知るわけないよ」

青年が困惑したように答えた。言葉にはきつい中国訛りがあった。大田が彼にソファに座るよう促す。

「尋ねられたことを話せばいいんだ」

「中国の方？」

瑛子は大田に訊いた。なぜ、ファンと同じベトナム人を呼ばないのかと言外に匂わせた。

大田が視線をさまよわせる。

「いや、その……うちにいるベトナム人は、全員茨城の工場に異動してましして」

「そうだったんですか」

「この張《チョウ》君は、うちの研修生のなかでは一番の古株です。お役に立てるかどうかはわかりませんが……」

「ご協力、感謝します」

青年と握手をした。彼が張浩然《ヂャンハオラン》だったかと、顔を頭に叩きこむ。

　彼の名は探偵の報告書にあった。会いたかった人物のひとりだ。張はしぶしぶソファに腰かけながら、不安そうに眉をひそめる。

「役に立てることなんかないよ、課長さん。日本語、完璧じゃないし……」

「張浩然《ヂャンハオラン》、その心配ならいらないわ《ニーブーヨンダンシン》」

　北京語で話しかけると、張はよほど驚いたらしく、目を飛び出さんばかりに見開いた。瑛子は北京語で続けた。

「私がそっちの言葉で話せばいいことだから。あなたらが現場のベトナム人を虐め抜いたせいで、ファンからボコボコにされたこととかを話してくれればいいの」

　張がしげしげと見つめ返してきた。大田は北京語が理解できないらしく、戸惑った様子でふたりを交互に見つめている。

　大田に微笑みかけた。

「ふたりで話したいのですが、かまいませんか？　すぐに済ませますので」

「え、ああ。そうですね」

　大田がちらっと張を見やってから、応接室を出て行った。

　張が態度を一変させた。ふて腐れたように頭を掻き、片頬を歪めて不敵な表情を見せる。本来の顔つきなのだろう。暗い目つきと相まって、物騒な雰囲気を醸し出した。

彼は作業服のポケットから名札を出した。そこには〝張〟としか記されていない。

「刑事さん、おれの名前をどこで知ったんだ。あの怠け者の課長じゃないだろ。あいつ、おれたちの名字すらロクに覚えようともしねえ」

張が背もたれに背中を預けると、ぐるりと室内を見渡した。北京語で吐き捨てるように言う。

「この会社にこんな豪華な部屋があったのか。ネズミが走り回るオンボロの寮と大違いだ」

瑛子は鼻で笑った。

「前よりは働きやすくなったでしょう。天敵のファンも消えたし、ソリの合わないベトナム人も追いだせたみたいだし。現場はあなたの天下でしょう」

張が茶碗に手を伸ばした。大田が飲み残した緑茶を口に含む。

「仕事がサボれるうえに、美人な刑事さんも拝めて、今日はラッキーだと思ったのに。おれはなんにも知らねえ。ベトナム人がなんだって？　ファンなんてやつもいたかもしれねえが、仕事が忙しくて全部忘れた。他の実習生に訊いてくれ」

張がソファから立ち上がり、大きく伸びをした。暗い目つきで見下ろしてくる。

「もっとも、他のやつらも忘れっぽいからな。たぶん、なにも覚えちゃいねえさ」

張はこの工場で働く外国人研修生を仕切るボスだ。彼が「なにも言うな」とお触れを出せば、逆らう者などいないのだろう。

探偵の報告書には、ファンの身上調査書も含まれていた。彼は八ヶ月前に来日し、この工場に技能実習生として送りこまれた。

工場の労働力は、おもに中国からの実習生で賄っていたが、徐々に人材確保がままならなくなり、ベトナム人を受け入れるようになった。異なる国同士の実習生たちの関係は良好とはいかず、やがて深刻な対立へと発展した。

「だったら、茨城まで行ってベトナムの方々に訊いてみましょう。ついでに被害届も出させる。数に勝るのをいいことに、寮じゃ食事に下剤入れたり、風呂場に裸で閉じこめたり、寝込み襲ったり、さんざんやってきたでしょう。嫌がらせの域を超えた犯罪よ」

「あいつらだって喋るもんか！」

張は気色ばんだ。急に作業服を脱ぐ。

それを叩きつけるように床へ放る。シャツの袖をまくる。前腕には刃物で斬られたような傷痕があった。ピンク色のムカデのようだった。

「見ろ！　あいつらにやられた傷だ。働いてる最中だぞ。危うく肝臓をやられるところだった。刑事さん、あれは戦争だったんだ！　やらなきゃ、おれたちがやられてた」

さらにシャツをめくり、右わき腹を見せつけてくる。前腕ほどではないにしろ、同様の斬り傷がある。

彼の暗い目つきから、鬱憤をよほど溜めているとわかる。挑発してみると、やはり激情を迸らせた。

「ここで負った傷なの？　それだけ派手にやりあったら、ふつうは事件になる」

張の唇が震えた。拳を固く握る。

「あんた……ツラがきれいなだけで、なんにもわかっちゃいないな。ここの日本人どもが、警察に知らせるわけがねえだろう。汚《きたね》え豚小屋に住まわせて、おれたちを借金で縛りつけて、真夜中まで働かせてる。不平不満を言えば、やつらは決まって『入管に放りこまれたいか』だ。悪徳とわかってて、連中はやらせてる。おれを逮捕したいのなら、ここの工場長や大田みたいなやつらを刑務所に放りこんでから言え」

「だからといって、ベトナム人たちに毒を盛ったり、リンチを加えた罪が消えるわけじゃない」

冷やかに伝えた。

張の目がギラギラと光った。殴りかかってくるのを期待したが、ソファに座りこんでうつむいた。

「好きでやったわけじゃねえ。親戚中から借金して、カネを持ちかえらなきゃ合わせる顔がない。ベトナム人たちだってそうだ。誰だって善人でいたい」

「なにがあったの？」

水を向けると、張は話し出した。

外国人研修生は、送り出し機関や組合で、日本語や法律、社会的ルールを学ぶことになっている。張らは母国で軍隊式の厳しい教育を受けた。受け入れ先の企業が手を焼くような事態に陥らないよう、言葉はもちろん、ゴミの出し方やマナーまで。来日してからも貪欲に勉強に励んだ。

長時間労働と借金返済に消えていく低賃金に腸《はらわた》が煮えくり返ったが、多くの日本人から褒め称えられるほどに上達した日本語や行儀のよさが拠りどころだった。ろくにマナーも知らずに札びらを切る下品な観光客とは違う。誇りを胸に耐え忍んできたのだと。

工場はベトナム人を受け入れるようになった。日本人の非正規雇用者は、もっと時給の高い職場を求めて去り、定年を過ぎたベテラン社員も、体調悪化や親の介護を理由に次々と去ったからだ。

張からすれば、ベトナム人実習生のレベルの低さは目を覆いたくなるほどだったらしい。ほぼ同額の賃金をもらうわりに、日本語はほとんど話せず、日本の生活習慣をまるで知らなかった。送り出し機関は悪質なブローカーで、彼らの教育などまともにやることなく、組合からカネをせしめていたようだ。

ベトナム人に仕事を教えたくとも、コミュニケーションがとれず、負担は張らに重くのしかかった。仕事はより長時間となり、人手が足りずにハードになるばかりだった。

彼らとは私生活でもよく揉めた。ゴミの捨て方はでたらめで、喫煙が盛んな国の出身とあって、寮内は禁煙だと説いても、彼らは理解できなかった。やがて寝たばこでボヤ騒ぎを起こした。

張たちは誇りだけが支えとなっていたが、ろくな教育を受けていない研修生の加入で、それも崩れ去った。

会社に訴えても糠《ぬか》に釘だった。腕ずくでやるしかないと、同胞たちと結託したという。

「ベトナム人たちだって大変なのはわかってたさ。しょうもねえブローカーに引っかかって、右も左もわからねえまま、異国の工場なんかに放りこまれたんだ。地獄だっただろうよ。おれたちや日本人から毎日のように叱られっぱなしだ。でも、どうしようもなかった」

張が手にしていた帽子を雑巾のように絞った。

実習生に限った話ではなく、過酷な環境下に置かれた者が、心をすり減らした挙句、鬼へと変わってしまうのは人間の業だ。標的にされるのは、さらに弱い者と相場が決まっている。

今も工場で踏みとどまっている張は、まだマシといえるかもしれなかった。

賃金の低さと労働環境にうんざりし、犯罪グループの一員となって同胞を誑《たぶら》かす者がいる。カタギの同胞の名義で携帯端末を購入し、あるいは銀行口座を作り、振り込め詐欺グループに売って儲ける連中もいる。偽造したクレジットカードで、家電やタバコを大量に売りさばく集団も存在した。

瑛子ら組対課は、実習生の道から外れたワルを何度か挙げたことがある。実習生では稼げないから、犯罪に走ったと自供した。

大半の留学生や実習生がまっとうに働いている。職場や賃金に不満があるから、犯罪に手を染めてもいいという理屈にはならない。自己正当化するための言い訳だが、労基署の監視の目が届かないなか、受け入れ先の企業側が安価な労働力として使い捨てているのも事実だ。

瑛子は相槌を打ってみせた。

「長年働いていれば、悪い知人から誘惑されたこともあったでしょうに。あなたはよく踏みとどまってる。大変な思いもいっぱいしたでしょう」

彼の目の炎が小さくなった。

「ありがとうよ。鬱憤を聞いてくれた礼に、なにか教えてやりたいところだが、知らねえもんは知らねえんだ。ただ、ファンは悪いやつじゃなかった。あいつは日本語がうまかったし、他の田舎者と違って北京語も少しできた。ベトナム人たちのリーダーで、最後まで戦争にならないよう努力していた。そのあたりは茨城ってところまで行って、ベトナム人から聞けばいい」

「あなたから聞く。彼らはファンさんの行方なんて、おそらく知らないでしょうし」

張を指さした。張が不思議そうに首をひねる。

「なに言ってんだ。知らねえと言ってるだろ」

「どうも不思議なのよね。あなたらの虐待に耐えてきたけど、彼はついに立ち上がってこらしめた。兵役の経験もある格闘家で、あなたがた全員、こっぴどく叩きのめされたみたいだけど。傷を負ったのは腕とわき腹だけじゃないでしょう？」

瑛子は自身のあばら骨をなでてみせた。

張がおもしろくなさそうに顔をそむけた。図星のようだ。ソファに座るとき、立ち上がるときに胸をかばうような仕草を見せていたからだ。コルセットこそつけてはいないが、一ヶ月前にファンから怒りの鉄拳を喰らったダメージは、まだ残っていたらしい。

ファンはこの工場に派遣され、中国人グループとの争いに巻き込まれた。他の研修生と同じく、借金を背負った身だ。古株の中国人グループからの嫌がらせに耐えかね、全員を叩きのめしたという。

「なにが言いたい」

「ファンさんから徹底的にのされ、いわば新入りのベトナム人が勢力争いに勝った。なのに、どうして彼はここから去ったのか、ひっかかってるのよ」

鰐淵が雇った探偵の報告書によれば、揉め事と低賃金労働に嫌気が差したファンは寮から逃亡した。

張がせせら笑った。

「日本の警官は給料いいんだってな。いい暮らしをしすぎて、想像つかないだろう。ゴキブリやネズミがうろつく冷たい寝床に、うるさく唸るだけの壊れたエアコン。おれたちを殴り倒しても、賃金があがるわけでもなけりゃ、寮の汚《きたね》え便所の臭いが消えるわけでもねえ。あのベトナム野郎は絶望したのさ」

「想像ぐらいはできる。あなたがたの立場だとしたら、ファンさんへの復讐を試みるでしょうね。賃金も住環境もよくないのに、そのうえ新入りにまでコケにされる。とても耐えられない。どんな手を使ってでも排除する」

張が息を吐いた。

「とにかくだ。あいつは自分から姿を消した。このへんで、もういいだろう」

「まさか。ここからが本題よ」

バッグから長財布を取り出した。

財布は紙幣で分厚く膨れ上がっている。十万円ごとに束にして、二百万円の現金をつめていた。

「タダで聞かせてもらおうとは思っていない」

束を三つ摑んで、張に差しだした。

彼は身体をのけぞらせた。札束と瑛子を交互に見やる。

「な、なんなんだ、そのカネは」

「捜査協力費。あなたの言うとおり、日本の警官の給料はとてもいいの」

張の喉が動いた。

「……ふつうの刑事じゃないと思ってたが、やっぱり悪徳警官の類か」

「ファンさんの行方、聞かせてくれない？　あなたは自分をワルのように言うけれど、嘘をつくのがうまくないし、まだまだまっとうな男に見える。ファンさんを排除しようとしたんでしょう？　これだけ長くいれば、悪い知人のひとりやふたりはできるでしょうし」

さきほど、〝悪い知人〟と口にしたさい、張の目の色が明らかに変わった。それを見逃さなかった。

「お前らは……今度はカネで人の横っ面を叩こうってのか」

「そう」

きっぱりと答えた。さらに束をふたつ足すと、張の頬を叩いた。彼は呆然とした様子で瑛子を見つめる。

「な、なにしやがる」

「嘘や空手形には飽き飽きしてるでしょう。現金だけは正直よ」

札束をテーブルに放った。

「なんだって、そんなにあいつのことを」

「受け取らないのなら、別の人を呼んで尋ねる。いくら古株のあなたでも、口止めできるかしら」

「カネをエサにして、おれを逮捕する気じゃないだろうな」

張が探るような視線を向けてきた。瑛子は失望したようにため息をつき、テーブルの五十万を、財布に戻そうと手を伸ばす。

その前に彼が現金をひったくった。ポケットにねじ入れながら答える。

「蔡俊杰《ジュンジェ》……。あんたの言う悪い知人だ」

探偵の報告書にはなかった名前だ。

「何者？」

張が答えた。蔡は川口市で中古車販売店の店長をしている福建人だという。

「曰《いわ》くつきの車を扱ってるのね」

「盗難防止システムを無力化するブツだかを使って、高級車を盗みまくって儲けたそうだ。何度か誘われたが、ただの駒にされるのがミエミエだった。騙されるのは、ここの工場だけでもうたくさんだ」

「だけど、ファンさんにやられたあなたは、この蔡さんに頼ったわけね。窃盗団にはいつ加わるの？」

ヤクザも中国人マフィアも、頼みごとをすればタダでは済まない。カネのない張が差し出せるものといえば、自分の身体ぐらいしかないはずだ。

「言っただろう。おれはもう騙されるのはたくさんだと。どうせなら、騙すほうに回ってやると決めた」

張が開き直ったように睨みつけてきた。

彼は福建系マフィアの構成員に、ファンを潰すように依頼し、その代わりにリストを蔡に渡した。

甘いエサをちらつかせれば、簡単に食いついてくるであろう、追いつめられた男たちの名前と連絡先だ。報われない労働に絶望し、すっかり心を蝕まれた張の分身といえる同胞で、彼と同じ吉林省の農村から出稼ぎに来た者を始め、ＳＮＳで知り合った中国人コミュニティのなかで、借金で崖っぷちに立たされた者、劣悪な労働環境から逃げ出そうと、脱走を本気で考えている者たちだ。

「なるほどね」

「なんか文句があるか？」

張が挑むような口調で言った。

「なにも。それで蔡はファンさんをどうしたの」

お前ら、日本人がそうさせたと言いたげだ。

「あいつがおれたちを叩きのめした三日後、蔡に動いてもらった。青竜刀や拳銃で武装した手下を大勢連れてきた。あいつは深夜に寮へやって来ると、ファンを車で連れ去った。あとは知らない。本当だ。聞いてもいない」

「蔡によって処刑され、今ごろは秩父あたりの山に埋まってるのかも」

張がソファから立ち上がりかけた。

「よ、よせよ。あんたが知りたいというから教えてやったんだ」

「充分よ」

ファンの行方について、張がなにも知らないのは本当のようだ。蔡の手で消されたと思いこんでいる。

ファンは工場から姿を消した後、彼の幼馴染であるマイが大宮に逃げこみ、彼女を追跡した探偵たちを腕ずくで追い払っている。今の彼がどのようにしてシノいでいるのかは不明だが、実習生としての立場を失い、悪党に目をつけられている以上、まっとうな職を得たとは思えない。

蔡俊杰を調査すれば明らかになるだろう。日本における中国人コミュニティはさほど広くはない。同じ福建系の顔役である英麗が知っているかもしれない。

バッグからタブレット端末を取り出した。画面にマイの画像を表示させた。

「ちなみにこの娘《こ》は？」

張は怪訝《けげん》な表情を見せる。

「誰だ？　中国人か？」

張はやはり正直だった。根っからのワルであれば、たとえ初めて見る顔でも、さも知っているように振る舞い、大金を持ったカモから巧みにせしめるものだ。意表をついて尋ねると、正直な答えを口にする。

彼もせっかくのチャンスだと気づいたのか、画面を指さして答えようとした。瑛子はタブレット端末をしまい、ソファから立ち上がった。

「たしかに知らないが、画像をくれれば、知人に訊いてみる。こんなベッピンな女なら、誰かが知ってるはずだ。それなりにコネクションがある」

「言ったでしょう。充分だって」

応接室のドアを開けると、廊下には課長の大田が立っていた。

会社の内情がバレるのではないかと、ひどくそわそわしている様子だ。

「だいぶ、激しいやりとりをしていたみたいですが、一体どういった……」

「そんなことはありません」

張とは中国語で会話をした。いくら聞き耳を立てていても、内容はわからないだろう。

「おおむね知りたいことを聞かせていただきました。ご協力感謝します」

「八神さん。うちの会社のことを彼はなんと」

大田の顔を見すえて答えた。

「なにも」

蔑んだような目をすると、大田が叱られた子供みたいにうつむいた。

## 10

世古は耳のつけ根に軟膏を塗った。

安物のメガネのためか、プラスチックのフレームが耳に負担をかけていた。靴擦れのように、耳のつけ根が炎症を起こし、ひりひりとした痛みを訴えてくる。

軟膏を塗り終え、メガネを再びつけて鏡を見た。顔の下半分はマスクで覆ってある。頭髪はさきほど千円カットの店で、刑務所にいたころのように丸刈りにした。外見はかなり変わったものの、不安は消えない。

埼玉の新三郷駅のトイレを後にした。バックパックを背負って西口に出る。越谷市出身の世古にとっては地元同然だったが、あまりの変わりように驚かされる。

かつては、広大な操車場の跡地だけしかなく、とても首都圏の駅とは思えない野原が広がっていた。訪れたのは約十年ぶりだが、浦島太郎になったような気分になる。操車場の跡地は再開発により、巨大ショッピングセンターや家具量販店のビルがそびえ立ち、駐車場には多数の車が停まっていた。

十分歩き、マンモス団地の敷地に入った。ピーク時、団地の入居者は二万三千人を超え、大量の悪ガキたちがひしめき、世古がいた越谷の暴走族とも争っていた。悪ガキたちのなかには、世古と同じく本職の道を進んだやつもいる。

かつての抗争相手がいるのではないかと危惧したものの、杞憂だと思い直した。あれから約三十年の月日が流れている。巨大な長方形の建築物こそ、変わらぬ存在感があったが、通り過ぎる住人はといえば、高齢者がほとんどだ。よそ者の世古に興味を示そうとはしない。

敷地内の中央にある広場には、大量の鳩がうろついており、ベンチに座った老人がエサを与えていた。

団地の商店街は、駅前とは対照的に静まり返っていた。店の半分はシャッターが降りている。営業していたスーパーで栄養ドリンクとヨーグルト、フルーツをどっさり買った。

目的の建物は低層階の棟がある南側にあった。建物の前にはびっしりと自転車が停まり、雑然とした雰囲気を醸し出していた。ポストの下には入りきれなくなったチラシが大量に散らばっている。

エレベーターはない。重たい荷物を抱えながら階段を上った。

四階の部屋の前で停まり、呼び鈴を押した。色あせたスチールドアを軽くノックする。とくに反応はなく、室内は静かなままだ。

ドアノブに買い物袋を下げようとした。鍵が外れる音がし、スチールドアが勢いよく開いた。

重そうな鉄板が世古に襲いかかる。両手で防御して顔面直撃は免れたものの、衝撃で身体のバランスを崩す。

ドアの向こう側から、腕が伸びてきた。胸倉を掴まれ、なかへ引っ張りこまれる。

喉に冷たい刃が触れ、荒い息が顔にかかった。目を血走らせたファンが右手で包丁を握りしめ、世古の喉笛を今にも掻き切ろうとしている。

ファンが包丁を突きつけながら、サムターン錠を回し、ドアチェーンをかけた。料理でもしていたのか、魚醬《ニョクマム》とパクチーの香りがする。

彼は世古から買い物袋を奪った。両手をそっと上げて、敵意がないのを示しながら伝える。

「雑に扱うな。果物や割れ物が入ってる」

ファンが買い物袋を床に放った。栄養ドリンクの瓶がガチャリと音を立て、イチゴが入ったパックがはみ出る。

さらにバックパックを取られ、衣服をチェックされた。世古はジャンパーとスラックスという恰好だが、ポケットに手を突っこまれ、携帯端末を奪われた。

「後ろを向け」

ファンの指示に従い、スチールドアに両手をついた。まるで刑事がするようにヒップポケットや腰回り、足首までチェックされる。

やはり、このベトナム人には暴力の才能がある。格闘の技術に秀でているだけではない。ネコ科の猛獣のごとく、俊敏な動作で襲いかかってくる。

世古が武器の類を身に着けていないとわかっても、ファンは警戒の姿勢を崩さなかった。包丁の刃先を顔面に突きつけてくる。

返答次第では目玉をえぐり、鼻を削いでやると、表情が雄弁に語っていた。

「なんで、ここを知ってる」

「知ってるもなにも、呂にここの存在を摑まれていたんだろう。やつから聞いた」

「なにをしに来た」

ファンが早口で尋ねながら、世古の携帯端末の電源を落とす。バックパックのチャックを開け、手を突っこんでなかを確かめる。

武器は持って来ていなかった。曳舟連合や白凜会の追跡も気になるが、警察の職務質問にも注意を払わなければならない。

「見舞いに謝罪、それに次の仕事の相談。いろいろだ」

「見舞いだと」

「お前の女《スケ》……いや、彼女だ。容体はどうなんだ」

ファンが顔をしかめた。

「彼女じゃない。同じ村の友達だ。あんたが首を突っこむことじゃない」

「医者には診せたのか」

「余計なお世話だ」

ファンが買い物袋を拾い上げると、世古に突き返してきた。首を横に振る。

「受け取ってもらえないか。あって困るものでもない」

「ふざけるな。自分がなにをしたのか、わかっているのか？」

ファンがわき腹をなでた。

肝臓の位置で、世古が殴打したところだ。おそらく痣《あざ》になっただろう。全力でパンチを叩きこんだのだから。

「今度は毒でも盛っているんじゃないのか。あんたはあの嘘つき中国人に飼われた犬だ。だまし討ちまでしやがって」

「それはお互い様だろう」

顎を引いて額を見せた。

ファンが呂の前で暴れたさい、彼を押さえつけようとして、肘打ちをもらっている。越谷の住処で改めて傷を確かめたところ、コブは赤黒くなっていた。

「続きがやりたいのか」

「話し合いがしたいんだ。お前を理解したい」

「とっとと帰ってくれ。おれは忙しいし、あんたのツラも見たくない」

「この仕事はチームワークが大切だ。お互いを信じ合わなきゃ、次は必ず失敗する」

ファンが呆れたように口を開いた。

「やると思ってるのか？　またあの嘘つきにカモにされろと？　バカバカしい」

「聞いてくれ――」

そのときだ。部屋の奥のほうで物音がした。

殺気を露にしていたファンが、慌てたように振り返り、世古に背中を見せた。包丁を太腿の裏に隠す。

奥から現れたのは、背の高い色白の若い女だ。思わず息を呑む。呂がマブい女《バシタ》と言うだけあって、モデルのような体型の別嬪だった。

女が戸惑った目で世古を見つめてきた。反射的に世古は頭を下げる。

彼女がファンに声をかけた。ベトナム語らしい。はっきりとした意味はわからないが、おおよその内容は摑める。その人は誰かと尋ねている。

ファンが包丁を隠しながら、口調は打って変わって柔らかくなる。たぶん、知人だとでも答えているのだろう。なんでもないと必死にアピールしているのがわかった。同じ屋根の下で暮らしてはいるが、犯罪に手を染めている事実を打ち明けていないことも。

女は若く美しいが、体調を崩しているようだ。ピンクのパジャマのうえにカーディガンを羽織っていたが、痩せすぎているためか、サイズがぶかぶかだ。栄養不足のようで、頬がこけている。背中まである黒髪はボサボサで艶がない。呂からは、風邪を引いていると聞いていたが、病状はもっと深刻そうに映る。

ヤクザをやっていたとき、東京の鶯谷でホテトルを経営していた時期がある。激安価格で本番行為ができるのが売りで、驚くほど儲かったが、ひたすら数をこなす女たちのなかには、ストレスや疲労で身体を壊す者も少なくなかった。あのときのホテトル嬢たちと似て、心をすり減らした者特有の儚《はかな》さを感じる。

「こちらは、仕事でお世話になっている世古さん」

ファンが日本語で紹介した。明るい口調だが、チラリと世古に送る視線は鋭く、余計なことを口走るなと、無言で訴えてくる。

改めて一礼し、彼の調子に合わせた。

「世古です。ファン君にはいつもお世話になっています」

「すみません、こんな姿で。レ・チー・マイと言います」

女が恥ずかしそうにうつむいた。日本語はファンほどではないにしろ、充分に聞き取れるくらいうまい。

「今、鶏粥《チャオガー》を作ってる。君は寝ていなきゃ」

ファンが早口で言った。珍しく彼と意見が合う。あれこれ話しかけられたら、ボロが出るのは必至だ。

える。

「あ……イチゴ」

彼女が床の買い物袋に目を落とした。暗い表情をしていたが、瞳に輝きが宿ったように見
すかさず言った。

「よかったら召し上がってください」

「い、いいんですか」

マイが申し訳なさそうな顔になる。

「もちろんです。ご病気とうかがっていたので。栄養のあるドリンクに、マンゴーとパッションフルーツも買ってきました。ちょうど、今が食べごろの季節みたいで」

「ありがとうございます。フルーツは大好物なので。すごく嬉しいです」

マイが笑顔で頭を下げた。

ファンが惚れるのもわかる気がした。病で体調を崩し、顔にやつれが見られるものの、男の庇護欲が掻きたてられるような魅力がある。過去の商売で多くの女を見てきたが、回復して美容院にでも行かせれば、トップクラスの美貌を取り戻すだろう。

ファンが買い物袋を拾いあげた。

「ぼくのほうからも礼を言ったところだ。イチゴはヘタを取って持っていくよ」

彼の笑顔は硬かった。

余計なことをしやがってと、後で刺されるかもしれない。世古は腹をくくった。マイが手を叩いた。

「世古さんも食事をいかがですか？　ファンさん、料理が上手なんです」

「いただきます」

即答した。ファンの頬が痙攣したのがわかる。

「ただ、世古さんの口に合うかな」

「魚醤《ニョクマム》もパクチーも目がありません。昔、ハノイに旅行に行ったことがあって、生春巻き《ゴイクン》や固焼きそば《ミーサオソン》を毎日のように食べたもんです」

「よかった。質素なランチですけど」

マイの声は明るくなっていた。

世古は胸をなで下ろしながら、靴を脱いで部屋へとあがりこんだ。彼女が姿を見せなかったら、ファンを説得するのは不可能だっただろう。

「そろそろ、布団に戻ったほうがいい」

マイは立っているのもつらそうだ。簡単な挨拶をすませると、ファンに促されて奥の部屋に戻っていった。

彼女が引っこむと、ファンは笑みを消した。面白くなさそうに口をへの字に曲げる。ひそひそと言う。

「知ってのとおり、ここはおれたちの部屋じゃない。食ったら、さっさと帰ってくれ」

「長居する気はない」

リビングに通された。築四十年は経つだろう。壁には染みや剝がれが見られた。住民がヘビースモーカーなのか、ニコチン臭がし、天井は少し茶色い。

世帯主は雑貨店を経営するベトナム人だという。葛飾区に店を構え、夫婦で卸売と小売の両方を手がけている。

小学生の子供がふたりいるらしく、部屋にはミッキーマウスのぬいぐるみや、仮面ライダーのフィギュアがあった。

ファンたちは居候だ。本来の住民は、店舗や学校に行っている。

ヤクザ金融を平気で襲えるほどの胆力と腕を持っており、実習生時代のファンは多くの同胞から慕われたらしい。彼らの伝手を頼って、さいたま市、川口市のアパートや団地を転々としながら暮らしてきた。

リビングの中央には、食事用のテーブルと椅子があった。そのひとつに腰かけ、部屋をそれとなく見渡した。

リビングの窓側には木製のスクリーンが置かれ、趣のある箪笥《たんす》と籐椅子があった。床にはブラウンのラグマットが敷かれ、アジアンな雰囲気を醸し出している。

建物自体はだいぶガタが来ているとはいえ、落ち着いたインテリアで、なによりも清潔だった。キッチンからは香草と柑橘類の香りがし、暖房が汗ばむくらいに効いている。東南アジアを訪れたような気になる。

ファンはマイとデキてから、この部屋に転がりこんだ。仲間うちにもそのことは知らせず、住処を隠していたらしいが、呂の目はごまかせなかった。おそらく、近いうちにここを出て、新たな居場所を探さなければならない。

キッチンに立ったファンが、液体石鹸とアルコール消毒液で入念に手を洗った。その様子から、マイへの愛情が読み取れる。呂に彼女の存在を嗅ぎつけられ、狂犬のように襲いかかろうとしたのもわかる気がした。

ファンが無言でコーヒーを持ってきた。カフェオレのような色をしている。

「お口に合うかどうか」

「もらいます」

カタギになりすまし、乱暴な言葉は控えた。隣の部屋にマイがいる以上、大っぴらに物騒な会話をするわけにはいかない。

ヤクザの金蔵を叩いて稼いでいると、彼女に知られたくなければ協力しろ——呂と同じように脅す方法もあった。現役のころだったら、そうしていたかもしれない。

コーヒーは強烈に甘かった。濃厚な甘味が口内に広がる。コンデンスミルクを大量に入れたベトナムコーヒーだ。

ファンはおたまや包丁を使って料理をした。器に入った鶏粥《チャオガー》と調味料用のレモン、魚醤《ニョクマム》や香辛料《サテ》の瓶をお盆に載せる。世古が持参したイチゴもあった。彼が隣室に運ぶと、嬉しそうなマイの声が聞こえた。

ファンがマイとベトナム語で短く会話をしてから、戻ってきた。彼女とは対照的に、まだご機嫌斜めな様子だ。目には剣呑な光がある。包丁でブスッとやりそうな殺気こそ消えたが、招かれざる客であることには変わりない。

彼はキッチンに戻り、しばらくして丼をふたつ運んできた。麺料理ではあるが、フォーのように平たくはなく、日本のうどんのように太くて丸い。タピオカ粉を原料としたバインカインという麺で、具にはハムや鶏肉、カニカマが入っている。別皿にはモヤシと唐辛子、レモンが添えられてあった。

「おれはパクチーも食えるぞ」

向かい側に座ったファンが顔をしかめた。声をひそめる。

「あんたの好みなんて知ったことか。日本じゃ高くて多くは買えない。故郷と違って、ふざけた値段がついてる」

マイの鶏粥には、パクチーをたっぷり添えていたが、一人分しかないようだ。

「カネに手をつけてないのか」

「当然だろう。ろくに仕事をしてないガイジンが、急にフルーツだのパクチーだのをどっさり買ってきたら不自然に思われる。狭いコミュニティだ。すぐに噂になる。カルマにもきつく言ってある」

「賢明な判断だ」

割り箸を手に取って麺をすすった。

うどんともフォーとも異なる独特の食感がした。コシがあるわけではないが、モチモチとしていて噛みごたえがある。スープは優しい味がする。ファンは料理の腕も確かなようだった。レモンを搾って酸味を加える。

「数百万のカネを持ったまま、いつまでも極貧のフリを続けていても、フルーツひとつ買ってやれないんじゃ、あの娘の体調不良も長引くばかりだ。医者にも診せていないんだろう」

「黙れ。それを食べたら、とっとと出て行け」

わざわざ三郷の団地まで足を延ばし、包丁まで突きつけられながらも、幸運も重なって話をする機会を得た。黙るわけにはいかない。

「呂からは逃げられんぞ。お前が言ったとおり、コミュニティは狭い。ベトナム人の情報屋を飼ってるんだろう。少なくとも、この島国じゃどこに逃げても、あいつの目がついて回る。お前をナニするのは難しいだろうが……」

隣室のほうに目をやった。

ファンがレモンをつまみ、きつく搾った。丼のスープに大量のレモン汁が滴り落ちる。搾りかすを世古の丼に投げ入れる。

「けっきょく、あんたはあのチャイニーズのメッセンジャーか。マイに感謝するといい。あいつがいなければ、今ごろあんたをそれみたいにしていたぞ」

スープの表面にレモンの搾りかすが浮かんだ。

気にせずに麺をすすり、ついでに搾りかすを口に入れた。噛みしめる。レモンの皮の苦みが口のなかに広がる。

「ただのメッセンジャーなら、こんなところまでやっては来ない。言っただろう。見舞いと謝罪をしに来たと」

床に置いたバックパックを掴み、なかに手を突っこむと、コンビニ袋を取り出した。帯封がついた札束が五つ入っている。半透明な袋であるため、福沢諭吉の顔が透けて見える。

それをテーブルに置く。ファンが眉をひそめた。

「なんの真似だ」

「二百万は使っちまった。九州に十一歳になる娘がいる。ひどい暮らしをしてると聞いてたんでな。チョコ二枚をそっちに送った」

「それで？」

「この五枚はお前にくれてやる。受け取ってほしい」

ファンが表情を消した。

この手の男は驚きの事態に直面したときこそ、冷静であろうと努める。厳しい訓練を受けた兵隊あがりや、修羅場をいくつも見てきた極道によくいるタイプだ。真意を探ろうと、穴が開くほど世古を見つめてくる。

「腕のいい闇医者を知ってる。口も堅い。治療費は安くないが、そのカネで支払える」

丼を抱えてスープを飲み干した。ファンが箸を置く。

「なんの真似だ」

「お前がいなければドジを踏む。それにチョコ五枚じゃ、逃亡資金にもならない。次の仕事《ヤマ》で得られる報酬に比べれば、こんなのは端《はした》ガネだ」

「ヤクザだったくせに、あんたはおれのところの村人よりお人よしだよ。次の仕事にこだわるが、また呂に騙されるのがオチだ。フタを開けてみたら、そのチョコよりも少ないのかもしれないのに」

「それはない」

即答してみせた。

「きっぱり言うじゃないか」

「次に叩くのは、おれの叔父さんの会社だそうな。懐具合はだいたいわかる。集金日には最低でも三億は集まる。おれたちの取り分はレンガ九つにはなる。むろん、殺しはなしだ。刃向かってきたら、少し痛めつければいい」

「待て」

ファンが椅子から立ち上がった。

彼は隣室の様子を見に行った。引き戸をそっと開けて、なかに入る。会話が聞こえてこない。彼女は眠っているようだ。

ファンが食器をキッチンへ運んだ。鶏粥は半分ほど残っていたが、イチゴはきれいに平げている。残りの鶏粥を冷蔵庫にしまい、食器や鍋を洗ってから、リビングのテーブルに戻ってきた。相変わらず無表情のままだが、少なくとも聞く耳を持ってくれたようだ。

「あんたがいたのは千波組と言ったな」

「叔父と言っても年下の若僧でな。おれが刑務所《ベッソウ》に行くまでは、同じ三下に過ぎなかった。頭のキレるやつだったが、みるみる出世して今や組の稼ぎ頭だ。正反対におれがいた組織は、親分が思いきりヘタを打ってお取り潰しだ」

思わず専門用語を口にしていた。ファンが問題ないというようにうなずく。

世古の親分は戸塚譲治《とつかじょうじ》といった。かつては、戸塚こそが千波組の稼ぎ頭といわれ、子分の世古が身体を張ったおかげで、組の若頭補佐にまで出世した。

八年前、華岡組系の自称経営コンサルタントの男が、戸塚から巧みにカネを盗んで行方をくらました。世古が追いこみをかけ、鬼怒川温泉にしけこんでいる男を痛めつけてカネを取り戻した。拉致と傷害の罪で、八年の懲役生活を送った。

本来なら、戸塚組の最高幹部に取り立てられるはずだった。戸塚がさらなる出世を目論み、謀略の絵図を描いたが失敗に終わった。千波組を絶縁された挙句、長い懲役を背負う羽目になった。戸塚組は解散となり、兄弟たちは他の組織に移籍するか、これを機に足を洗った。

デザート代わりに、ベトナムコーヒーの残りを口に含む。

「呂がよこす情報だけじゃアテにならない。それは百も承知だ。おれ独自に情報を集めてみた。千波組のなかには、かつての兄弟分が今でもごろごろいるんでな。今じゃ叔父さんは最大の資金力を誇る。大変なリッチマンってことだ」

ファンが現金入りのコンビニ袋を見やった。

「ただし、ガードは堅い」

「隙を見せるようなやつじゃないのはたしかだ。ただし、叔父さんもだいぶ無理をしてきた。組のなかにも外にも敵を作ってきたし、なによりカネを持っている者は妬まれる」

「呂に情報を売った者がいるということか」

「おれが情報を集められたのも、つまりそういうことだ。おかげで仕事はしやすくなるが、それでもおれとカルマだけじゃ力不足だ。今から新入りが加わったとしても、よくわからんやつとは組めない」

ファンが黙りこくった。世古は丼を隅にやった。

「仮に呂がつまらん真似をしてきたら、今度は黙っちゃいない。あいつを殺《や》るよ。得たカネはきっちり三等分にするが、予想を下回るようなら、おれの取り分を減らしてくれてかまわない」

頭を深々と下げた。

「ファンさん、力になってくれ」

ややあってから、彼がコンビニ袋を突っ返してきた。

「こいつはいらない」

「次にそれだけ稼げるのなら、おれだって必要ない。娘さんにでもくれてやれ」

「頼む」

「ファンさん」

思わず顔をあげた。ファンが再び箸を手に取り、残りの麺をすすった。

「つまらん真似とやらをすれば、あんたも呂《ろ》も殺って、カネはカルマとふたりでわける」

「お前らを人殺しにはさせねえ。彼女といっしょに、ベトナムで食堂を開け。腕も日本語も達者だが、このバインカインが一番だ」

見え透いたお世辞と受け取ったのか、ファンはつまらなそうに鼻を鳴らすだけだ。ただ料理は、マイが言ったとおり、本当にうまかった。

11

瑛子はハンドルを握りながら、パックのゼリー飲料を胃に流しこんだ。

『おひさま急便』を後にしてから、コンビニに立ち寄って買ったものだ。そのさい、時間をつぶす目的もあって英麗に電話をかけた。蔡という福建人について尋ねると、彼女は憂鬱そうに声をあげた。

——なんとまあ。灯台もと暗しというか。

——あなたの若い衆ではなさそうね。厄介なやつなの？

——うーん、厄介といえば厄介かも。

——この首都圏で、英麗姐さんでも二の足を踏む中国人がいるのね。

英麗は不機嫌そうにうなった。

——ノー、ノン、ニェット。私は誰が相手でも二の足を踏んだりはしない。欲しいものがあれば、どんな手を使ってもぶん捕るし、邪魔するバカは切り刻んで海に捨てるだけ。

——そうよね。

——要するに、かかってくる者は潰しやすいけれど、去っていく者はそうじゃないってこと。意味わかる？

——故郷《クニ》に帰るってわけね。

福建人は元来、成功した華僑が多いため、海外で一旗あげようと考える気風がある。偽造パスポートを使い、政治亡命者を装うなど手段を選ばない。密航者を送り出す地域として、世界中から非難を浴びながらも、海外に出れば成功するという神話が現地では根強く残っていた。

九〇年代の日本でも、蛇頭を通じて密航者が増え、社会問題にまで発展した。英麗も黒竜江省の出身ではあるが、福建人のボスの情婦となり、ボス亡き後はそのまま組織を受け継いだ。現在も古株の部下は福建人だ。

国内経済の急激な発展によって、今は華僑神話も崩れつつある。密航者も急速に減り、福建省の福州や泉州、廈門《アモイ》といった巨大港湾都市に人が集まるようになった。蔡も日本でひとおり荒稼ぎをした後は、景気のいい故郷の巨大都市でカタギの事業でもやるのだろう。

英麗はため息まじりに教えてくれた。

――蔡ってのは自動車泥棒に明け暮れていた荒くれ者。で、そいつのボスが呂子健って男。

――初めて耳にする。

――そう？　中国人の間じゃ、わりと知られた名前だけど。手のつけられない暴れん坊としてね。

呂は十五年ほど前に来日していた。貧しい留学生などをワルの道に引きこんで、窃盗団を結成すると、車上荒らしや空き巣を繰り返した。裕福な華僑に誘拐や脅迫で金をせしめるといった荒っぽい仕事もこなす野犬として悪名を馳せたらしい。

――華僑の長老たちをさんざんイラつかせたし、ヤクザと手を組んだときもあれば、反目に回って危うい思いもしてる。そろそろ潮時と踏んだみたい。

――憂慮すべき状況ね。

瑛子はため息を吐いた。

マイというベトナム人を捜していたが、彼女の前にファンなる男が現れた。彼はクリーニング工場で働いたさいに、中国人実習生と揉め、凶悪で知られるチャイニーズマフィアと接点を持った。

しかも呂は日本を離れ、稼ぎ場を母国に移そうとしている。

アウトローの世界では、立つ鳥は跡を濁すものと相場が決まっている。後始末などせず、盛大にクソをまき散らしていく者さえいる。ヤクザなどでも、組の親兄弟から借金を重ね、あるいは投資話を持ちかけ、カネを騙し取ってトンズラする。

外国人マフィアも同じで、手荒な手段でてっとり早く稼ごうと目論み、場合によっては市民の安全も脅かす。目をつけた資産家宅に侵入して現金や貴金属を奪った挙句、住民に凶刃を振るう。どうせ遠くに逃げるのだからと、犯行の手口も凶悪さが一段と増すものだ。場所に縛られない流れ者を追うのは、警察にとっても楽なことではない。

英麗は指を鳴らした。

――私たちにため息は似合わない。彼女の行方には近づいているんだし、捜査は驚くほどの速さで進んでいる。福建野郎の姿が見えただけでも大収穫よ。呂も女子供を売買していたから、マイさんという上玉を放っておくとは思えない。ブローカー連中から情報を集めてみる。

彼女はいつもの快活な調子で言った。ただでさえ、狙った獲物を逃さぬ執念深い性格の持ち主だが、福建マフィアの存在を知り、闘争心を掻き立てられたようだ。

――私も引き続き追う。呂という男も放ってはおけない。胸騒ぎがする。

――やっぱり、一刻も早く警官を辞めるべきね。マフィアの素質充分よ。

軽く笑って受け流し、電話を切った。

コンビニの駐車場を出て、国道16号線を通り、川越市内に入った。道を適当に走る。それほど大食いでもなく、つねに腹八分目を心がけていたが、さすがにゼリー飲料だけでは足りない。大豆バーを二本買っていたが、手をつけなかった。胃を重くすると動きづらくなる。

バックミラーにときおり目をやった。白のワゴンがついていた。コンビニを出てから、見かけるようになった。川越市内の交差点で右折や左折を繰り返したが、離れない。瑛子が目的のようだ。

「捜査は驚くほどの速さで」

英麗の言葉を思い出して呟いた。

視界に貸し倉庫が目に入った。貿易港の敷地のように、二段重ねのコンテナがずらっと並んでいる。さらに捜査を進展させるにはぴったりの場所だ。

ハンドルを切って、貸し倉庫に侵入した。駐車スペースにスカイラインを停めると、思わせぶりに周囲をきょろきょろと見渡す。重要なブツでも探すフリをしながら、コンテナが並ぶ通路に入った。物陰に身を潜める。

白のワゴンも貸し倉庫に入ってきた。駐車スペースの白線を無視し、コンテナの傍に停まった。スライドドアが開き、四人の男が降りてくる。

コンテナの物陰から男たちを見やった。一目でアウトローだとわかる。三人は二十代くらいの若者で、MA-1や安物のブルゾンを着こみ、角刈りにした頭髪を放置したような野暮ったい姿だ。不良化した元留学生といった臭いがする。

瑛子は目をこらした。リーダーは黒革のジャケットを着た禿頭の中年だろう。身長が百九十センチはありそうな大男だ。タバコを吹かしながら、野太い声で若者たちに中国語で檄を飛ばしている。

興奮と失望の両方に襲われた。張の言葉が脳裏をよぎる。

——言っただろう。おれはもう騙されるのはたくさんだと。どうせなら、騙すほうに回ってやると決めた。

あの実習生はクリーニング工場で働きながらも、すっかり食えないワルに染まったらしい。瑛子からカネを受け取るだけでなく、蔡にもいい顔をしてみせたようだ。もっとも、そうするのを期待して、自分をエサにしていた。

ベルトホルスターから特殊警棒を抜いた。ひと振りして伸ばすと、左手でコンテナを叩く。物音に誘われた若者が駆けてきた。コンテナの陰に飛びこんでくる。手には果物ナイフがある。

若者が視界に入る。瑛子は特殊警棒で突きを放った。先端が鳩尾《みぞおち》に深々と食いこみ、若者がヒキガエルのような鳴き声でうめいた。地面に嘔吐物をまき散らしながら倒れる。

再びベルトホルスターに左手を伸ばし、リボルバーを握る。若者を乗り越えて、物陰から出る。

コンテナに挟まれた狭い通路を、若者ふたりが並んで向かってきた。それぞれ手斧、金鎚を持っていたが、銃口を突きつけると、怯んだように立ちすくんだ。

「武器を捨てなさい《チンレンディアオウーチー》」

警告代わりに撃鉄を起こす。殺気を放ちながら前へ進んでみせた。若者たちが元のワゴンの位置まで後ずさる。

ふたりの背後に大男がいた。この男が蔡なのだろう。歯を剝き、中国語で怒鳴る。

「てめえ、なにをしてんだ。コラ！」

「蔡俊杰ね。そっちから会いに来てくれるなんて。あなたにはいくつか訊きたいことがある」

「武器を捨てるな！」

蔡が若者にきつく命じ、瑛子に語りかけてきた。

「あんた、刑事なんだってな、警視庁の。一丁前に拳銃なんぞ向けてるが、こんなよその土地でぶっ放せるのか？　おまけにふつうの警官じゃねえ。派手にカネまで撒いてるそうじゃねえかよ。こんな場面で撃ちゃ、てめえの悪事がバレるだけだろうが」

意外そうに眉をあげてみせた。

「泥棒稼業に精を出してただけあって、なかなかの事情通ね」

「この売女《バイタ》。誰の命令でチョロチョロしてやがる。おれたちはヤクザと違って、警官《ジンチャ》だからってびびりゃしねえぞ」

貸し倉庫には、瑛子ら以外に誰もいない。だが敷地の隣は携帯電話の販売店とマンガ喫茶だ。発砲できる状況ではない。

蔡がワゴンのスライドドアを開けて、なにかを取り出した。金属バットだ。グリップにはテーピングが何重にも巻かれ、芯のあたりがデコボコにへこんでいる。本来の用途から外れた使い方を散々してきたようだ。バットというより、鬼が手にする金棒に見える。

「ふたり同時で行け。あんまりやりすぎんなよ。あとで愉しめなくなる」

品のない笑みを浮かべながら、蔡が指示を出した。

若者ふたりがまた、じりじりと距離を詰めてくる。手斧と金鎚を手にする相手を、私服警官用の短い特殊警棒でさばくのは容易ではない。ふたりの後ろには金属バットを持った大男もいる。

若者たちが武器を振り上げたときだ。敷地内に軽トラックが猛スピードで入ってきた。まっすぐに蔡たちへ突っこむ。

「なんだ」

蔡がワゴンの陰に隠れ、若者らが地面を転がって身をかわした。軽トラックが彼らを轢《ひ》きそこねた。急ブレーキをかけて停止する。タイヤが焼ける臭いがする。

「すみません、途中で見失っちゃって。大丈夫すか」

軽トラックから、パーカー姿の落合里美《おちあいさとみ》が降りてきた。緊張感の欠片もなく、瑛子にペコペコと頭を下げる。

「ばっちりよ」

里美が荷台から太いチェーンを引っ張り出しながら、蔡を顎で指した。

「なんかベトナム人に見えないんですけど」

「予定変更で、中国人マフィア《チャイマ》の大男に変わっちゃった」

撃鉄を下ろし、拳銃をベルトホルスターにしまった。

「空振りよりはずっとマシです」

里美は贈答用のハムのような太い前腕に、チェーンをグルグルと巻きつけた。練習前のボクサーが、バンデージを巻く動作に似ている。

「お、女かよ」

金鎚を持った若者が唖然として、声を漏らす。

久しぶりに見る里美は千円カットでスポーツ刈りにしたような髪型だ。相手の若者たちと同じく、ずいぶんと放置しているらしい。針金のような剛毛が伸びっ放しだ。

パーカーは色あせ、胸にプリントされたプロレス団体のロゴはボロボロに剝がれ落ちている。海外では名の知られた格闘家に成長したというのに、貧相な恰好だ。

里美は瑛子の貴重な戦力だ。つきあいは四年以上になる。プロレス団体をクビになり、西荻窪の酒場で大学の応援団員相手に大暴れしているときに知り合った。以来、瑛子の腕となって、名うての犯罪者や荒くれ者と戦い、彼女の窮地を救ってくれた。

ここ一年は格闘家として、ソウルやマカオで総合格闘技《MMA》の試合に参加し、すべてＫＯ勝利を飾っている。外見などには目もくれず、相変わらず練習に没頭しているのだろう。パーカーの生地は、ビルドアップされた筋肉のせいで今にも千切れそうだ。太腿のサイズも小学生の胴ほどはある。

探偵が叩きのめされた話を聞いたときから、瑛子は里美に協力を求めていた。彼女は快く引き受け、実家の酒屋の軽トラックを飛ばしてくれた。

瑛子がクリーニング工場で訊きこみをしている間も、里美は近くで待機していた。瑛子自身が囮《おとり》となり、ふたりで獲物を釣り上げる作戦だ。ファンなる男が狙いだったが、喰らいついてきたのは別の人物だった。

瑛子は前に踏みこんだ。里美に気を取られた若者との間合いを詰める。

若者が金鎚を慌てて振り上げた。いかつい見た目だが、重量のせいか、金鎚のスピードは遅い。

若者の鼻の下を特殊警棒の先で突いた。ガツッという音がし、前歯が地面に飛び散る。大量の血を口からあふれさせて跪《ひざまず》く。

同じところをつま先で蹴り上げた。血煙があがり、若者は仰向けになって倒れる。

「おいおい、やるじゃねえか」

蔡が感心したように顎をなでた。

すぐに憤怒の表情に変わり、金属バットを里美に振り下ろす。彼女はチェーンを巻いた左腕で受け止める。金属同士がぶつかるかん高い音がした。

里美が右拳でローブローを放った。股間を狙ったようだが、蔡は後ろに下がってかわす。

MMAという修羅場を潜り、彼女のハンドスピードは増していたが、蔡もただ図体がデカいだけでなく、ケンカ慣れしていた。

「死《チースーバ》ね！」

背中に鈍い痛みが走った。衝撃で前につんのめる。

もうひとりの若者が、後ろから手斧で切りつけたようだ。防刃ベストを着こんでいなければ、背骨や内臓まで傷つけられただろう。

痛みをこらえて振り向く。若者が首を狙って二撃目を打ってきた。特殊警棒の先に左手を添え、手斧から身を守った。重たい斬撃によって、特殊警棒がくの字に折れ曲がる。

里美に気を取られたのは瑛子も同じだ。彼女を心配して、自身をおろそかにしてしまった。奥歯を嚙みしめる。

若者が闇雲に武器を振り回してきた。曲がった特殊警棒では受け止めきれない。後ろに下がる。若者が前に踏みこんでくる。

特殊警棒を顔面めがけて投げつけた。若者が顔を腕で覆ってブロックした。わずかに隙が生まれる。

身を屈めてタックルをした。レスリングのように両脚を刈り、若者を地面に押し倒した。後頭部をアスファルトに打ちつけ、大きな音を鳴らす。彼の目が虚ろになるが、それでも手斧を叩きこもうと腕を動かす。

瑛子は鼻に頭突きを叩きこんだ。鼻骨が砕ける感触が、額を通じて伝わってくる。戦意不能に追いやるため、額を二度三度とハンマーのごとく振り下ろす。

視界が赤く染まり、血の臭いが鼻をつく。若者がぐったりと動かなくなる。

袖で目を拭い、里美を見やった。金属同士がぶつかる音がまたする。

蔡の金属バットが、勢いあまってワゴンのスライドドアをへこませていた。お互いに打撃がヒットしたらしく、里美は鼻血を流し、蔡は瞼を大きくカットしている。

蔡の攻撃は大型台風のようだ。金属バットを振り回すだけでなく、左拳で殴りかかり、ローキックで里美の膝関節を破壊しようとする。

瑛子は若者から手斧を奪い取った。背中の痛みをこらえ、蔡に投げつける。手斧は蔡の左肩に当たった。刺さりはしないが、蔡が顔をしかめた。

里美が見逃すことなく、チェーンを巻いた左腕でフックを放った。パンチというより、プロレス技のラリアットに近い。前腕で蔡の太い首をなぎ払うように打った。

蔡が巨体を一回転させ、ワゴンのスライドドアに背中をぶつけた。目を白黒させる。怪物でも見るような視線を里美に向ける。

蔡もタフな男だった。里美の一発をもらいながら、倒れずに耐え抜く。そんな人間は数えるほどしかいない。

「ちくしょう！」

蔡が金属バットを投げつけた。里美はチェーンで防ぐ。

瑛子のように隙をついて攻撃してくるのかと思いきや、蔡はワゴンの運転席のドアを開けた。すばやく乗り込む。ワゴンがスキッド音を立てながら急発進する。

「あ、この野郎《ヤロ》」

里美が後部のバンパーを左手で掴んだが、いくら怪力でもワゴンを止められはしない。瑛子も追いかけたが、頭がふらつく。まっすぐに走れない。

ワゴンはエンジン音を派手に唸らせながら、貸し倉庫の敷地を出ていった。道を走っていた車が急停止し、怒りのクラクションを鳴らしている。

蔡はあっという間に走り去っていった。里美が悔しそうに地団駄を踏む。

「子分残して、ひとりで消える男がどこにいるんだってんだよ。なあ？」

彼女は地面に転がっている若者に声をかけた。同意は得られなかった。瑛子に人中を蹴飛ばされ、今も痛みと戦っていた。別のひとりは瑛子の頭突きで失神し、もうひとりは嘔吐物にまみれて悶えている。

里美が目で尋ねてきた。あれでいいか、と。瑛子はうなずいてみせた。

里美は蔡のワゴンのバンパーを掴みながら、右手で細工を施している。苦労して釣り上げた獲物をそのままリリースする気はない。

「タイマンもいいけど、路上のゴチャマンもやっぱ熱いっす」

里美は派手に鼻血を滴らせていた。顔の下半分がまっ赤に染まっている。

「これを使って」

瑛子は急いでハンカチを差し出した。

「問題ないですよ。すぐに止めます」

里美が軽トラックの助手席から救急箱を取り出した。止血剤であるアドレナリン溶液の瓶に綿棒を浸し、慣れた様子で鼻の穴に入れた。

瑛子は胸に痛みを覚えた。雅也殺しの犯人を捜し当てるため、彼女を何度も危険な戦いに引きずりこんだ。仇敵が消えた今でも、武装した悪党と殴り合いをさせている。格闘アスリートとして知名度も上がりつつあるというのに。路上で喧嘩沙汰を繰り広げたことが知られれば、積み上げてきたキャリアをすべてふいにしかねない。

「瑛子さんこそ、斧でぶっ叩かれて大丈夫なんすか？　スーツ、思いっきり裂けてますよ」

「みたいね」

スーツを脱いだ。背中の生地をばっさりと切断されている。

ワイシャツも破れているらしく、背中がやけに涼しかった。防刃ベストのポリエチレン繊維で守られたものの、手斧で切りつけられそうになった箇所が、ずきずきする。それでも、里美に対して覚える胸の痛みと比べれば、たいしたことはない。

　里美が不安げな顔を見せた。

「次も呼んでくださいよ。好きでやってることなんですから」

　瑛子は里美の背中を叩いた。それ以外になにもできなかった。

## 12

　須藤は鉄骨階段を上った。手すりに錆が浮いており、握れば掌が赤くなりそうだ。築三十年は経っていそうな古びた木造モルタルのアパートだ。錦糸町駅から徒歩四分と、立地条件こそよかったが、周りはマンションに囲まれ、日当たりが悪い。高齢者も暮らしているのか、線香の匂いがする。

　二階の部屋の前で足を止めた。部屋の主は一年前に独身寮を出て、移り住んできた。呼び鈴を押した。電池が切れているのか、チャイムは鳴らない。ノックをしようとしたが、その前にドアが開いた。

　井沢が険しい表情で出てきた。須藤は意外そうに眉をあげてみせる。

「なんだ、本当に具合が悪いのか」

井沢はおとなしく寝ていたようで、毛玉だらけのスウェット姿だ。ホスト風の長髪には寝癖がついている。御徒町の寿司店で飲み食いしていたときとは別人のようだ。目は落ち窪み、顔は青黒かった。

「早く入れ」

井沢がつらそうに肩で息をした。必死に手招きをする。それを無視して、井沢の額に手を伸ばした。彼の額はカイロのように熱い。

「熱もある。仮病じゃないかと疑ったよ。看病してくれる人は来ないのか」

「なにをしてる。早く入れって。誰かに見られたらどうするつもりだ」

井沢が腕に摑みかかってきた。それを振り払う。

「こんなむさくるしい部屋に入れるか」

「入ってください。頼みます」

面倒臭そうに頭を掻きながら部屋に入った。ドアを閉める。

「失望させるな。手間暇かけてお前をこっちに引き入れたというのに。深窓のお嬢様じゃあるまいし、熱なんか出しやがって。柔道の特練員が聞いて呆れる」

室内は台所と和室の二部屋のみだった。台所には、缶ビールやウイスキーの空き瓶で膨れたゴミ袋があった。流しには食器やコンビニ弁当の容器が山積みになっていて、アルコールと残飯が混ざり合う甘酸っぱい臭いがした。

「しみったれた部屋だ。副業でガッポリ稼いだカネをどこにやった」

「ご存じでしょう。酒場やキャバクラでばら撒いてます」

和室も同様にごちゃごちゃしていた。壁には、ヤクザ映画のポスターが貼られ、カラーボックスには、高倉健の任侠モノやVシネマのDVDが乱雑に詰めこまれてあった。せんべい布団の周りは、実話誌や劇画誌が散らばっている。部屋の古臭さも相まって、やたら貧乏臭く映った。

警察官の給料はけっして安くない。福利厚生も厚く、さまざまな手当もつく。井沢は今、三十歳だ。このくらいの年齢の独身警官には、ヨーロッパの高級外車を乗り回し、デザイナーズマンションで優雅に暮らす者もいる。

警官としての俸禄だけでなく、井沢は八神金融の番頭役として副収入も得ているはずだ。この自宅はただのカモフラージュであって、じっさいは不動産や高級車を所有しているのではないか。そんな疑いを抱き、彼の親兄弟まで洗ってみたものの、隠し財産の類は発見できなかった。給料も副収入も、夜の遊びと情報収集に費やしているらしい。

そもそも、八神班のメンバーは休むことを知らず、家でゆっくり過ごす日など、ほとんどありはしないのが現状だった。八神も豊洲のマンションに住んでいるが、低層階に位置する部屋で、見晴らしが悪く、さほど値の張る物件ではない。所有する車は、夫が乗り回していた古いスカイラインだ。

須藤の上司である加治屋は、八神らがカネをしこたま貯めこんで私腹を肥やしていると期待していたようだが、金融で集めたカネはあらかた捜査に使っているらしい。情報提供者への捜査協力費として身銭を切る者もいる。

捜査協力費を捻出するため、かつては全国の警察組織が裏金作りに励んでいた。警官が情報提供者になりすまして捜査協力費の領収書を偽造、またカラ出張を繰り返しては闇のカネを作った。それらの裏金は捜査協力費、事務用品費だけでなく、官官接待や異動する高官への餞別にも使われ、警察幹部が甘い汁をすするためにプールされた。

北海道警を始めとして、各地の警察本部でも表沙汰になり、メディアや世間から批判にさらされている。それまでは捜査費や旅費を捻出するための必要悪だと誰もが考え、組織ぐるみで不正経理に手を染めた。父を除いて。

高卒の父は警察学校を首席で卒業し、採用後五年で巡査部長に昇進するなど、優秀な若手と目されていた。しかし、青臭い理想論を振りかざして領収書の偽造を拒み、その後の警察人生を棒に振った。

八神たちを見ていると、なぜか父の姿がダブって見える。警察社会の掟を無視し、組織運営というものを一顧だにしない。

井沢には横になるように言った。もはや対峙する気力もないのか、布団のうえに身を横たえた。須藤は和室にあった座椅子に腰を下ろす。

枕元には携帯端末があった。すばやく拾い上げ、電源を入れる。井沢が反射的に手を伸ばしてきたが、ひと睨みして黙らせた。

「暗証番号は？」

井沢は口ごもったものの、四ケタの数字を口にした。０６２１──井沢の恋人の誕生日だった。

「今年は婚約。来年はジューンブライドと行きたいな」

画面ロックを解除して、携帯端末をチェックした。今日の通話履歴に八神の名があった。

「姐さんとはなにを話したんだ」

「なにも……。熱があると報告した」

画面をこれみよがしにタッチした。

「愛しの咲良ちゃんに電話しよう。覚せい剤《シャブ》でのセックスはどんな気分か訊いてみるか」

「本当だ。止めてくれ」

「止めてほしいのはこっちのほうさ。ちょいと熱を出したからといって、甘えてもらっちゃ困る。おれの言葉を忘れたのか。自殺や逐電なんて考えるなと。まじめに思い出せ。病に逃げこめば、恋人は柔道とおさらばだ」

井沢の目に憤怒の光が宿った。

須藤は反射的にベルトホルスターに手をやる。相手は病人とはいえ、柔道のスペシャリストであり、追いつめられた猛獣だ。油断してはならないと自分に言い聞かせる。

井沢がすぐに弱気な顔に戻った。改めて尋問を再開する。

「姐さんは昼に都内を出て、さいたま市方面に向かった」

「なにをしに行った」

井沢は途方に暮れた顔をするだけだった。

「わからない。ただ、姐さんは……八神係長は、情報提供者《エス》に借りを返すために動くことがある」

「情報提供の見返りに、暴力団員《G》や悪党のシノギを手伝うというのか？」

井沢がしぶしぶうなずいた。

「今回は誰だ。誰のために動いている。お前は長く番頭役を務めてるんだ。予想ぐらいつくだろう」

井沢は口を開きかけるが、往生際が悪い。

須藤は携帯端末の画面を見せつけた。咲良の番号が表示されており、ダイヤルボタンを押そうとする。

「劉英麗。中国人のボスだ」

「チャイニーズマフィアか」

説明するように促した。

英麗なる女は、上野で語学教室を営みつつ、手広く事業を手がけている福建マフィアの頭目だった。『ふたたびの家』関連の情報は、彼女がケツを持っているフィリピンパブから寄せられたという。今では徹底した秘密主義を取る暴力団から確度の高い情報を得るだけでなく、八神は外国人コミュニティにも顔が利く。英麗の名を頭に刻みこんだ。

八神の力の源泉が徐々に見えつつある。これほど反社会的勢力とつるめるのは、彼らにも利益をもたらしているからだろう。連中のために、警視庁内の情報をくれてやっている可能性が高い。井沢の尻を叩いておけば、八神に引導を渡す証拠も掴めるだろう。

「この中国《チャイ》マフィア《ニーズマフィア》のために、姐さんがなにをしているのか。詳しく聞き出せ」

「それは……」

井沢が口ごもった。無理だと言いたそうだが、無視して画面にタッチする。

「姐さんとの通話時間だが、三分近くも話しているな。病欠の報告をするだけにしては長い。まだ、おれに隠し事をする気か」

「隠してなんか」

「なにを話した」

「恋愛の話を少ししただけだ。姐さんも、ひさびさに涙をこぼすほどの失恋をしたと」

「相手は誰だ」

「はぐらかされた」

「失恋ね」

最近の彼女の行動はほぼ把握していた。プライベートはなく、ほとんどの時間は捜査と副業に費やされていた。酒豪と聞いていたが、バーや居酒屋に寄る様子もなく、まっすぐに豊洲の自宅マンションに帰っている。顔を合わせていたのは、上野署の警官たちや情報提供者ぐらいだ。

「なるほど」

思わず笑みがこぼれた。

先日、八神が接触した甲斐を思い出した。ふだんは澄ました顔をしている八神だが、このときは深刻な顔をしていたとの報告を受けている。

警官と情報提供者という関係を超えた仲なのだろうか。あの男には風営法違反や管理売春で逮捕された過去がある。こちらも調べがいがありそうだ。

井沢が食いついてきた。

「し、知ってるんですか？」

「教えてほしけりゃ、おれの仕事をつつがなくこなせ」

携帯端末を井沢に放って立ち上がった。

この番頭役を落としたのは正解だった。八神を追い落とすまで役立ってもらう。もっとも、井沢も警察社会に残れはしない。仲間を監察に売ったとなれば、現場の人間から村八分にされる。ロッカーの鍵穴に瞬間接着剤を注入され、デスクの引き出しに犬のクソを放りこまれる。勤務中に身の危険が迫って応援を要請しても、誰も助けに来ない。そんな毎日が待っているのだ。

部屋の玄関を出ると、すばやく階段を降りた。どこに他人の目があるかはわからない。アパートの前には、部下の及川らを乗せたミニバンが停まっている。

ミニバンに乗りこもうとしたところで、ポケットの携帯端末が震えた。液晶画面に目をやると、見知らぬ番号が並んでいた。

「もしもし？」

訝りながら出たが、相手の声は対照的に張りがあった。

〈上野署の富永です。須藤監察官ですか?〉

「なっ――」

思わず絶句した。明菜や及川が何事かと注目する。ミニバンには乗らず、部下たちに背中を向けた。

〈単刀直入に言います。監察官、あなたと会って話がしたい〉

「なぜ、私などと」

〈八神の件で〉

左手で顔を覆った。全身から汗が噴き出た。ひとまず、とぼけてみせる。

「誰ですって? あの……突然のお電話に驚いていますが」

〈驚くことはないだろう。うちの庭で仕事をしていたんだ。声のひとつもかけないと失礼と思ったのでね〉

富永の声が低くなった。しらを切るのは時間の無駄だと、警告しているつもりなのだろう。口調もがらりと変わった。

調子に乗った途端にこれだ。ハンカチで目を拭う。汗で視界がぼやけていた。

携帯端末を握りながら過去を振り返った。どこでミスったのか。八神や井沢の監視には注意深くあたった。とくに井沢に接触するときは、連中の庭であるからこそ、部下たちにも周囲の警戒を徹底させていた。

八神にバレるのを怖れていたが、まさか富永に気づかれるとは。一体どこから……。

そうか——痛恨のうめきが漏れた。

もっとも危険性が高かったのは、御徒町駅前で井沢と接触したときだ。彼は直前まで花園と寿司をつまんでいた。あの若手が曲者だったのか。

「我々に手を引けとでも？　部下の不祥事がめくれれば、あなたの華麗な経歴にもミソがつく」

〈それなら、わざわざ君にこうして電話をかけたりはしない。八神に知らせるだけでいい。周りが騒々しくなってる、とな。彼女ならば完璧な対応をするだろう〉

「あなたは人事一課《ヒトイチ》に喧嘩を売る気なのか！」

〈今から三十分後、浅草で会おう。時間は取らせない〉

富永が浅草にある老舗のホテルを指定して、一方的に通話を切った。人事一課の名を出して激昂してみせたが、まったく動じなかった。

上司の加治屋は、富永こそ能代の懐刀ではないかと言っていた。ゴルフコンペや勉強会といった集まりには顔を出さず、一見すると無派閥のように装っているが、昨年は八神とともに、大物OBである殿山を追いつめ、能代の出世に大きく貢献している。

キャリアであるにもかかわらず、所轄の署長として三年目を迎えるという人事も、なんらかの意図が隠されているはずだと、加治屋から聞いていた。いずれにしろ、今回の調査で、八神の追放に合わせて失脚させるべき人物のひとりだ。

富永は調査の背後にある政争には勘づいているだろう。キレ者という評判だが、彼の意図が見えてこなかった。彼の言うとおりで、本来であれば、署をあげて不正の隠蔽を図り、派閥のボスである能代に注進すればいいだけのことだ。須藤に接触してくる目的がわからない。

「あの……どちらからですか」

ミニバンに乗ると、ハンドルを握る及川が、おそるおそる訊いてきた。運転席のシートを蹴飛ばした。

「浅草に向かえ！」

部下に取り乱した姿を見せたくはなかったが、ヤクザのような乱暴な声が出た。

＊

須藤は浅草のホテルに着くと、最上階にあるカフェにひとりで向かった。

一階のロビーやエレベーターホールには、警察関係者らしき人間は見当たらない。

右手に携帯端末をずっと握っていた。ここへ来る間、加治屋に報告しようか迷ったが、ついに電話をかけられずにいた。

指定された時間より十分早く到着した。すでに富永は席に着き、コーヒーを飲んでいる。もうじき四十を迎えるはずだが、ジョギングを趣味としているためか、無駄な肉はついておらず、青年のような若々しい肉体を維持している。三つ揃いのスーツを隙なく着こなす姿は、エリート金融マンのようにも見える。

彼は供を連れてはいなかった。店内にも、それらしき人物はいない。老女のグループがケーキをつつきながら談笑している。

軽く目礼だけして、対面《トイメン》の席に座った。年下とはいえ、相手はキャリアの警視正だ。本来ならば、きちんとした挨拶が礼儀だが、今はそんな状況ではない。

ウェイトレスにアイスコーヒーを頼んだ。富永から電話が入って以来、身体が火照《ほて》って仕方がない。運ばれてきたお冷をひと口で飲み干した。

アイスコーヒーが来るのを待たずに尋ねた。

「話とはなんです」

「電話では誤解が生じると思ったので、君に直接会って告げたかった」

「なにを」

「八神の件だが、気にすることなく調査を続行してくれ」

思わず耳を疑った。とっさに返答できなかった。

「……本気ですか？」

「そもそも、監察官による調査を止める権限などない。妨害も考えてはいない。八神が不正を行っていたという証拠が出てくれば、私もそれをこの目で確かめたい」

須藤は首を傾《かし》げた。

「その目で確かめた後、あなたは懲戒を喰らったうえ、どこかの田舎県警に飛ばされることになる。事と次第によっては、あなたも警察《カイシャ》をクビになる」

「当然だ。覚悟はできている」

富永の腹のうちがわからなかった。須藤を出し抜くカードを持っているのに、この男はそれをドブに捨てようとしている。

コワモテな刑事でさえも、肩で風を切って歩くキャリアでも、監察官の調査には震え上がるものだ。警察関係者にとっては、死神のような存在だ。富永は怖れる様子を見せず、静かにコーヒーを口にしている。

須藤はあたりを見渡した。関係者がいないか、確認済みだが、そうせずにはいられない。

ウェイトレスがアイスコーヒーを運んできた。

　しばらくしてから、須藤は声の音量を落として訊いた。

「それは……能代官房長の意思ですか？」

　富永が苦笑した。

「その噂には辟易している。私は能代派ではないよ。この一年は、まるで裏盃をもらった暴力団員《マルB》のように疑われ続けた。いくらカタギだと訴えても、能代組の子分だろうとな。それなら、どうして所轄の椅子を二年以上も温めなきゃならないのか。誰か論理的に教えてほしいものだ。今ごろ、大阪か愛知の府県警本部の要職に就いているか、あるいは警察庁《サッチョウ》に戻って、警察行政に関わる仕事でもしていただろう」

　富永が窓に目をやった。

　席の位置からは、上野動物園や博物館、寛永寺といった観光スポットが一望できる。思い出したように彼は呟いた。

「首席監察官に異例の抜擢、ということもありうる」

　加治屋に対する皮肉だろう。やはり富永は、今度の調査が加治屋の指揮で進んでいるのを見抜いていた。

「あなたの狙いがわからない。みすみす自分の墓穴《はかあな》が掘られるのを傍観する気ですか」

「私はこの二年間、八神を厳しく監視してきた。警察組織にとって危険な存在だと考えたからだ。我が上野署きってのエースであり、捜査一課《ソウイチ》や人事一課《ヒトイチ》さえ手が出せなかったアンタッチャブルな怪物に引導を渡した。しかし、大業《たいぎょう》を成し遂げた一方、彼女の暴走は見逃されてきた。監察が動くのは当然のことだ」

「まさか……」

思わず目を見開いた。

この男は賢いのかもしれない。そうでなければ変人か。警官は組織に忠誠を誓い、つねに上を向いて働くものだ。公共の安全と秩序を維持するという名目のもと、組織の暗部や不祥事は隠され、組織防衛のためなら、あらゆる手を尽くすのが警察組織だ。

日本の警察はきわめて有能であり、厳格な規律に基づいて運営されている。警官はそんな神話を維持し続けるために腐心している。その体質は、殿上人であるキャリアならばなおさらだ。須藤が仕えてきた人間は、保身や出世のためなら手段を選ばない。自分自身も上の顔色ばかりを窺って生きてきた。

なにか取引を持ちかけてくると、考えていた。富永の腹を探りたくてホテルに来たが、彼は脅しや駆け引きもせず、自身を追い落とそうとする人物を放置するという。ありえない選択だった。

富永が残りのコーヒーを飲み干した。

「私の要望はひとつだけだ。八神の不正をでっち上げるような真似だけは許さん。以上だ」

富永が立ち上がろうとする。須藤は首を横に振った。言わずにはいられなかった。

「あなたはどうかしている」

彼は怪訝な顔をした。

「そんなことはないだろう。君のお父上も警察官だったが、保身とは無縁な警察人生を歩んだと聞いている。裏金づくりが盛んに行われるなか、偽領収書の作成を固く拒んだため、何度も左遷人事の憂き目に遭ったと――」

「黙れ!」

テーブルを叩いて遮った。

グラスが倒れ、アイスコーヒーがこぼれた。店にいる老女やウェイトレスたちが目を丸くしたのがわかる。富永だけが静かに須藤を見つめている。

「し、失礼しました」

急に激昂する自分自身に驚きながら、紙ナプキンでテーブルを拭いた。顔から火が出そうだ。

「……わかりました。調査を続行させてもらいます。後悔しないでくださいよ。私から見れば、八神はまっ黒です」

捨てゼリフを吐いたつもりだが、富永は軽くうなずくだけだ。

アイスコーヒー代の小銭を置き、須藤は席を立った。カフェから逃げるように立ち去る。

富永と対峙していると、自分がひたすら守ってきたものを壊されそうな気がした。

## 13

「なかなか、洒落てるでしょう？　リフォームするのに、けっこうかかったのよね」

英麗が両手を広げて自慢した。彼女はコックのような白の調理服にエプロン姿だ。

「一杯やりたくなる造りね」

スツールに腰かけていた瑛子は室内を見渡した。

ブラウンを基調とした和風のバーラウンジだ。業務用冷蔵庫には埼玉の地酒が冷やされているという。バックバーにはウイスキーやリキュール、老酒《ラオチュー》などがずらっと並んでいた。カウンターの隅には、ビールのサーバーも置かれてある。

「ツマミは持ち込み自由だから、味の濃い駄菓子でも肴《さかな》に、しこたま飲ませる気でいるの。もちろん、Wi《ワイ》-Fi《ファイ》は自由に使えるし、席にはみんなコンセントがついてる」

瑛子らがいるのは、本川越駅から徒歩八分の距離にある住宅地だった。川越の観光スポットである菓子屋横丁に近い。

ここは外国人向けのゲストハウスだ。まもなくオープン予定とあって、建物も家具も真新しく、塗り立てのペンキや建材の臭いがする。

もともとは古い商人宿だったが、経営者の死去に伴い売りに出されたのを、英麗がすかさず購入した。この手の物件を、彼女は首都圏にいくつも所有している。

英麗がバーカウンターに入った。

「せっかくだから一杯やってく? 疲れたでしょう」

「遠慮しておく。飲んだら痛みそうだし」

貸し倉庫で起きた抗争で、背中に打撲傷を負った。

里美が持っていた冷感の湿布薬を貼り、消炎鎮痛剤を服用したが、まだ熱を伴った痛みが続いている。バーラウンジにあった鏡で傷を確かめたが、大きな痣ができていた。タックルをしたさい、手首や膝に擦過傷を作ってもいる。

さいたま市に来たときから、格闘は覚悟していた。スカイラインのトランクには、救急箱といっしょに着替えも用意してあった。今はブルゾンを着て、手首の傷を隠している。

格闘を終えた後、英麗に連絡を取った。彼女の縄張りは都内だけではない。チャイナタウンが新しく形成されている川口市や、外国人が多く暮らす郊外にも進出している。

　十分もしないうちに、ヴァンを運転した手下が現れた。瑛子に叩きのめされた若者たちを荷台に放りこみ、このゲストハウスへと連行した。英麗も予定していた授業を休講にして、愛車の黄色いハマーを飛ばして駆けつけた。

「ここの自慢はね、ヒノキの浴槽がある大浴場なの。適当に理由作って、泊まっていけばいいのに。部屋も清潔よ」

「私もこれくらいの宿を持とうかな」

　英麗が妖しげな笑みを浮かべた。

「刑事《デカ》依存症から抜け出す気になった？」

「ずるずる続けているうえに、仲間が傷つくのを見て、弱気の虫にまで取りつかれるようになった。潮時なのかもね」

「こんなゲストハウスじゃなく、赤坂の高級クラブを預けるわ。国会議員や大企業の経営者もやって来る。しびれる世界よ」

「警察《カイシャ》を辞めたとしても、あなたの世話になるかはまだわからない」

「まったく。マイさんもあなたも、手が届きそうなのに、なかなかゲットできない。もどかしくてイライラする」

　英麗がグラスにウーロン茶を注ぎ、紙製のコースターとともに差し出してくれた。長い髪をゴムでまとめ、エプロン姿で飲み物を出す姿は、小料理屋の女将のようだ。

彼女がサーバーから生ビールをタンブラーに注いで、勢いよく飲んだ。

「だいたい、ベトナムの女の子捜してもらうのに、なんだって福建の荒くれ者なんかとかちあっちゃうのか」

「グズグズしてられない。荒くれ者たちはまもなく、でかい一発をやらかそうとしている。おそらく、それにはファンも関わってる。となれば、マイさんの運命もどうなるか。嫌な予感がするの」

「私がここへ駆けつけたのも、そんなところよ。呂のバカ野郎の動き次第じゃ、こちらにも火の粉が飛んでくるかもしれないもの。そういえば、例のファイターさんからは？」

「川口のアジトに戻ったというだけで、これといった動きはないみたい」

ひとり逃亡した蔡だが、瑛子はみすみす逃したりはしない。里美に引き続き監視させている。

蔡はワゴンで逃げようとしたが、里美がバンパーを摑んで抵抗した。彼女の真の目的は、ワゴンの底部にマグネット式のGPS発信機を取りつけることだ。

里美が鼻血をアドレナリン溶液で止め、軽トラックに乗って蔡の後を追った。蔡は川口にある中古車販売店に逃げ帰ったまま、動く様子を見せていないらしい。そこもすでに店を畳み、展示スペースには車はないという。

あの男は里美からチェーン付きの鉄拳を喰らっている。その場でKOされず、川口まで事故も起こさずに逃げ帰ったのだから、とんでもなく頑丈だ。

ウーロン茶をひと口飲んでから、改めて英麗を見やった。

「そういえば、シミひとつないのね」

「そりゃ、あなたと違って、たっぷり睡眠も取ってるし、肌への投資だって惜しんでないもの」

「そうじゃなくて、エプロンのほう」

英麗は口をへの字に曲げた。

「なによ。喜んで損した」

「どう？」

彼女が自慢した大浴場のほうを指さした。

「すっかり仲よしになった。あなたとやりあった時点で弱ってたし。なにより、蔡に取り残されたのがショックだったみたい」

彼女が調理服やエプロンを身に着けているのは、なにも料理に精を出すからではない。汚れを避けるための対策だ。

英麗に案内され、バーラウンジを出た。客間が並ぶ廊下を通り過ぎて、ゲストハウスの端にある大浴場へと移動した。

スライドドアを開けて、脱衣場に入ると、ヒノキのいい香りがした。浴場はひとつしかなく、男女交代制のようだったが、温泉宿みたいな情緒がある。ライトのシェードは和紙でできており、淡いオレンジ色の光に包まれている。

和やかな雰囲気とは対照的に、大浴場へとつながるガラス戸の前には、剣呑な雰囲気を漂わせた大男が立っていた。ゴム長に防水エプロンと、魚屋のような恰好をしている。

大男は以前にも目撃したことがあった。英麗が抱える軍団のひとりだ。大浴場からは男のすすり泣きが聞こえてくる。

大男がふたり分のゴム長を用意し、ガラス戸を恭《うやうや》しく開けた。瑛子らはゴム長を履いて、大浴場へと入った。

ヒノキでできた大きな浴槽は、大人ふたりが手足を思いきり伸ばせそうな広さだった。床に全裸の男たちが転がっていなければ、汗でも流そうと考えたかもしれない。英麗の手下たちが見下ろしている。四つある洗い場の蛇口には緑色のホースが取りつけられ、大量の水が床を濡らしていた。

英麗の尋問は見たことがある。殴る蹴るといった方法ではなく、水責めで効率よく落とす。

血こそ飛び散らないが、尋問される側は苦しみに耐えかね、失禁さえしてしまうものだ。

英麗に限らず、手下たちは大して汚れてはいなかった。排泄物の臭いもしない。蔡の手下らは瑛子に返り討ちに遭い、拷問するまでもなく、心がすでに折れているようだった。

男がひとり水道水にさらされ、ガタガタと震えていたが、瑛子の姿を見ると短い悲鳴をあげた。彼女の背中に手斧を叩きこんだ若者だった。瑛子に何度も頭突きを喰らい、鼻が奇妙な形に折れ曲がっている。

彼が尻を向けて、湯船のなかへ逃げこもうとする。英麗の手下に両腕を摑まれ、床に引きずり戻された。

瑛子は、水が流れ出ているホースを手に取った。水はびしゃびしゃと音を立てながら、ゴム長と若者の脚を濡らした。彼の鼻の穴は血の塊で赤かったが、顔色は死人のように白く、唇は紫色に変わっている。

瑛子は中国語で若者に話しかけた。

「背中がすごく痛む。もし防刃ベストを着てなかったら、背骨を壊されるところだった。よくためらわずに振り下ろせるものね、女相手に」

彼が床に跪いて土下座した。

「す、すみませんでした。急に呼び出されて、あなたを痛めつけるように命令されたんです。

ゆ、許しください。劉老板のお身内だとは知らず……」

「許されるかどうかはあなた次第。こっちは急いでるの。期待に応えてくれなければ、ゴムホースを突っこんで、胃袋が破裂するまで水を流しこむ」

若者の喉がごくりと動いた。鼻が折れ曲がっているせいか、貸し倉庫で襲ってきた人物とは思えないほど弱々しく見える。

瑛子は直球で尋ねた。

「いつ帰るの？」

「は？」

ホースの水を若者の顔にかけた。彼はムチで打たれたように身をよじらせた。

「明日の夜にはずらかる予定でした。博多まで移動して、フェリー使って釜山《プサン》まで」

明日という言葉に、英麗の顔が強張った。彼女の手下たちがざわめく。

呂の日本撤退は、想像よりも遥かに早かった。九州や韓国といったルートを使うというのは、警戒の強い羽田や成田空港を避けるためだ。

英麗が若者に洗面器を放り、ぞんざいに訊いた。

「マイさんはどこ？」

「マイ……」

若者は途方に暮れたような顔をした。ファンの女だとつけ加えると、別の男が手を挙げた。瑛子に鳩尾を特殊警棒で突かれた男だ。胸の中央に痣ができている。

「そ、その女、見たことはないが、呂社長があのベトナム人を脅していたのは知ってる。頑固なベトナム野郎だが、女を人質に取られて服従させられてた。マイってのはその女だろう。えらいベッピンだって聞いてる」

胸に痣が残る男も、同じように率先して話した。

裸にされた三人は、蔡にすっかり愛想を尽かしたらしい。掟の厳しいマフィアというよりは、呂のグループは日本の愚連隊に近い。いざとなれば結束力は脆いものだ。

男たちの証言によって、ファンと呂の関係性が明らかになった。クリーニング工場でファンと揉めていた張たち中国人の技能実習生が、蔡にファンを懲らしめてもらうように依頼した。蔡がファンの腕を見こんで、呂に紹介した。ファンも工場の低賃金労働と技能実習生同士の争いにうんざりしていた。

うまい話を持ちかけられたファンは、日本語学校から逃げ出したマイとともに、埼玉県内を転々としながら暮らしていたという。ただし、ファンにとってはそこも満足のいく環境ではないそうだ。

「呂社長が雇ったのはベトナム人だけじゃない。刑務所から出てきた元ヤクザと、農園から逃げ出したネパール人を雇ってた」

元ヤクザの名前はセコ、ネパール人はカルマだという。ファンのように、脛に傷を持つ者たちをリクルートしていた。

瑛子は再び直球で尋ねた。

「それで、呂はファンさんたちになにをさせたの？」

裸の男たちは初めて言いよどんだ。顔を見合わせる。英麗が手下に告げた。

「よく考えたら、三人もいらないわね。水だってもったいないし。ふたりはバラしちゃって」

手下がうなずくと、革製の鞘《さや》から青竜刀を抜き出した。肉厚な刃が威圧的な輝きを放つ。

裸の三人が我先にと挙手をした。早かったのは、それまで沈黙していた男だ。瑛子に金鎚で襲いかかり、特殊警棒の先で突かれ、前歯数本を失っている。外見だけを見れば、もっともケガの度合いが大きい。上唇がズタズタに裂けている。

「ヤ、ヤクザです。ヤクザの金庫を叩かせたんです！」

今度は瑛子たちが顔を見合わせる番だ。英麗は首を傾げた。

「それって」

「四日前、浅草で曳舟連合系のヤクザ金融が襲われている。その件？」

瑛子の問いに、歯のない男はうなずいた。

「どこを襲ったのかは聞かされてないですけど……四日前です。ベトナム人たちが、何千万ものキャッシュを持って帰るのを、この目で見ました」

男たちの証言では、呂がファンら腕自慢を使い、闇金融からカネを強奪させた。額は七千万だ。

呂が足立区のアジトで、カネを強奪したファンを出迎えたが、そこで分け前をめぐり、ファンが呂に突っかかったものの、悪知恵の働く呂に女を人質に取られた。けっきょく、彼ら実行犯は、ひとり七百万しか得られなかったという。

英麗が呆れたように天を仰いだ。

「たった七千万。どうせなら腕自慢じゃなくて、凄腕ハッカーでも雇って、仮想通貨の取引所でも狙えばいいのに」

最前線で身体を張ったファンらはもちろんだが、呂にとっても充分な額とは言えない。

この手の強盗は、ひとり当たりの取り分が少ない。実行犯への分け前はもちろん、情報を寄こしてくれた者への支払いもある。情報提供者と呂をつなぐ仲介者もいたかもしれない。

あるいは、襲撃された闇金融の社員が手引きしていた可能性もある。なんにしろ、呂ひとりが総取りできるわけではない。今や物価高で知られる中国都市部で商売をやるには、物足りない額だろう。

「また、やる気なのね」

歯のない男を睨みつけた。

前歯を叩き折った張本人に見下ろされ、男が尻を引きずって後じさりする。

「それは……知らないんです」

英麗が歯のない男を指さした。

「こいつ、いらない。マグロみたいに解体ショーといきましょう」

男が悲鳴をあげ、湯船のなかに逃げこもうとした。英麗が叱り飛ばす。

「あ、このバカ。その浴槽、ヒノキの新品なんだから、ベタベタ触るんじゃない。お前の目玉と臓物を、福建の親兄弟に送りつけるよ」

英麗の手下たちが引き戻した。青竜刀の柄で口を小突かれ、歯のない男は床をのたうち回る。

「ほ、本当に知らないんです。お許しください！」

男が亀のように身体を丸めて懇願した。

彼らが嘘をついていないのは、粟立つ肌を見てわかった。日本の警察の威光は通じなくとも、英麗の名前は福建省にまで轟いている。彼女を前にして、不遜な態度をとり続ける中国人を、あまり見たことがない。

鼻が折れた男が、そろそろと手を挙げる。英麗が指をさして許可した。まるで大喜利に似ていたが、つまらないことを口にすれば、座布団ではなく生命を取られてしまう。

「き、聞いたことがあります。呂社長と蔡の野郎が、なにか揉めているのを」

「いつ」

「い、一週間くらい前です。呂社長は怖いもの知らずのイケイケですけど、蔡の野郎は呂社長を諌めてました。いくらなんでも、ヤクザをナメすぎだと。ふたつも組織を敵に回せば、日本から出られなくなるって」

「ふたつ？」

「たしか、千波組だとか……」

反射的に身体が動いていた。

鼻の折れた男の喉を摑んだ。湯船に背中を押しつける。

「千波組の……どこ⁉」

「わ、わかんないです！　わかんないです。蔡は芋引いてたけど、呂社長は強気な様子で。段取りもできてるし、カネが唸っているって」

「千波組のどこ⁉　思い出して！」

鼻の折れた男が顔を紫色にさせ、苦しげにもがいた。鼻の穴から血の塊が落ち、再び出血している。瑛子の右手に鼻血やヨダレがかかる。

「ま、待って。し、死ぬ……」

気づかぬうちに、喉をきつく締め上げていた。手を離すと、男は激しく咳きこむ。

「……そこまでしか、マジでわかんないんです。聞かされてないんです。信じてください」

瑛子は手下から青竜刀を奪い取った。刃先を別のふたりに突きつけた。

殺気に圧倒されたのか、歯のない男が怯えた顔で失禁した。ふたりは目を見開き、頭《かぶり》を振るだけだった。

呂の存在を知ったときから、嫌な予感がずっとしていた。なのに、なぜもっと早く気づくことができなかったのか。自分の勘の鈍さに吐気を覚える。

青竜刀を英麗に押しつけるように渡す。

「瑛子！」

浴場から飛び出した。

## 14

台東区に入ってから、車内の空気はさらに重くなった。

死刑が執行される前の囚人も、こういう気分を味わうのだろうか。世古はハンドルを握りながら想像する。

「あの、まだですか」

後部座席のカルマが訊いてきた。

バックミラーに目をやると、彼はすでにブラックの目出し帽で顔をすっぽりと覆っていた。緊張を解《ほぐ》すためか、ストレッチを繰り返している。

「前と同じだ。三分もかからない。リラックスしろよ」

最初の仕事のときは、カルマを助手席に座らせていたが、顔がガチガチに強張っていた。パトカーの警官に職務質問してくれと言っているようなものだった。

警官の目を避けるため、今回は後ろに座らせた。後部座席の窓やリアウィンドウはカーフィルムが貼られており、カルマの姿は外から見えない。

助手席のファンは落ち着いていた。交差点に差しかかるたびに、赤信号に行く手を阻まれ、パトロール中の警察車両や、自転車の警官に出くわした。世古たちは物騒なブツを抱えているにもかかわらず、顔色ひとつ変えずにやりすごした。全員が作業服を着ており、一日の肉体労働を終えた者にしか見えないだろう。

ファンのベルトホルスターには工具ではなく、コルト社のジャイアントボウイがあった。全長約三十五センチにもなる長大なタクティカルナイフで、米国製のドスともいうべき迫力がある。今回は彼にも拳銃を持たせていた。

世古も運転席のドアポケットに、リボルバーをしまっていた。前回と同じコルトパイソンだ。銃身が六インチと、懐には隠しきれないほどの大型拳銃だ。それにベルトホルスターには、全長三十七センチにもなるボウイナイフを携えていた。映画でランボーが使っていたサバイバルナイフよりも長大だ。

後ろのカルマは、特殊警棒型のスタンガンを傍らに置いていた。ベトナム警察にも採用されているゴツい武器だ。さらに腰の携帯ケースには手斧を入れている。

呂が所有する足立区のヤードに案内された。鉄くずやバッテリー、事故車の部品にまぎれて、そこにはありとあらゆる武器が隠されていた。銃器類はもちろん、青竜刀や日本刀といった刀剣類、クロスボウやスリングショットといった飛び道具もある。どうせ故国には持ち帰れないからと、惜しみなく世古らに提供した。あの男の武器庫にはソ連製の地雷や、テロリスト対策に使われるスタングレネードなんてものまであった。

「ハッタリの利く武器があるんだ。それで相手をビビらせろ」

カルマにアドバイスをした。

強盗で大切なのは、相手をショック状態に追いやり、抵抗の芽をすばやく摘む点にある。殺傷能力のある武器を持っていると、相手に気づいてもらえないのは最悪だ。

ヤクザだからといって、全員が銃器に慣れ親しんでいるわけではない。本物の拳銃がモデルガンと勘違いされ、反撃されることもある。どんなバカにでも通じる、ハッタリの利く武器でなければならない。あとは人間で決まる。気迫と殺気で相手を萎縮させるのだ。

鶯谷のホテル街を南下した。赤やピンクのいかがわしいネオンが目に飛びこんでくる。思わずため息が漏れる。

極道だったころ、ホームタウンとしていた地域だ。刑務所を出てから訪れてはいない。都内にはなるべく足を踏み入れないようにしてきた。前回の襲撃で浅草に行ったのが初めてだった。

懐かしい気分に襲われるも、街の大きな変化を奇異に感じてもいた。見知らぬビルやホテルがそびえ立ち、上野駅周辺からは昭和の古臭さが消えかけている。

変わったのは風景だけではない。これから襲う相手も昔とはだいぶ変わっただろう。元々ひどく痩せていて、外見こそ頼りなく映るが、他のガキとは違う胆力が備わっていた。

世古はかつて鶯谷界隈でホテトルの経営を任されていたが、スタッフが足りず、まだ三下だった甲斐に手伝わせたときがあった。安く本番ができる店として、それなりに評判になったが、当時の下谷署にはタチの悪い刑事がいた。目こぼししてほしけりゃ、女を差し出せと、世古になにかとたかっていた。

店の女たちは刑事に抱かれるのを嫌がった。刑事のくせに陰茎に真珠をいくつも入れ、ゴムをつけたがらない。シャワーを浴びるのを拒否し、汚れたペニスを舐めさせる。仕事の鬱憤を、ホテトル嬢にぶつけるサディストだった。

この腐敗警官のおかげで、店から逃げる女が続出し、ホテトルの経営は悪化した。甲斐と考えた末に、ラブホテルの一室に隠しカメラを設置し、変態プレイに励んでいる刑事を撮影した。

それをネタに脅すと、刑事はおとなしくなった。それでも、ヤクザごときに一杯喰わされたのが、よほど我慢ならなかったらしい。鶯谷の路上で甲斐を〝転び公妨〟で逮捕した。

刑事が甲斐を道場に連行し、たっぷり運動させた。取調室では電話帳で殴打するなど、激しい拷問を加え、変態プレイの動画を消去するよう迫った。

甲斐は決して応じようとしなかった。半殺しの状態で留置場に放りこまれると、食事の時間に箸で自分の舌を突き刺した。下谷署は大騒ぎとなって拷問も発覚。刑事は窮地に立たされた。

甲斐が拘束されていたのを知り、世古は変態動画を刑事の自宅や下谷署長、警視庁人事一課宛てに送りつけた。刑事は仕事と家庭をいっぺんに失った。

刑事は郷里の千葉に帰ったが、千波組としては終わりにする気はなかった。サクラの代紋を失って茫然自失になっている刑事に、今度は親切面をして近寄り、裏カジノの味を覚えさせ、退職金を残らず搾り取った。彼を追い落とす絵図を描いたのは甲斐だ。名うての札付き刑事を葬った千波組のホープとして一目置かれた。十年以上も前の話だ。

刑務所で勤めているとき、世古の親分である戸塚が甲斐に追い落とされた。戸塚が有嶋を欺き、千波組の頂点を目指していたのだという。戸塚組は解散となり、世古は帰る場所を失った。だからといって、甲斐を恨んだわけではない。むしろ、ひどく納得した覚えがある。甲斐は戸塚よりも貫目が上だった。

東上野のオフィス街に入った。パチンコのメーカーや代理店がひしめく一角で、小奇麗なビルの一階には、パチンコ台の新作をPRするポスターが貼られてある。宣伝用のディスプレイも設置されているが、今はなにも映ってはいない。

有名遊技機メーカーが集まるこのエリアに、世古たちが目指す五階建てのビルがあった。甲斐が組長を務める斐心組の事務所だ。一階にネイルサロンと美容院、二階に女性向けのエステが入っている。店舗を切り盛りしているのは、斐心組関係者の情婦だ。ビル全体にいかめしさはなく、女性的な雰囲気がある。

入口の案内板にも、蛇の目や斐心組の代紋など、ヤクザを匂わす表示はない。三階と四階のフロアは、『ケイ・ウェーブ』という会社が入っている。甲斐の弟分が経営するサービス企業で、斐心組の企業舎弟だ。いくつもの風俗店やキャバクラを抱え、タレントプロダクションなど幅広く手がけている。近年はＩＴの分野にも進出し、携帯ゲームやスマホアプリの開発に力を入れている。

世古が刑務所に行く前から、甲斐はこの会社を設立していた。当時は鶯谷のオンボロビルにあった。ホテトル嬢の待機所でもあり、下水道の臭いがするシケた場所だった。彼の成長ぶりに改めて驚かされる。

冬の時代といわれる極道社会で、これほど成功するのは、象が針の穴を通り抜けるほど難しい。ヤクザにならなければ、甲斐はビジネス誌に取り上げられるほどの敏腕経営者として、名を馳せていたかもしれない。世古のもとで働いていたときも、暇さえあれば、法律書やビジネス書を読んでいた。

用があるのは、最上階の『サウザンド・コンサルタント』という会社だ。下の『ケイ・ウェーブ』が合法的なビジネスを扱うのに対して、裏ビジネスの統括部門とされる。

闇金といった高利貸し、外国人富裕層を相手にした売春クラブ、上野や浅草界隈で営まれている裏カジノなど、非合法な手口で稼いだカネが、月二回は集金日として集まるという。

今日がその日だった。

「お待ちどおさん」

カルマに微笑みかけ、目出し帽をかぶった。助手席のファンもそうする。

ビルの正面玄関にヴァンを停めた。ファンに早口で語りかける。

「仮にカネが少ないようなら、おれを殺して、カネ持って逃げろ。いいな」

ファンが鼻で笑った。

「言われなくともそうする。まずはカネを奪い取ってからだ」

ドリンクホルダーにあったスプレー塗料の缶を手に取った。運転席から降りる。

ファンとカルマもヴァンのスライドドアを降り、それぞれ大きなキャリーケースを取り出した。ガラガラと転がし、早足で正面玄関へと向かう。

正面玄関の庇には、やはり暴力団が入るだけあって、複数の防犯カメラが設置されていた。スプレー塗料を吹きかけ、レンズを黒く塗りつぶしたあと、胸ポケットからカードキーを取り出す。

カードキーは無地だった。自動ドアの傍に設置されたセンサーにかざすと、電子音とともに自動ドアが開く。

カードキーは呂から事前に渡されていた。あの男がどこから入手したのかは知らない。不正にコピーしたものだろうが、ロックは問題なく開錠できた。

店舗はすでに閉まり、一階には誰もいなかった。エレベーターホールの防犯カメラを、やはり黒く塗りつぶしてから、世古らはすばやく乗りこんだ。エレベーターの天井にもある防犯カメラにも吹きかける。シンナーの臭いがこもる。

行先階ボタンの下には、テンキースイッチが設けられてあった。五階の事務所に行くには、さらに暗証番号を入力する必要があった。呂から事前に聞かされた四ケタの番号を押すと、五階までのアクセスが承認され、エレベーターが稼動した。

まだ目出し帽をかぶってから一分と経っていないが、早くも顔が汗で蒸れていく。

カルマの目にはまだ怯えのようなものが見えた。発破をかける。

「ここには、根性や忍耐って言葉が大好きなクソ野郎ばかりだ。カネをよこさないくせに、やたらと根性を求められたときの怒りを思い出せ」

カルマが大きくうなずいた。瞳に怒気が宿り、スタンガンをきつく握りしめている。もともと、雇用主を殴り飛ばすなど、血の気が多い男だ。あちこちの田畑でこき使われた記憶が蘇ったのかもしれない。

「みんな……ぶっ飛ばしてやります」

「その意気だ。刃向かいそうなやつは喰らわせてやれ」

カルマを焚きつけつつ、自身にも言い聞かせていた。

事務所に見知った顔がなければいい。甲斐にはどこかで飲んだくれていてほしかった。心の奥底に弱気の虫が潜んでいた。これは戦争なのだと叱咤する。やらなければ自分が殺される。みじめな暮らしにピリオドを打たなければならない。

エレベーターが五階で停止した。スプレー缶を捨て、コルトパイソンを握った。撃鉄を起こしてフロアへと出る。

目の前には木製のドアがあった。ドアの横には社名を記した金属製のプレートが貼ってある。

ドアが開き、ひとりの男が出てきた。濃紺のスーツを着ているが、顔にはニキビをいくつもこさえている。十代後半のガキと思われる。手には全長三十センチほどのマグライト。事務所の警備役で、防犯カメラの異常に気づいたのだろう。怪訝な表情を浮かべている。

ガキと目が合った。彼が大きく口を開ける。カルマがすばやく近寄り、バトン式スタンガンを、ガキの肩に押し当てていた。バチッと音が鳴り、百万ボルトの電流がガキの意識を吹き飛ばす。白目を剥いて膝から崩れ落ちる。

世古らは『サウザンド・コンサルタント』のなかに入った。前に叩いた闇金の事務所とは比べものにならない広さだった。観葉植物があちらこちらに置かれ、壁には額に入った絵画や写真がいくつも飾られている。カタギのオフィスよりも洒落たインテリアだ。社長室につながるドアが奥に見える。

出入口のカウンターの近くには、巨大モニターが設置されてあり、その液晶画面には、防犯カメラの映像が十六分割で表示されている。映像の半分以上がスプレーによって黒く塗りつぶされている。

カネ勘定に励んでいた男たちが、一斉に鋭い視線を向けてきた。椅子から立ち上がり、何事か叫ぼうとするが、その前にコルトパイソンのトリガーを無造作に引いた。

乾いた発砲音がオフィスに轟き、弾丸は男たちの頭上を通過して、壁の絵画をぶち抜いた。額縁のガラスが砕け落ちる。男たちが息を呑み、身体を硬直させる。

やはり、集金日のようだ。オートキャッシャーの作動音が響き渡っている。室内にいる男は全部で六人だ。

全員がワイシャツや明るめな色のスーツ姿で、髪型も今どきの会社員のようだ。地味なネクタイを締めた中年もいれば、ゆるいパーマをかけたモデル風の若者もいる。頭を剃ったり、口ヒゲを生やしている者はいない。

なかには春にもかかわらず、こんがりと肌を小麦色に焼き、眉をむやみに細く整えるなど、ヤカラ風の臭いを消し切れていない兄ちゃんがいた。ワイシャツの袖をまくり、前腕の和彫りを覗かせている男もいるが、派手なジャージにネックレスといった、あからさまな恰好をした者はいない。甲斐の姿は見えない。

世古は撃鉄を起こして告げた。

「つめろ。さもなきゃ殺す」

ファンがキャリーケースを片手で放り投げた。

五キロ近くはある大型サイズだが、キャリーケースは放物線を描いて、八メートルほど離れた男たちのもとへと飛んだ。デスクに当たって床に落ちる。

カルマがもうひとつのキャリーケースを軽々と投げ、やはりデスクに当てた。コルトパイソンの銃声に負けないほどの音が鳴る。

「早く、早く、ぶち殺す！」

カルマがきつい訛りの日本語で吠えた。軽やかな身のこなしで、カウンターを乗り越える。

相手が外国人とわかったからか、ヤクザたちは苦しげに顔を歪ませた。ほとんどの外国人はまっとうに暮らしているが、ワルであれば無秩序に暴れるのを、彼らアウトローが一番知っている。代紋の威光が通じないのも。

カルマに続いて、カウンターのスイングドアを通過し、銃口を男たちに向けながら近づいた。

「早くだ！」

カルマがスタンガンを振った。棚のうえに置かれた観葉植物の植木鉢が砕け、大量の土と観葉植物が床にこぼれる。ヤクザたちはそれでも動こうとしない。

緩いパーマの男が歯を剝いた。原宿あたりが似合いそうな甘いマスクをしていたが、獰猛《どうもう》な猟犬のような面構えに変わる。

「てめえらか……曳舟連合を叩いたのも。ここがどこだかわかってんのか！」

世古はトリガーを引いた。

男の太腿が弾けた。殺しは避けなければならないが、そのためには相手の心を徹底的に挫《くじ》く必要がある。

血が噴き出し、スラックスが赤く染まる。男は悲鳴をあげ、太腿を抱えて床を転がった。火薬と血が混ざり合った臭いが鼻に届く。

ファンが後に続いた。ベルトホルスターからジャイアントボウイを抜き出した。名前負けしない長大なナイフだ。ブラックコーティングされた刃が鈍く光る。血にまみれた男のパーマヘアを鷲摑みにし、頸動脈に刃を押し当てた。わずかに皮膚が切れ、首筋からも血が流れる。

「こいつを殺《や》る。お前らのせいだ」

「よせ！」

上座の幹部らしき男が掌を向けた。

見知った顔だった。オートキャッシャーを操作していた四十男だ。鼈甲のメガネをつけ、グレーのスーツベストを着こなす姿は、銀行員のようだ。

名を小平《こだいら》といい、故郷は世古と同じ越谷だ。別の暴走族にいて、交番に火炎瓶を投げつけて少年院送りとなった。十年前までは、甲斐のピンサロを仕切り、嬢に本番を強要する変態たちを、竹刀《しない》を手にして容赦なく追いこんでいた。そんな物騒な過去があるとは思えぬ風格を備えている。

小平が脂汗を滴らせながら、男たちに顎で指示を出す。

ヤクザたちが動き始めた。悔しそうに顔を歪めながらも、キャリーケースを開け、デスクのうえに積まれた現金をつめる。

カルマが社長室のドアを開けて室内を見渡した。世古にうなずいてみせる。誰もいないようだ。

我ながら見事な連係プレイだ。カルマが狂犬のように騒ぎ、世古はためらわずに発砲、ファンがナイフで脅しつける。

ファンはカルマとは対照的に、プロの殺し屋のような冷酷な目をしていた。平然と喉を掻き切りそうな殺気に満ちている。前回はチームプレイもへったくれもなく、おかげで曳舟連合のヤクザを制御できなかった。

殺しはやらない。呂とも決めていた。ヤクザどもの息の根まで止めてしまえば、仮に事件が発覚したさい、警察は目の色を変えて捜査する。

「出血がひどい。死ぬぞ」

ファンが急かした。じっさい、撃たれた男の顔色は真っ青だ。頭髪を摑まれていたが、大量の失血で意識が遠のいているらしく、眠たそうに瞼が下りている。太腿からはポンプのように血が噴き出ている。

男たちがふたつのキャリーケースに札束を放った。古い一万円札を束にして輪ゴムで留めてある。放りこまれるたびに、ドサドサと音を立て、瞬く間に札束の山ができあがる。いくら入ったのか、判断はつかない。

前回とは比較にならない金額なのはわかった。三億の現金を想定し、大型キャリーケースをふたつ用意したが、全部入りきりそうにない。明らかに四億を超える金額が、この事務所に集まっていた。下の『ケイ・ウェーブ』の表の事業と合わせれば、果たしてどれだけの収益になるのか。

電話が鳴った。一瞬だけ、時間が止まったような気がした。組員たちも呼び出し音に反応した。

カネをつめ続けろ。世古はコルトパイソンを小平に向け、カルマがスタンガンを放電させて、耳障りな音を発して脅す。鳴りやまない呼び出し音が神経に障る。

それがやんだときだった。社長室のドアが雷鳴のようにけたたましい音を立てて開いた。世古はコルトパイソンをドアに向ける。

視界がピンク色になり、なにも見えなくなった。なにが起きたのかわからなくなる。化学肥料のような独特の臭気がし、消火器を撒かれたのだと悟る。薬剤の粉末が目に入り、涙で余計に視界が利かなくなる。

脳が非常アラームを鳴らした。社長室のどこかに甲斐が潜んでいたのだ。拳銃の照門を睨んだが、視界が判然としない。ファンが大量の粉末を浴び、全身がピンク色に染まっているのは見えた。出血した男から手を離し、視界を確保しようと袖で顔を拭っている。

オフィスがピンク色に包まれるなか、男が消火器でファンに殴りかかるのが見えた。甲斐だ。ファンは重たい一撃を肩でブロックし、受身を取って床を転がる。

カルマが咳きこみながら、甲斐の頭にスタンガンで殴りかかろうとした。甲斐が消火器を投げつける。カルマはスタンガンで防いだものの、衝撃で身体をぐらつかせる。甲斐が距離をつめ、カルマの腹にすばやく空手式の前蹴りを叩きこんだ。シャープな一撃だった。

世古は舌を巻いた。久しぶりに見る甲斐は、手下と同じくカタギ風の外見だが、動きは昔とまるで違っている。

根性は人一倍あるものの、喧嘩はからっきし。極道ではなく商売人だと、組織内の腕自慢から侮られていた。今は相変わらずひょろっとしていたが、重量のある消火器を軽々と投げつけている。

「喧嘩慣れしてやがる――」

呟かずにはいられなかった。

やじ馬を気取っている場合ではない。コルトパイソンを小平へ向ける。彼は隙をついて、クリスタル製の置時計を摑み、世古の頭を殴り払おうとしていた。

トリガーを引いた。もはや殺し云々と言っている場合ではない。小平の顔面を狙ったが、銃身がブレて右肩に当たった。ベストとワイシャツの生地が弾け、弾丸が肉片や血液を後方にまき散らす。

カネを詰めていた男が、デスクの棚からドスを取り出していた。鞘を払って、世古の腹を突こうとする。コルトパイソンを持った右手でフックを放った。グリップで男の頬骨を殴りつける。手が痺れるほどの手応えがあり、頬骨を砕く感触が伝わってくる。

側頭部に強い衝撃が走った。右肩を撃たれた小平が、左腕で置時計を振るってきたのだ。

置時計のガラスや文字盤が砕け、針や部品が飛んでいく。

脳が揺さぶられ、視界がぐにゃりと曲がる。コルトパイソンのトリガーを引いた。鼓膜がおかしくなったのか、銃声がくぐもって聞こえる。小平の膝から血煙があがる。

もう一度、男に右フックを放った。頬骨を砕いても、男はドスを手放さない。グリップでこめかみを殴ると、木製のグリップが砕けた。男が首をねじらせ、仰向けで倒れる。

仲間ふたりを見やった。世古と同じく苦闘を強いられている。全員が粉末にまみれながら武器を振りかざしている。

ファンが組員ふたりと戦っていた。ネクタイ姿の中年はパソコンのキーボードで殴りかかり、腕の和彫りを露にした男が木刀を叩きつけている。

武術の達人であるファンだが、消火器の粉末で目をやられたのか、ふたりがかりの猛攻を防ぎ切れていなかった。木刀による連打をジャイアントボウイで防ぐものの、キーボードで肩やわき腹を打たれる。キートップがバラバラと床に飛び散る。

ファンの斬撃で、組員らの肘や手首は血にまみれていたが、休みなく反撃している。ネクタイ姿の中年は、キーボードで叩きつつ、デスクの携帯端末や文房具を摑んでは、至近距離からファンの顔めがけて投げつける。

「撃ち殺されたいか！」

世古は吠えた。

しかし、脅しはまるで通じない。度重なる銃声で相手も聴覚がおかしくなっているらしい。世古自身も耳鳴りがひどく、声が遠くに聞こえた。いくら吠えても、怒号や悲鳴でかき消される。

ピンク色の霧が晴れてきた。世古はコルトパイソンを甲斐に突きつけた。脳の非常アラームが鳴りやまない。一刻も早く制圧して、ここから脱出しなければ。

カルマが手斧を振り回している。バトン式のスタンガンは、消火器を受け止めたせいで折れ曲がり、床に捨てられていた。甲斐は護身用のタクティカルペンを握っていた。先が尖ったペン型の刺突用武器だ。上体を盛んに動かし、手斧をかわす。

「後ろだ！」

カルマに叫んだ。

彼は甲斐に集中するあまり、背後に迫る細眉の男に気づいていなかった。男は手に鋭利なダガーナイフを握り、前傾姿勢になって突っこもうとする。

コルトパイソンのトリガーを引いた。男の二の腕をかすめるだけだった。男がカルマの背中にぶつかっていく。

「カル――」

世古は息をつまらせた。強盗現場で名前を呼びそうになる。

細眉の男はダガーナイフの刃を何度もカルマの背中に突き刺した。刃は作業服の生地をやすやすと貫く。柄元まで刺さり、血で濡れそぼる。

カルマは後方に手斧を振って、男を切り裂こうとする。動きはひどく緩慢だった。手斧が床に落ち、膝から崩れ落ちる。男は手を止めなかった。機械のようにカルマを刺し続ける。

世古は雄叫びとともに駆けた。腰からボウイナイフを抜き、細眉の男へとぶつかった。ボウイナイフをわき腹へと突き刺す。約二十センチの刃が深々と刺さり、細眉の男は口から血を吐き、小麦色に焼けた顔や胸元を赤く染めた。

「社長……」

細眉の男がすがるような目で甲斐を見つめながらうつ伏せに倒れた。消火器の薬剤や火薬の臭いよりも、なまぐさい血臭が立ちこめる。

「てめえら！」

甲斐が身を震わせた。憤怒の形相で間合いをつめ、世古の顔面に正拳突きを放った。左右の前腕でブロックしたが、砲丸が当たったかのような激痛に襲われる。

右手に持っていたコルトパイソンを取り落とす。コンクリートブロックをも砕きそうな威力があった。甲斐は極道のくせに、努力の男だった。商売人だけでは飽き足らず、武闘派の極道に成長していた。

ボウイナイフで反撃したいが、手に力が入らない。甲斐がタクティカルペンを握り、世古の頭や首を突こうとする。

甲斐は消火器の粉末をまき散らしてから、一度も動きを止めていなかった。スタミナも一級品だ。世古は息が上がっている。目出し帽のおかげで呼吸が満足にできない。

甲斐の後ろでは、ファンがヤクザふたりにしがみつかれていた。ラグビーのスクラムを組むように腰に抱きつかれている。ネクタイ姿の中年男は、武器にしていたキーボードを取り落としていた。ファンの斬撃によって、右手の指を何本か失っている。和彫りの男の木刀はへし折れていた。

ファンがふたりの頭をタクティカルナイフの柄頭で殴りつけていた。肉厚のナイフだったが、刃は半ばでぽっきり折れている。

視界の隅にはカルマがいた。仰向けに倒れたまま天井を見上げ、ピクリとも動いていない。隣には、世古が刺した細眉の男が横たわっている。わき腹からの出血は激しく、男は血の池に浸かっている。

「よせ、あいつらを――」

助けてやれ。死んじまう。甲斐の耳には届いていなかった。目をギラギラさせながら、休みなく攻撃を続ける。我ながらバカバカしい戯言だ。

額に衝撃が走った。熱い痛みが走る。甲斐のタクティカルペンに額を引っかかれた。目出し帽がずれ、視界が利かなくなる。

右目が生地で隠れた。甲斐が左腕を伸ばしてきた。目出し帽を摑まれて顔半分が露になる。

「あんたは——」

甲斐が顔を凍りつかせた。ボウイナイフを突きだす。甲斐のワイシャツを突き破り、長大な刃が胸の中央にめりこんでいく。

胸骨やあばら骨にぶつからず、手応えがなかった。急所を貫いたと悟る。ボウイナイフを胸から引き抜くと、甲斐が口から大量に血を吐きだし、両腕をだらりと下げた。手からタクティカルペンが落ちる。

甲斐が前のめりに倒れ、世古は思わず抱きかかえた。胸や口から流れる血が温かい。突き放す。

堅い打撃音がした。ファンが和彫りの男の後頭部を叩いていた。何度も殴打したのか、ザクロのように割れている。ファンの腰にしがみついていたが、意識を失ったらしく、ずるずると崩れ落ちていった。ネクタイ姿の中年男は、失った指を抱えて丸まっている。

ファンが腰のリボルバーを抜くと、撃鉄を起こしてヤクザたちに銃口を向けた。甲斐を含めた七名のヤクザは、もはや抵抗しなかった。

世古は目出し帽をかぶり直し、カルマのもとに駆け寄った。唇を嚙む。カルマの瞳孔は開いていた。目出し帽の内側に手を差し入れ、指で首の脈を測った。反応はない。もう一度、脈を確かめたが、頸動脈は停まっている。

首を横に振ってみせた。ファンの目に悲しみの色が浮かんだ。カルマの身体を運びたいが、そうもしていられない。もはや進むしかないのだ。コルトパイソンを拾い上げ、ベルトホルスターにしまう。

キャリーケースは、大量の粉末をかぶってピンク色に染まっていた。札束は収まりきらないほどの山をなしている。丁寧につめ直している暇はない。

キャリーケースを膝を使って閉じ、無理やり留め金をかける。横倒しになっているのを起こし、ファンと一台ずつ車輪を転がして運んだ。プルアップバーを持つ手が震えていた。

## 15

瑛子の心臓が強く鳴った。

ハンドルを握る手が意に反して震えた。スカイラインは〝パチンコ村〟と呼ばれる東上野のオフィス街に着いた。夜中はひっそりと静まりかえる一角だが、今は路上に何人かがたむろしている。

五分前、東上野で働く会社員から、銃声のような音が聞こえたという連絡が上野署に入った。自分の予感が的中したようだ。運転中にもかかわらず目眩《めまい》を覚えた。

ファンらが曳舟連合に続き、千波組のどこかを叩くつもりでいる。蔡の手下からそう聞いて、川越から高速道を飛ばした。

千波組は傘下団体だけでも二十以上は抱えている。だが、金回りのいい組織となれば数は限られる。一番の稼ぎ頭は、甲斐が組長を務める斐心組だ。

東上野に向かいながら、甲斐に電話をかけるも、八王子で決別して以来、瑛子からの電話は着信拒否にされているようだ。

『ケイ・ウェーブ』も『サウザンド・コンサルタント』の電話も同様だった。いつもなら、若い衆が元気よく出るが、つなげられない旨を知らせるアナウンスが聞こえてくるだけだ。甲斐は警察とのチャンネルを早くも閉じていた。

車道で携帯端末をいじっている会社員風の若い男がいた。斐心組のビルを撮影している。クラクションで蹴散らし、ビルへ車を走らせた。

息がつまった。正面玄関には血みどろの中年男がいた。見覚えのある組員だった。甲斐の舎弟頭である小平恒美《つねみ》だ。玄関の自動ドアに挟まれたまま倒れ、駆けつけた制服警官たちに囲まれている。

五階の『サウザンド・コンサルタント』を見上げた。斐心組の事実上の事務所だ。窓からは灯りが漏れている。

隣のビルの前に車を停めた。運転席を降りて駆ける。血まみれの暴力団員を囲む制服警官たちもひときわ緊張した様子だった。

玄関にいた制服警官のひとりにマグライトで照らされる。警察手帳を呈示する必要はなかった。

「八神さん――」

「なかの様子は？」

ビルの上階を見やった。制服警官はエレベーターホールに目をやる。

制服警官らが自動ドアの前でまごついていた。インターフォンを押して、スピーカーに呼びかけているものの、反応がないようだ。五階にたどりつくには、カードキーだけではなく、暗証番号が必要なのは知っている。甲斐とのつきあいは長いが、五階には行ったことがない。

玄関の庇を見上げた。複数の防犯カメラが設置されていたが、レンズが黒く塗りつぶされている。襲撃されたのは間違いなさそうだ。

「非常口よ」

制服警官らに声をかけ、ビルの外側に設けられた非常階段を目指した。出入口には鉄柵があるが、鍵は外されていた。

鉄柵を開け放つと、制服警官がうめいた。コンクリート製の階段には血痕がある。ピンク色の粉末も目につく。粉末の正体はわからないが、人が通り抜けた痕跡がある。

「斐心組の事務所が襲撃された。救急車を」

制服警官に声をかけ、ベルトホルスターからリボルバーを抜くと、階段を一段抜かしで駆け上がった。背中の打撲傷が痛みを訴えるが、無視する。五階に到着したころには、肺が狂おしく酸素を求め、激しく呼吸せざるを得ない。背中が燃えるように熱い。

五階の非常扉を開け、フロアにリボルバーを突きつけた。思わず顔をしかめる。化学肥料のような奇妙な臭いがする。粉末系消火器のリン酸アンモニウムだ。

リノリウムの床は、非常階段以上に血と粉末まみれだ。通路には濃紺のスーツを着た男が倒れている。左手で男の首筋に触れた。脈はあったが、意識を失っている。

オフィスから濃い血臭がし、心臓が強く鳴る。汗がどっと噴き出す。ブルゾンの袖で額を拭う。

木製のドアを通り、室内にリボルバーを向ける。

「そんな——」

無意識に声が出た。

もともとは、絵画や観葉植物がいくつも飾られた洒落たインテリアだったのだろう。甲斐の城らしく、ヤクザの臭いが排除されていたに違いない。

今は嵐にでも遭ったかのように室内は破壊されていた。額縁のガラスは砕け、観葉植物の鉢は割られている。床は書類や文房具が散らばり、土やピンク色の粉末にまみれ、足の踏み場がない。

奥には複数の男たちが横たわり、床に大きな血溜まりを作っている。頭を割られ、腹を刺され、顔を砕かれていた。無傷の人間はいない。

犯人と思しき男もひとりいた。目出し帽をかぶり、血の池に沈んでいた。背中から延髄までメッタ刺しにされ、一目で息絶えているのがわかる。

傍には、小麦色に肌を焼いた組員がいたが、こちらもわき腹を刺されたらしく、胎児のように身体を丸めている。

ネクタイ姿の中年組員がうなった。床に跪いたまま、右手を抱えていた。彼の周りには指が散らばっている。

「オヤジを……オヤジを助けてくれ」

全身が震えた。リボルバーを取り落としそうになる。オフィスの隅に、倒れている男を見つけた。

「甲斐……」

彼の瞳に光はなかった。鳩尾を刺され、激しく血を流している。

制服警官らが装備品をガチャガチャと鳴らしながら、息を切らせて事務所に入ってきた。彼らに知らせる。

「室内に死傷者七名！」

リボルバーをしまい、甲斐のもとへと駆け寄った。ブルゾンを脱いで、胸の傷口に押し当てる。彼の衣服はすでに血でずぶ濡れだった。ブルゾンにも血液が染み出し、瑛子の手が血にまみれる。

「ダメよ。そんなの許さない」

傷口を強く圧迫しながら語りかけた。

甲斐はつねに緊張感を持ち、瑛子と接触するときは容易に隙を見せなかった。笑っているときですら、刃物のような鋭利な気配を漂わせていた。

今の彼は表情に力がない。こんな姿は初めてだった。虚ろな目で中空を見つめている。頸動脈に指をあてたが、脈の反応がきわめて弱い。

「私と喧嘩するんでしょ、チンピラ⁉」

甲斐は吐血したらしく、口の周りが赤黒くなっていたが、唇は紫色に変化し、顔は青白い。

「……八神さんか」

「そうよ。婦警《メスポリ》に本丸にまで入られてる」

「そいつは……ムカつくな」

「すぐに病院に連れていく。そこで私を嵌める謀略でも練ればいい」

瑛子の手のうえに、甲斐は掌を乗せる。

「先に……地獄に行ってる」

息が浅くなった。

「極道とつるんでも、流されないあんたが好きだった……。悪党を叩き続けろ」

甲斐の呼吸が停まった。瞳孔が開いており、心臓の鼓動も伝わってこない。

「なにを偉そうに」

彼の顎をあげて気道を確保すると、指で鼻をつまみ、瑛子は口を大きく開いた。甲斐の口を密着させる。血の臭いにむせかえりそうになる。

甲斐の口に息を吹きこんだ。彼の胸が膨れ上がる。瑛子は人工呼吸を繰り返した。顔や腕に甲斐の血がべっとりとつく。

かった。

頭では理解していた。彼は急所を貫かれている。それでも人工呼吸を続けずにはいられなかった。

「甲斐！」

## 16

世古は赤信号で車を停めると、たまらず助手席のフロアマットに嘔吐した。

驚くほど大量の胃液があふれ出た。ヴァンのなかは消火器の粉末と血液の臭いが充満していたが、新たに嘔吐物のそれが加わった。すっぱい胃液に喉を焼かれる。

「す、すまねえ」

バックミラーを見やり、後部座席のファンに謝った。彼が気にするなというように首を横に振る。後部座席に置いていた救急箱のフタを開け、胃腸薬の封を切った。

「鎮痛剤もくれ」

「呑んだだろう」

「もっとだ。骨がイカレてる」

ファンから胃薬と鎮痛剤のシートを受け取った。

一回二錠とシートに記されているが、三錠を口に放って嚙み砕いた。きつい苦みが口内に広がる。ついさっき、二錠呑んだばかりだ。胃薬といっしょに水で流しこむ。

ハンドルを握っているが、両腕の感覚が怪しかった。甲斐の拳をブロックしたさい、前腕に激痛が走った。とくに右腕は骨にヒビが入ったかもしれない。

今は血まみれの作業服を脱ぎ捨て、シャツ一枚になっている。前腕は赤く腫れ上がっていた。あの正拳突きを腹に喰らっていたら、内臓を潰されていただろう。

痛みは前腕だけではない。バックミラーで顔を確かめる。出血こそしていないが、甲斐にペンで突かれ、鬼の角のようなタンコブができている。

「代わるか？」

ファンが運転席のシートを軽く叩いた。

「遠くに逃げるわけじゃない。すぐ近所だ」

運転を代わってもらいたいのは山々だが、ファンは遠目でも外国人だとバレる。彼がハンドルを握れば、警察は目ざとく近寄ってくるだろう。

すでに『サウザンド・コンサルタント』には、警官が駆けつけているようだ。パトカーがサイレンを鳴らし、対向車線を突っ走っていく。現場にカルマを残してきた。今ごろ、外国人に目を光らせるよう、警察は全警官に触れ回っているだろう。

青信号に変わり、アクセルを慎重に踏んだ。紫色に輝く東京スカイツリーの脇を抜け、浅草通りを東へ走る。前回は北の足立区に逃げたが、目的地も逃走経路も今度は異なる。

バックミラーを見やった。鏡に映るファンと目が合う。

「このまま遠くに逃げたいって顔をしてるな」

「自分が世界一のバカに思えてならない。死ぬような思いをして……。仲間まで死なせて、むざむざ、あの中国人にカネをくれてやろうとしている。後《のち》の世まで語り継がれるほどのバカじゃないかと」

「ヤクザの巣に押し入った時点で、おれたちは伝説級のバカだよ」

「ナメていた。まさか……あんな手強い男がいたなんて」

ファンが目を潤ませた。

「中国人もナメないほうがいい。ここで逃げだしたら、本当に世界一のバカになる。死体になるのは、おれたちだけじゃ済まない。呂みたいな福建人は、華僑となって世界のあちこちに根を下ろしている。お前の国にもな。病気で寝ている恋人だけじゃなく、故郷にいる親兄弟にまでケジメをつけさせようとするだろう」

「よく知ってる。でもあの男が公平に分けると思うか。あれだけの騒ぎを起こしたんだ。カネを分け与えるどころか、おれたちの口を封じようとしてもおかしくない。そんなやつのところに行くおれたちは、宇宙一のバカなんじゃないのか？」

思わず噴き出してしまった。フロントガラスに唾液が飛び散る。ファンも顔をクシャクシャにして泣き笑う。

宇宙一かはともかく、大バカ野郎には違いない。ヤクザを刺した。甲斐を殺した。カルマを死なせてしまった。

最良の選択があるとすれば、このままヴァンごと川に突っこむか、頭を撃ち抜いてくたばるかだ。警察に捕まって、死刑執行まで残りの人生を過ごすよりは、正しい判断のように思える。ヤクザや中国人マフィアにきついヤキを入れられ、惨《むご》たらしく処刑されるよりも。

サイレンを鳴らして走るパトカーとまたすれ違った。

「とにかく、もういっぺん根性出すしかねえ」

「根性か」

ファンが頬を歪めた。カルマがひどく嫌っていた言葉だ。袖で涙を拭い、気を取り直したように言った。

「反吐が出る言葉だが、根性を振り絞って、ベトナムでは死ぬまで左団扇だ」

乾いた笑いが漏れた。そのセリフは前回の強盗のとき、世古がカルマをなだめるために発したものだ。

ファンと初めて会ったとき、刺々《とげとげ》しい頑固者という印象を抱いた。彼の住処を思い切って訪問してからは、奇妙なユーモアセンスと情の深さを持ち合わせる男だとわかった。それゆえに損ばかりしている不運な戦友だ。

クリーニング工場で働いていたとき、同胞を守るために中国人と揉め、それをきっかけに呂に存在を知られた。日本語学校の校長のセクハラに耐えかねて逃げてきた女を守り、世古の懇願にも折れ、こんな血なまぐさい事態に巻き込まれている。

ファンがコルトパイソンを渡してくれた。組員を殴打したせいで、木製グリップが砕けている。照準もずれているだろう。それでも、この先も必要になるかもしれない。車に積んでいた予備弾薬を再装填してくれた。

旧中川を越えて江戸川区に入った。マンションやビルが密集していた。蔵前橋通りを走り、平井駅近くに差しかかる。建物が密集するなか、自動車教習所があり、広大な土地が私道のアスファルトで覆われている。

自動車教習所の傍には、廃業したレンタルショップがある。大きめな店舗と駐車場が見えてくる。そこが目的地だった。

ファンが先に口を開いた。

「さっそく、おかしなことになってるな」

目をこらした。彼の言うとおりだった。

本来なら、駐車場の出入口はチェーンで仕切られ、車が入れないようになっているはずだ。チェーンはなく、見張りのチンピラもいない。大金を持って帰った世古らを出迎える様子はなかった。億ものカネがかかった大きな取引だ。ほんの少しの違和感が疑心暗鬼につながるのを、呂は百も承知のはずだった。

背中を丸めながら、ゆっくりとハンドルを切った。窓から頭を隠す。呂の凶暴性を考えると、散弾銃や機関銃で車を蜂の巣にしてくる怖れがある。

駐車場には、呂の愛車であるヴェルファイアがあった。正面玄関近くの障害者スペースに停まっている。他にも、何台かのヴァンやライトバンが停車していた。ナンバーに目をやったが、そちらは見覚えがない。

「……たしかにおかしいが、おれたちを嵌めるには杜撰《ずさん》だ」

ヴェルファイアを含めて、車内には人気が感じられなかった。ファンが窓を開け、リボルバーを握りながら、注意深く車や駐車場を見渡した。

「ヤクザの事務所を襲わせるような大ざっぱな連中だ。杜撰もなにもないだろう」

ファンが憎まれ口を叩いた。

差し迫った状況にもかかわらず、お互い口数が増えた。すでに最悪の修羅場を潜り抜け、人をも殺す凶党と化している。斐心組を襲ったときの集中力は維持できない。疲労と激痛で、どうにでもなれとヤケッパチな気分に陥りそうになる。

深呼吸をして己を鼓舞した。

「毒を喰らわば皿までだ」

「なんだって？」

「ワルになったからには、とことんワルになってやろうって意味だ。ここでしくじったら、あの世でカルマに合わせる顔がない」

「そうだな……」

ファンがうなずいた。車内の温度が下がったような気がした。再び殺し屋のような冷たい目をして外を確かめている。

建物内で男の悲鳴が聞こえた。バックミラーに映るファンと、顔を見合わせる。元レンタルショップの正面玄関は、シャッターが降ろされていた。

世古はヴァンを裏口近くにつけた。ドアポケットのコルトパイソンを握る。前腕は腫れあがったままで、まるでヘチマのような形をしている。痺れるような痛みが走る。それでも大量の鎮痛剤のおかげで、トリガーぐらいは引けそうだ。

ファンとともにヴァンから静かに降りた。車をロックしてから、裏口の扉のドアノブに触れる。

アルミ製の扉は施錠されていなかった。世古が開けて、ファンがリボルバーを室内に向ける。

もとは事務所と思しき場所に人の姿はない。デスクや椅子、オフィス機器はなく、なかはガランとしている。床にはクーポン券やチラシが散乱していた。

思わず鼻を覆った。ファンの顔が険しくなる。嗅覚が異常を知らせた。ふたりにとっては、もはやおなじみの臭い。強烈な血臭だ。

撃鉄を起こし、コルトパイソンを両手で握ると、事務所を通り抜けた。ファンがすばやい動作で、事務所から店舗へと移動する。リボルバーを突きつけながら急に立ち止まった。後に続いた世古も、思わずうめく。

元レンタルショップは、全国チェーンだけあって、バスケットボールのコート並みに広かった。天井にはいくつかの蛍光灯が灯り、店内をうっすらと照らしている。棚などはすべて撤去されたのだろう。大きな空間だけが残されていた。

ただし、床は大量の血で覆われていた。何人もの男たちが倒れている。骨ごと切られた腕が落ち、毛髪のついた頭の皮や、腸が飛散している。傍らにはまっ赤に染まった青竜刀、折れた日本刀の刃、二連発式の散弾銃、自動拳銃が落ちている。『サウザンド・コンサルタント』よりも酸鼻きわまる戦場といえた。

「なんだこれは……」

奥に人影が見えた。小男の呂がスウィッチブレイドを手にしていた。昔のギャングが使うような細身の飛び出しナイフだ。彼は戦闘服を着た男の頭髪を摑んでいた。訛りのある日本語で叫ぶ。

「このクソヤクザども！　おれは福州《フッチュ》の呂子健だ。覚えておけ！」

呂は目をギラつかせながら、戦闘服の男の腹をメッタ刺しにし、トドメに右目へと刃を突き入れた。男が仰向けに倒れ、びくびくと身体を痙攣させ、顔と腹から血を流した。

呂もまた無事ではなかった。自慢のピアスは左耳ごと失い、高そうなカシミアのコートはズタズタに裂かれ、手足にはいくつもの裂傷を負っている。腹も刺されたらしく、着用していたワイシャツが血でべっとりと濡れている。力尽きたように膝をつく。

なにがどうなっているのか。世古はコルトパイソンを握りながら、目の前の血の池地獄を改めて見つめた。

呂以外は全員が倒れていた。その数は十四名。なかには、呂の手下と思しき留学生風のチンピラが含まれていた。

呂らを襲ったのはヤクザだろう。九人全員が揃いの戦闘服と軍用ブーツを身に着けていた。

刃物で戦闘服を切られ、胸や背中の彫り物が露になっている。

二十代くらいの若者が中心で、世古の知らない人間ばかりだ。息絶えている者もいれば、腹からあふれでた内臓を必死に掻き集めている者もいる。

呂たち五人に襲いかかったものの、返り討ちにあったらしい。首領の呂も大ケガを負ったのを見ると、相討ちと呼ぶのが正しいかもしれない。

数々の疑問が湧いた。なぜこの秘密の隠れ家がヤクザに知られたのか。ヤクザはどこの連中なのか。

ファンがぼそっと呟いた。

「蔡のやつがいない」

「そういえば――」

呂の傍には、つねにマッチョ野郎の蔡がいた。首領の大仕事にもかかわらず、あの禿頭が見当たらない。曳舟連合か千波組か。荒っぽい犯罪を繰り返してきた呂たちは、警察のみならず、暴力団からも恨みを買っていた。蔡がヤクザに首領を売ったのかもしれない。

ファンとともに血の池に足を踏み入れた。倒れた連中に拳銃を向けながら呂の傍へと近寄った。ぬるぬると滑る床を慎重に進む。

呂は膝をついたまま、精根尽き果てたかのように動かない。失った左耳の傷口からも血が流れている。左手の指二本は義指だったが、スウィッチブレイドを握る右手の親指も、この戦いで切られたのか、爪のあたりから消失していた。

「呂社長」

ファンが彼の肩に手を伸ばした。すぐに手を引っこめる。呂がスウィッチブレイドで突いてきたからだ。

呂が正気に戻ったかのように瞬きを繰り返した。

「お前らか……」

彼は自嘲気味に笑った。腹に痛みが走るらしく、顔を苦しげに歪める。世古はすかさず訊いた。

「こいつは一体――」

「おい、そういやカネはどこだ」

呂がさえぎって訊き返してきた。

「裏口のほうにある。今度ばかりは、あんたの言うとおり――」

「バカ野郎！　カネを守れ！」

呂が叫ぶと同時に、外でガラスの砕ける音がした。

ファンとともに、踵《きびす》を返して裏口へと駆ける。

疲労のせいか、足は思うように動かず、血に足を取られて転倒した。シャツと作業ズボンが血にまみれる。

倒れた横には、頭を割られた中国人がいた。甲斐やカルマと同じく、虚ろな目を世古に向けている。

「冗談じゃねえぞ」

ファンの足も速いとはいえなかった。血に足を取られている。ともにフルラウンドを戦ったボクサーみたいなものだ。姿勢を立て直し、事務所を通過して裏口を出る。

世古らのヴァンのリアドアが開いていた。リアウィンドウを破壊され、荷台のキャリーケースが消えている。

戦闘服にマスクをした男たちが三人いた。白のミニバンの荷台にキャリーケースを運び入れている。こちらに気づくと、慌てたようにミニバンに乗りこもうとする。

ファンがリボルバーを向けて発砲した。運転席に乗ろうとした男の肩が弾け、悲鳴があがった。衝撃で身体をよろけさせたが、運転席によじ登る。ドアを開けっ放しにしたままミニバンが発進した。

ミニバンがエンジンをうならせて駐車場を突っ切った。世古とファンはタイヤを狙って発砲したが、地面やボディに当たるのみだ。

「取り返すぞ！」

世古はヴァンのドアを開けた。ファンは首を横に振るだけだった。

しゅうしゅうと空気が漏れる音がする。世古は奥歯を嚙みしめた。

盗人《ぬすっと》どもはカネを奪うだけでなく、ヴァンのタイヤを切り裂いていた。

## 17

須藤は車のなかから東上野の病院を見つめた。

ヘリポートが完備された十階建ての総合病院だが、蜂の巣をつついたような騒ぎになっているのが、ここからでもわかった。

救急外来の出入口には、ヘルメットをかぶった重装備の警官が立ち並び、不審者が入りこまないように睨みを利かせている。

警官の前には、斐心組や千波組の暴力団員が大勢集結していた。

連中は「輸血に協力するから入らせろ」「甲斐の容体を知らせろ」と吠えながら、病院内に押し入ろうとさえした。千波組組長の有嶋と若頭の数佐が駆けつけ、拡声器で甲斐の死亡を子分たちに告げて沈静化させた。

有嶋は肝硬変を患い、墨田区内の病院で寝たきりの生活が続いていると言われていた。たしかに顔色はドス黒く、目は黄疸で黄色かったが、黒羽紋付の羽織と仙台平の袴を身に着け、張りのある声で組員たちを諭した。関東ヤクザの大親分として知られるだけの威厳を備えていた。子分たちは病院前から離れようとしなかったが、有嶋の説得によって静かになり、今は涙を流し、あるいは念仏を唱えている。

もっとも騒がしいのは、組員たちの姿をカメラに収め、事件を伝える報道陣たちだ。男泣きする暴力団員に果敢にマイクを突きつけて暴力沙汰になり、割って入る警官の姿も見られた。

「えらいことになりましたね」

運転席の及川が困惑気味に言う。双眼鏡を助手席に置いた。夜間とはいえ、もはや肉眼でも監視ができる。警察車両の赤色灯やマスコミの照明、やじ馬たちが照らす携帯端末の灯りで、真昼のような明るさだ。

「まさか調査対象者《マルタイ》の関係者が、こんな大事件に巻きこまれるとは」

須藤は落ち着き払って答えた。

「組対や捜査一課《ソウイチ》は、戦場のような騒ぎになるだろうが、こっちは粛々と調査を続けるだけだ」

襲撃事件が発生したころ、須藤らは同じ東上野にいた。首都高の陰に隠れた小さなビルで、劉英麗の語学教室を張っていたのだ。

八神の情報提供者である福建マフィアの女首領を洗っているうちに、甲斐の事務所が何者かに襲撃されたとの知らせが入った。英麗の調査を中断し、甲斐の事務所に向かった。現場から離れた位置に移動し、斐心組のビルを遠巻きに監視した。

制服警官たちが慌てふためいているのが見えた。血みどろの暴力団員がビルの正面玄関で倒れているのを発見したが、ビルのセキュリティに阻まれ、五階の事件現場にたどり着けずにいた。

混乱する制服警官を動かしたのはあの八神だった。埼玉県内をうろついていたはずだが、自家用車を駆り、他の刑事たちよりも早く臨場したのを見て、須藤ら監察係のメンバーは驚愕したものだ。

まだ犯人が潜んでいるかもしれない危険な現場で、八神は制服警官を引き連れて先頭を進んだ。彼女が上野署を仕切るほどの実力者だということを、初めて理解できた気がした。

斐心組は武装強盗に遭い、甲斐や犯人を含めた三名が心肺停止の状態で運ばれた。六名が重傷を負い、シノギの収益金を奪われている。

さらに須藤らを驚かせたのは、八神が血みどろの姿で事務所から出てきたときだった。彼女はひどくショックを受け、足をふらつかせていた。

のちに知ったことだが、彼女は甲斐を救おうとし、血で汚れるのもかまわず、圧迫止血や人工呼吸を試みたという。

今は彼女も甲斐と同じ病院に運ばれ、血液検査を受けている。やはり甲斐とは、警官と情報提供者という関係以上の仲にあったのではないか。須藤は疑いをより深めた。

「襲撃事件は、我々にとってチャンスといえますね」

横にいる明菜が、ラップトップの画面を見つめながら答えた。須藤は顔をしかめそうになる。

ヤクザや外国人犯罪者とはいえ、三名の命が失われた。近隣住民は事件におそれ慄《おのの》き、多くの警官が捜査に駆り出されていた。それをチャンスと、彼女は平然と言い切る。

明菜は交通畑にいたころ、陣痛に苦しむ妻を病院に急いで連れて行こうとした男性に対し、表情ひとつ変えずにスピード違反のキップを切ったという逸話を持つ。

後部座席で妊婦が唸り、運転手の男性が早く行かせてくれと懇願したが、住所や氏名を書かせ、しっかり指紋も押させた。キップを切られた男性が、再び猛スピードで車を走らせたため、彼女はもう一度捕えてノルマを達成しようとしたが、同僚にたしなめられて断念したという。八神と似てクールな外見だが、内に激しい炎を秘めている彼女と違い、明菜は生きた氷のような女だった。

「まるで恋人を失ったみたいな取り乱しようでしたね。あの悲しみ方は尋常じゃない。ボロを出す機会も増えるでしょう。思ったよりも早くケリがつくかもしれません」

「ああ」

「もっとも、調査がこのままつつがなく進めばの話ですが」

明菜の視線が頰に刺さる。昼間に浅草のホテルに顔を出してから、たびたび須藤に皮肉を飛ばしてきた。

加治屋に雑用を命じられたため、調査中にもかかわらず、大至急で浅草へと向かうことになった。加治屋のゴルフ仲間である友人から次回のゴルフコンペの案内を預かった――。

もっともらしい理由をでっち上げたが、明菜を筆頭に誰もが疑っているようだ。調査対象者の上司にバレたのは致命的なミスで、誰にも打ち明けられずにいる。

まだ土俵を割ってはいない。徳俵に足をかけ、ギリギリのところで踏ん張っている。富永は自分の部下を好きに洗えと、余裕の態度を見せた。あの頭のおかしなキャリアの鼻を明かさなければならない。

〈八神《マルタイ》の事情聴取は、ひとまず終わったそうです〉

イヤホンマイクを通じて、部下の瀬戸が伝えてきた。彼は病院内に入りこみ、捜査員のフりをしつつ、八神の行動をチェックしていた。

救急外来の出入口は制服警官が見張っていたが、スーツ姿の瀬戸が警察手帳を呈示して捜査員だと名乗ると、いとも簡単に瀬戸を通したという。

「どんな様子だ」

〈点滴も受けたようですが、やはりショックから立ち直れずにいるようで、足に力が入らないのか、何度か転倒もしたとのことです〉

瀬戸はトイレに潜んでいるようだ。声が反響して聞こえる。八神の状況を詳しく把握できるのは、もうひとり忍びこませたからだ。病院には井沢もいる。

「井沢《エス》には、もっと八神《マルタイ》に寄り添えと伝えろ。劉英麗の仕事を手伝わせてくれとな。『あなたとは一心同体だ』とか、『おれがついている』とか、とにかく浪花節《なにわぶし》を唸らせろ」

〈了解〉

監察係の犬となった井沢は、ボロアパートで寝こんでいたが、襲撃事件について知らせると、まだ熱があるにもかかわらず病院へと駆けこんだ。

たしかに、八神を潰すチャンスだ。わざわざ刑事が福建マフィアの仕事を手伝うという。個人情報の不正照会や警察手帳を利用した恐喝、機密情報の漏洩《ろうえい》といった犯罪に手を染めている可能性が高い。井沢を通じて決定的な証拠を掴んでやる。

「八神《マルタイ》が出てきました」

及川が再び双眼鏡を手に取った。須藤は目をこらして、救急外来の出入口を見やった。

点滴で八神の顔色はよくなったようだ。瀬戸の言うとおり、足取りはあやしい。井沢が悲壮な表情で彼女の身体を支えている。須藤はふたりをじっと見つめた。

## 18

世古は椅子に腰かけ、携帯端末で電話をかけた。

一分近くも呼び出し音が鳴り続けるのみで、相手は出ようとしない。諦めかけたところで、電話がつながった。不機嫌そうな男の声がする。

〈……誰だ〉

「世古雄作です。戸塚組にいた」

長い沈黙があってから、男は思い出したように答えた。

〈八年ぶりか。それで？〉

「往診をお願いしたいんです」

〈患者はどんな状況なんだ〉

「き、来ていただけますか」

〈どんな状況なんだ〉

男は苛立った様子で訊いてきた。無愛想で高圧的な性格は相変わらずだ。世古がヤクザだったころ、暴力沙汰でケガ人が出たり、エンコ詰めが行われたさい、治療してもらってきた。今でも闇医者稼業を続けていてくれたことに感謝するしかない。

世古自身も戸塚からボウリングの球で殴られ、目玉が眼窩から飛び出すほどの大ケガを負い、診てもらったことがある。千波組の長老たちが眉をひそめるほど、戸塚組のヤキ入れは苛烈で、男にとって組員はお得意様だった。

そのわりには男の名前を誰も知らない。〝ドクター〟や〝先生〟と呼ばれていた。腕がいいうえに、口が堅いことで知られ、ヤクザだけでなく、外国人マフィアや右翼活動家からも重宝がられていた。

世古は呂の容体を詳しく伝えた。右手の指が欠損し、わき腹を刺され、左耳も切られているが、意識はまだはっきりしていると。

自称医者の男が訊いてきた。

〈止血や応急処置のやり方は知ってるな〉

「だいたいは」

〈シャバに出たかと思えば、さっそく流血沙汰か。まったく、つける薬がない〉

場所を伝えると電話が切られた。

闇医者稼業は相変わらずのようだが、口の悪さも変わっていなかった。

「……信頼できるのかよ」

安物のシングルベッドには、呂が横たわっていた。世古は口を歪めて命じた。

「うるせえ。自分の身体の心配だけしてろ」

世古たちは呂のヴェルファイアを使って逃亡した。

苦労して奪ったカネは何者かに強奪された。野外でも拳銃を発砲したうえに、使用していたヴァンはタイヤを切り裂かれていた。奪った野郎どもを追いかけたいが、まずはあの惨劇の場から脱出しなければならなかった。

本来なら、呂など置き去りにしたいくらいだった。しっかりカネを持ちかえったかと思えば、側近によってヤクザに売られ、計画を台無しにした。世古らを崖っぷちに追いやった張本人だ。

だが、まだ死んでもらうわけにはいかない。警察にも渡せない。この男がいなければ、盗人どもに借りを返せなくなる。

ヴェルファイアのなかでは、世古が運転し、ファンが救急箱の薬や医療用具を総動員して呂の応急手当を行った。消毒薬ガーゼと包帯をすべて使い、傷口を圧迫して止血した。それでも、わき腹の包帯は赤黒くにじみ、シーツも血で汚れている。

その挙句にミイラ男のような姿になったが、さすがに荒くれ者たちを力でねじ伏せていた首領だけあり、脂汗を掻きながらも弱音を吐いたりはしなかった。

上半身には、精細な青竜と白虎の刺青を入れていたが、いくつもの刀傷や銃創で刺青にはズレや穴が生じている。この手のケガには慣れているのだろう。車のなかでも、蔡を血祭りにあげてやると、悪役プロレスラーのマイクパフォーマンスのように騒いでいた。

世古たちが今いるのは、埼玉県八潮市のウィークリーマンションだ。呂に強盗に誘われたときから、隠れ家が必要になると思っていた。越谷の実家からくすねたカネで、つきあいのあったニンベン師に偽造免許証を作らせ、不動産屋と契約した。

たくさんの札束を抱えてここに来る予定だった。なんの因果か、裏切りにあった中国人の悪党と、貧乏クジばかり引かされてきたベトナム人と籠もっている。

ファンも携帯端末で同胞たちに助けを求めていた。ヤクザや不良外国人が近づいてくる可能性があるため、マイを守ってやってくれと。当然ながら質問攻めに遭っているようで、冷静沈着なファンも手を焼いていた。

ベトナム語の会話内容はよくわからない。話をでっち上げては、同胞たちを納得させようと必死だった。電話を終えたころには、深々とため息をつき、ウレタンのソファに身体を預けた。

呂が包帯だらけの腕を動かした。

「おれにもケータイを貸せ。手下を総動員させる。それにもっと鎮痛剤《ペインキラー》だ」

世古はマットレスを蹴飛ばす。ベッドが揺れた。呂が苦痛で目を剝く。

「呂さん、いつまでも顔役きどりでいてもらっちゃ困る。手下を動員させるだ？　凶状持ちで手負いのあんたの命令なんか、今さら誰が従うってんだよ。むしろ蔡の野郎に味方して、あんたの首を獲りに来るんじゃねえのか」

「なんだと――」

呂が声をつまらせた。わき腹の刺し傷もひどいが、指を失った右手がうずくらしい。一回二錠の鎮痛剤を、呂はすでに四錠呑んでいる。さらに二錠渡すと、呂は飢えきった野良猫のようにひったくり、ボリボリと音を立てて嚙み砕いた。世古も前腕の痛みをごまかすため、鎮痛剤をさらに一錠呑んだ。

ファンが口を開いた。

「聞かせてもらおう。あんたを襲ったのは誰だ」

「ヤクザだよ」

「どこの」

「決まってるだろう。数佐組だ」

「なんだと！」

世古は叫んだ。思わず椅子から立ち上がるが、ファンが唇に人差し指をあてて、静かにしろと命じる。狭苦しい1Kの部屋だ。騒音で通報でもされたら目もあてられない。

呂が頬を歪めた。

「なんだもクソもねえだろう。悪党に裏切りはつきもんだろうが。たった今、同胞《トンバオ》にやられた中国人を目にしてるってのによ」

お前みたいなゴロツキと一緒にするな。喉まで言葉が出かかったが、口喧嘩に使える体力は残されていない。

「数佐の若頭《カシラ》が——」

「誰なんだ、それは」

ファンが怪訝そうに訊いてきた。

数佐周作は、東京一の子分とさえ称えられた極道だった。若いころは、バブル期の上野で権勢を振るったイラン人グループの頭目を刺し、二十代の大半を刑務所で過ごした。出所後は組長の有嶋に気に入られた。千波組のホープとなったが、関西系暴力団の華岡組の侵攻を喰い止めるため、現場指揮官として腕を振るった。凶器準備結集罪で逮捕され、やはり長い別荘暮らしを送っている。組織のために懲役を厭わず、抗争となれば自宅マンションや車を売って、カネを捻出してみせた。

一本気な性格が認められ、ナンバー2である若頭の地位に就いたのだ。有嶋のような政治家タイプでもなく、戸塚のような商売上手でもない。千波組では武の象徴であり、極道の鑑《かがみ》と評価されてきた。

数佐を語る口調は熱を帯びた。昂ぶる世古とは対照的に、ファンや呂は冷やかだった。

ファンが唇を舐めてから言った。

「なんというか……あんたにとってのアイドルなのはわかった」

「なんとでも言え。あの若頭《カシラ》が、中国人《チャイ》マフィア《マ》使って義弟《おとうと》を襲わせたなんて……。おれには信じられない」

呂がせせら笑った。

「あんたがそれを言うか？　甲斐を殺《や》ってきたばかりのあんたが」

「あれは――」

「事故だとでも言いたいのか。言い訳はいくらでも思いつく。おれも最初からナイフ持って暴れるために、この国に来たわけじゃねえ。ファンもカルマも、ヤクザの金蔵叩くために来たわけじゃねえんだ。数佐がいくら立派といっても、霞を食って生きている仙人じゃねえ。数佐組の連中は、おれにカードキーを渡して、斐心組の内部情報をペラペラ教えてくれたんだよ。たらふく稼ぐ義弟《おとうと》どもが、よっぽど憎かったようだ」

押し黙るしかなかった。反論しても意味はない。

たしかに当局の締めつけによって、暴力団社会は氷河期に突入している。世古が出所してから、ヤクザの道に戻らなかったのも、あの世界に光を見出せなかったからだ。振り込め詐欺の受け子でもやらされ、刑務所で老いぼれの懲役太郎と化すか。たとえ実力や貫禄があっても、組織が落ち目になったおかげで敗者の道を進まざるを得なくなった男を腐るほど見てきた。

厳冬の時代、数佐が宗旨替えを迫られたとしてもおかしくはない。世古は今の千波組について無知だった。情報は八年前で止まっている。甲斐があれほど稼ぐ成功者になっていたのにも驚かされた。千波組のナンバー3にまでのし上がったのも、彼の事務所を襲ったことで理解できたのだ。

「呂社長を連れてきたのは正解だった。おかげで、おれたちを嵌めた連中の正体がはっきりした」

ファンがソファから立ち上がった。

彼はキッチンの調理台の下にある扉を勝手に開いた。インスタントラーメンやレトルトのカレーや米飯が保存してあった。世古がここに籠城するためのものだ。

ファンが米飯をレンジで温め、水を張った鍋を火にかけた。

「メシにしよう。食わなければカネを取り戻せない」

呂が目を丸くした。

「お前、やりあう気なのか」

「数佐組としても、おれたちを放っておくはずはないだろう」

ファンがレトルトカレーの袋を鍋に入れた。

「毒を喰らわば皿までだ」

インターフォンが鳴った。自称医者が到着したようだ。

## 19

上野署の会議室の空気は酒臭くも、張りつめていた。署の幹部たちは緊張した様子で、深夜の緊急会合に加わっている。

富永は静かに部下の報告に耳を傾けた。刑事課長の中畑《なかはた》が、斐心組事務所襲撃事件の捜査状況を伝えている。

「死亡したのは斐心組組長の甲斐道明、同組員の山口大和《やまぐちやまと》、それにネパール国籍の男性カルマ・タマン。こちらは登録された指紋《モン》を照合したところ、鑑識から一致したとの報告をさきほど受けました」

幹部たちの間でどよめきが起きた。

上野署管内で発生した暴力団襲撃事件。血みどろの死闘が繰り広げられ、死者三名が出たうえに、億単位のカネが事務所から強奪されている。

襲撃犯は拳銃で武装していた。類を見ない凶悪事件に、警視庁は騒然となったが、八神がもたらした情報により、襲撃犯のひとりの身元が早々に判明した。逃走中のふたりについても彼女は摑んでいた。

中畑が組対課長の石丸に言った。

「八神係長がまたやってくれましたな」

「ええ……たいしたやつですよ」

石丸は大きくうなずいた。

彼の鼻はまっ赤だった。酒とギャンブルに目がなく、今夜もアルコールの臭いをぷんぷんさせている。

上野署組対課は八神で持っていると、公然と囁かれているが、石丸本人はそれを気にする様子はない。今日も定時に退勤した後は仲町通りのスナックで、カラオケに興じていたらしい。本来ならば、部下を褒め称えられれば、素直に舞い上がるようなお調子者だが、今は暗い顔をしている。

中畑が石丸に訊いた。

「今、彼女は？」

「帰りました。あいつとは三年以上のつきあいになりますが、あんなに落ちこんだ姿を見るのは初めてです。大切な情報提供者《エス》を助けられなかったと、ひどく悔やんでいるようで。病院じゃまともに歩けなかった」

楠田《くすだ》が顎をなでた。第一機動捜査隊上野分駐所の班長で、体毛がひどく濃く、夜にもなると顎がすっかり青くなる。

「八神係長から話をうかがいましたが、目も虚ろで心ここにあらずという様子でしたね」

地域課長の根岸《ねぎし》がそろそろと口を開いた。

「あの……これはオフレコでお願いしますが、もしかして甲斐とデキていたってことはないですよね」

石丸が紙コップを根岸に投げつけた。ヤクザ顔負けの怒声を浴びせる。

「てめえ！　ゲスの勘繰りも大概にしろ、コラ！」

「だって、あの八神女史がですよ、暴力団員《マルB》の死に、あんなに嘆き悲しむなんて、不思議に思わずにはいられないじゃないですか。地域課《うち》じゃ早くも噂になってますよ」

根岸がベソを掻きそうな顔で抗弁した。富永は手を叩いて割って入る。

「話が逸れている。八神が証言した残りの犯人《ホシ》については、裏が取れそうか」

中畑が咳払いをした。

「襲撃犯は手袋に目出し帽をしていたようで、ファン・バー・ナムの指紋《モン》はまだ出てきてはいませんが、現場にいた組員が証言してます。襲撃犯三人組のうち、ふたりは外国人らしき訛りのある日本語を。もうひとりは日本人のようだったと。そいつは甲斐ともみ合って、顔を見られたそうですが、どうも甲斐とは顔見知りのようだったらしいです」

石丸が表情を引き締め、後を継ぐ。

「千波組系の現役から脱退者まで洗ってみたところ、該当する男が出てきました。世古雄作。四十五歳。解散した戸塚組の筆頭若衆でした。八年前、戸塚に投資話を持ちかけた華岡組系の自称経営コンサルタントが、カネを持ったままドロンしまして。世古が鬼怒川温泉にしけこんでいるこの男を木製バットで暴行。拉致と傷害で府中刑務所で懲役生活を送ってましたが、三ヶ月前に満期で出所してます」

「あの戸塚の――」

戸塚は千波組を絶縁された元ナンバー3だ。富永もよく知っている。一昨年、千波組組長の娘が殺害された事件に関与し、有罪の判決を受けている。八神が戸塚を取り押さえるさい、富永も現場で手を貸した。

世古なる男は組のために身体を張ったものの、親分が失脚したために帰る場所を失ったのかもしれない。

部下たちを見渡して発破をかける。

「ファン・バー・ナムと世古雄作の行方を追うとともに、引き続き捜査を続行してくれ。今回は時間との勝負でもある。犯人《ホシ》は拳銃と刃物で武装した凶悪犯だ。市民の安全を確保するためにも、一刻も早く捕えなければならない」

「はい！」

幹部たちが気合の入った声で答えた。

まれに見る凶悪事件だが、八神の情報によって、容疑者は絞りこまれている。犯人たちは曳舟連合の闇金融を襲った事件と同一犯の可能性も高い。逮捕にこぎつけられれば、金星をあげることになる。

中畑が頬を紅潮させた。

「警視庁本部《ホンテン》に手柄を持っていかれる前に、白黒つけたいところですな」

「おうよ」

石丸がポケットからウコンエキスドリンクを取り出した。ひと息で飲み干す。

「エースの八神係長があの様子だと、不安ではありますな」

根岸が水を差した。石丸はため息を漏らす。

「だよな。早くショックから立ち直ってくれればいいんだが……」

根岸が顔をわずかにしかめた。八神がいなければ、お前ら組対課の戦力はガタ落ちだろう。紙コップを投げつけられたお返しに、彼はここぞとイヤミを言い放つも、当の石丸にはまるで通じていない。

緊急会合を終えて、幹部たちが会議室を出て行った。富永は署長室に戻って考えにふけった。キリストの姿が脳裏をよぎる。

あの男も病院近くのコインパーキングで、八神の様子を遠くからうかがっていたという。田辺がわざわざ教えてくれた。おそらく、須藤も八神が弱っていると踏んでいるだろう。

富永の見立ては違った。夫の八神雅也が不審な死を遂げ、腹のなかの子を失っても、彼女は現場に復帰している。しかも鬼刑事と化して。

甲斐の死にショックを受け、自力で歩けないほど憔悴しきったのは事実だろう。それゆえに、彼女は動くのだ。真相を突き止め、事件を解決することで痛みと悲しみを克服する。それが彼女の流儀だった。

監察官に指弾されるような、暴走行為に走るのか。悲憤が彼女を見失わせ、法を踏みにじらせ、越えてはならない一線を突破するかもしれない。

刑事であり続けるか。怪物と化してしまうのか。予断は許さない。だからこそ、須藤を挑発した。

一年前、彼女の辞表を富永は破り捨てている。その判断が果たして正しかったのか。

## 20

「ありがとう……あなたもひどい体調なのに」

瑛子は井沢を労った。彼はマンションの駐車場に車を停めると、ハンドブレーキを引いた。

「なに言ってんですか。おれのほうは、もう熱だって吹っ飛びましたよ。腹具合もすっかりよくなって。花園《ソノ》と牛丼屋で腹ごしらえをしていくつもりです。もちろん特盛っす」

斐心組襲撃事件の知らせを聞くと、井沢はアパートの寝床から飛び起き、東上野の病院に駆けつけたという。

ショック状態にあった瑛子を支え、スカイラインで豊洲の自宅まで送ってくれた。近くには花園が、警察車両で控えている。ふたりはそのまま上野署に戻り、捜査に加わる予定でいる。

病院から出たさい、襲撃事件の続報がもたらされた。犯人が使用したと思しき逃走車のヴァンが、江戸川区平井駅付近の元レンタル店の敷地で発見されたという。ヴァンのタイヤは裂かれ、リアウィンドウは叩き割られていた。

上野署の幹部たちは、実行犯がほぼ特定されたこともあり、スピード解決を目論んでいたが、事態は一筋縄ではいかない展開を見せていた。元レンタル店の床はおびただしい量の血で濡れ、肉片や内臓の一部が散乱していたという。複数の人物が争った形跡があったが、世古やファンも未だ発見されていない。

カネをめぐる仲間割れでも起きたのか、それとも世古らを襲った別のグループが存在していたのか。真相を明らかにするために、平井一帯を仕切る小松川署も、深夜にもかかわらず署員を総動員させて捜査を始めている。曳舟連合系の闇金融襲撃事件を追っていた浅草署や警視庁捜査一課を加えた合同捜査本部が設けられるようだった。

瑛子はふいに手を伸ばした。井沢の額に掌をあてる。

「わっ」

彼は身体を強張らせた。

「どうして驚くの？」

「いやそりゃ……」

額は生ぬるかった。

むしろ、瑛子の手のほうが熱い。たしかに熱は下がったようだ。もともと、頑健な身体の持ち主だった。

「無理は禁物。いくら課長から発破かけられても」

「でも、それはおれのセリフっすよ……ゆっくり休息取ってください。『ふたたびの家』のときから、ずっと働きっぱなしじゃないですか。もし、おれにできることがあれば」

「返事は明日まで待って。英麗にも仁義を通しておかなきゃならない」

「わかりました」

井沢が神妙な顔でうなずいた。

彼にはもっぱら八神金融の手伝いをしてもらっていたが、体調を崩した瑛子を心配し、他の仕事もやらせてほしいと志願してきた。それは劉英麗という外国人マフィアや、千波組といったヤクザの裏仕事を引き受けるのを意味していた。当然ながら、表沙汰になれば、警官をクビになるどころか、今度は犯罪者として署の檻にぶちこまれる。下手すれば命も失いかねない。

「それと、今度の事件でケリがついたら」

瑛子は酒を飲むフリをした。

先日、失恋した者同士で飲もうと誘っていた。井沢が苦笑いを浮かべた。

「そうでしたね」

「ごめんなさい。思い出させちゃった？」

「姐さんこそ……大丈夫なんですか？」

「わかっちゃった？」

「鈍感なおれでも、今度ばかりはさすがに。姐さんを振るような野郎は、闇討ちしてやると意気込んでたんですが」

八王子で会った甲斐が脳裏をよぎった。

彼の死から数時間が経過したが、思い出すのは遺体ではなく、想い人である向谷香澄の墓で佇む姿だった。

「いいやつだった。ヤクザじゃなければ、寝ようと誘ったかもね。旦那もそうだったけど、どこまでも一途で、自分の信じた道を駆け抜けようとしてた。性別に関係なく、そういう人間が好きみたい。だからこそ、あいつと喧嘩できるのを愉しみにしてたんだけど」

「信じた道……」

井沢が目を見開いた。なにげないひと言だが、彼の心になにか響いたらしい。

「そうですよね。駆け抜けるほうがマブいっすよね」

「失恋のこと、話したくなったら遠慮なく声をかけて。どうせなら、盛大にやりましょう。寿司《シースー》にフグ料理《グーフー》もつけて、喉がダメになるまでカラオケなんかどう？」

井沢が涙ぐんだ。肩を優しく叩くと、涙目のまま笑みを浮かべた。

「なんだか、吹っ切れたような気がします」

「私も。目の前の霧が晴れたような気がしてる」

――悪党を叩き続けろ。

甲斐の遺言が心に響いていた。歩むべき道を、彼が指し示してくれた。

ふたりはスカイラインを降りた。井沢に手を振る。

「部屋までならひとりで歩けそう。ありがとう」

「礼を言いたいのはこっちです。吐くまで飲みましょう」

病み上がりにもかかわらず、井沢は勢いよく走って行った。表情は明るい。瑛子を元気づけようとして、演じているわけでもなさそうだ。

駐車場をゆっくりと歩いた。何度かアスファルトのヒビに躓つまずきながら、マンションの正面玄関をくぐった。建物内に入ってからも、ときおり足をよろけさせる。

部屋のある二階に着くと、手すりに摑まりながら歩いた。警察車両が遠ざかっていくのが、外廊下から見える。

やがて警察車両が見えなくなり、外に人気がないのを確かめると、手すりを放した。深呼吸をして、足早に部屋へ向かう。井沢は演じていないようだったが、自分は演技をしていたのだ。病院に向かったときこそ、目眩とショックでまともに立ってさえいられなかった。

当直の医師から甲斐の死を告げられても、しばらくは受け入れられなかった。受け入れたくなかった。四年半前、雅也が転落死したと聞かされたときと、同じ感覚に襲われた。

部屋に入り、血のついたシャツなど、衣服を脱いでシャワーを浴びた。背中の打撲傷は消炎鎮痛剤と冷感湿布のおかげで、痛みはだいぶ引いている。ブドウ糖の点滴によって、尽きかけた体力も回復した。あとは心の問題だ。シャワーの冷水を浴びて気合を入れ直す。甲斐を殺した連中を残らず叩きのめさなければならない。

浴室を出ると、下着のうえから防刃防弾ベストを着用し、クローゼットからジャンパーとスラックスを引っ張り出す。

リビングは瑛子のトレーニング場と化していた。ゆったりと過ごすことはない。ランニングマシーンやベンチプレスセットが置かれ、道場のような姿に変わりつつある。収納スペースは鉄の臭いがした。大小さまざまな鉄アレイや、剣道の素振り用の鉄扇があった——扇のようには開かない一尺の金棒だ。

　裏仕事用の武器がほかにもあった。横長の箪笥にはチンピラから取り上げた匕首《あいくち》や長ドス、スラッパーやブラスナックルがしまってある。特殊部隊がつけるフェイスマスクや防毒マスク、軍用ゴーグルといった防具もある。

　私服警官用の特殊警棒は五本あった。蔡らとの戦いで使用したのは彼女の私物だ。官給品の特殊警棒は、拳銃や手錠と同じく取扱いにはルールがある。私闘で叩き折ったとなれば処罰は免れない。

　武器や防具を、ボストンバッグにありったけ詰めこんだ。

　——まっとうな刑事に戻れ。

　甲斐の声が蘇った。首を横に振る。

「悪党を叩き続ける。私のやり方で」

　ボストンバッグを右手で持ち上げると、重さで底がたわんだ。身体が右側に傾く。

　病院では井沢に限らず、医者や同僚たちから体調を整えるようアドバイスされた。まったくの正論だった。自分が向かうべきはベッドだが、睡眠や静養では傷は癒えない。雅也の死が教えてくれた。

夜間双眼鏡で外の不審人物や車の有無を確かめた。最近、ときおり何者かの視線や気配を感じる。念入りにチェックしたが、住処の周囲には異変はない。

再び部屋を出て駐車場へと向かった。スカイラインに乗りこむと、井沢がつけている整髪料の匂いがまだ残っていた。ヘッドセットをつけ、アクセルペダルを踏む。

豊洲インターチェンジから首都高10号線に乗り、携帯端末で電話をかけた。すぐに里美が出る。

〈八神さん〉

「ごめんなさい。電話に出られなくて。だいぶゴタゴタしてて」

彼女には昼からずっと蔡を監視させていた。里美がためらいがちに言う。

〈ニュース見ましたよ。斐心組の甲斐って人……〉

「私の友達《ダチ》。旦那の仇討ちも手伝ってくれた」

〈そうでしたか〉

彼女は言葉をつまらせた。

瑛子はアクセルを踏み続けた。東雲《しののめ》ジャンクションから湾岸線を経由して辰巳ジャンクションへ。首都高9号線を百六十キロで走って北上する。

「この話は続きがあってね。斐心組を襲うように仕向けたのは、蔡が所属するマフィアみたいなの」

〈マジっすか〉

里美が唸った。声が怒りで低くなり、珍しく早口になる。

〈その蔡のやつですけど、ＧＰＳのアプリ見てもらえばわかるとおり、襲撃事件が起きた時間あたりに、中古車販売店から出て来て、周囲を警戒する様子で浦和駅近くの中華料理店に移動してます。今はシャッターが降りてて、蔡以外に何人いるかわかんないんですけど〉

「今、急いで向かってる。あと三十分くらいで着くと思う。蔡には訊きたいことがいっぱいあるから」

指のフシがボキボキと鳴る音が、スピーカーを通じて伝わった。

〈ウォーミングアップして待ってます。リマッチっすね。今度は逃げられないよう足を壊しにいきます〉

「そのことなんだけど……」

〈なんすか？〉

少しためらってから告げた。

「リマッチはひとりでやりたいの。今夜はもう切り上げてもらってかまわない」

〈え、ええ⁉〉

里美が悲鳴をあげた。

彼女は青竜刀を手にした大男はもちろん、拳銃を撃ってくる悪徳刑事にも怯まない、生粋のファイターだ。

沈黙が生まれた。口が利けないほどショックらしい。

〈あ、あの……予感はしてたんすけど、やっぱりクビですか？　お役にたててなかったたっすか？〉

ふだんは山のように動じない里美が、憐れなほど慌てふためく。泣いているのか、洟をすする音がした。

瑛子は語気を強めた。

「違う。あなたも大切な友達《ダチ》よ。安心して背中を預けられる唯一の人。だから今夜だけは……あんなことが起きた今夜だけは、安全なところにいてほしいの。あなたは誰よりもタフよ。だけど、万が一のことがあったら、私はもう耐えられそうにない」

里美はベソを掻いているようだ。しばらくしてから訊いてきた。

〈用済み、とかじゃないんですね？〉

「まさか。これからも、ヒョードルやヴェラスケスみたいな相手をぶつけるから。覚悟しておいて」

どちらも総合格闘技の世界では最強と呼ばれた格闘家だ。里美が涙声で笑う。

〈瑛子さん、いつの間にか総合格闘技《MMA》に詳しくなってる〉

「そりゃ、あなたというファイターとつるんでれば、嫌でも詳しくなるってものよ。課の連中もUFCとプロレスを欠かさず見てるし。半グレや不良外国人とゴチャマンとか、刑事《デカ》をやってるかぎり、暴れる相手には困らない。だから、泣かないで」

〈よかった。こんなに驚いたのは、女子プロをクビになって以来っすよ〉

「ごめんね」

〈その甲斐って極道、ヤクザだけど大事な人だったんですね〉

「手強いライバルになるはずだった」

〈弔い合戦に加われませんか〉

「独り占めしたいの。ひとりで食い尽くしたいから」

〈……わかりました。でも、瑛子さん、気をつけてください。蔡って野郎、泡食ってトンズラはしましたけど、レスラー並みに力あったんで。手下も潜んでるかもしれません〉

「何人いようとかまわない」

冷たい声で言った。

里美との会話を終えたころには、スカイラインは首都高川口線を走っていた。川口ジャンクションから東北道を経て、浦和インターチェンジを降りる。深夜の国道463号線は空いていて、高速道と変わらぬ速度で駆け抜けた。

蔡の車に取りつけたGPS発信機のおかげで、彼の居場所は携帯端末でチェックできた。蔡がいるという浦和駅近くの店に向かった。そのエリアには百貨店を始めとして、商業ビルがいくつも立ち並んでいる。深夜の今は静かだ。コンビニや牛丼屋の灯りがひっそり見える程度だ。

コインパーキングにスカイラインを停め、ボストンバッグを担いで歩いた。

目的の中華料理店は、車一台通れる程度の狭い路地にあった。古い四階建てのビルの一階だ。正面はスチール製のシャッターが降りていて、なかの様子はうかがえない。赤と黄色を基調としたケバケバしい看板が掲げられている。

上の階のフロアも飲食店だが、夜明けが近いこの時間帯はどこも閉まっている。ビル全体が暗闇に包まれていた。

ビルの隣には月極駐車場があり、見覚えのあるワゴンが停まっていた。スライドドアには川越での格闘のさいにできたヘコミがある。蔡が瑛子を襲ったさいに使われた車だ。

周囲を見渡した。路上駐車をしている軽トラックはなく、他の駐車場にもない。

瑛子は安堵した。里美が約束を守ってくれたのだ。ここから離れるのは、彼女にとって苦痛だったはずだ。

ビルの裏に回ると、ゴミとアルコールが混じる悪臭がした。スチール製の階段が設けられているが、どのフロアも踊り場やステップに段ボールやビールケースが山積みになっていた。消防署員が激怒しそうな光景だ。

一階の中華料理店も例外ではない。外階段の下には複数のポリバケツとビールケースがある。紹興酒や焼酎の空き瓶が入ったプラスチックケースと、ペットボトルがつまったポリ袋で、足の踏み場もない。

ポリ袋を隅に追いやり、直径一メートルほどのスペースを作る。ボストンバッグを開けて、武器や防具を取り出した。フェイスマスクをかぶり、そのうえから軍用ゴーグルをつける。暗闇に目を慣らした。

プラスチックケースから焼酎の空き瓶を拾い上げ、ビルの外壁に投げつけた。パリンとかん高い音を立てて割れる。

中華料理店のなかで人が動く気配がした。けたたましい音がして、裏口のドアが勢いよく開かれる。タンクトップ姿の蔡だ。険しい顔で周りを見回す。左手には懐中電灯を、右手には大きな中華包丁を握っている。手下の姿は見当たらない。

懐中電灯を向けられた。ＬＥＤ電球の白い光で顔を照らされたが、レンズがスモークグレーの軍用ゴーグルのおかげで、さほど眩しさを感じずに済んだ。

「なんだ……お前」

瑛子はフェイスマスクとゴーグルで変装していたが、蔡のツラもなかなかの変わりようだった。右頬をまっ赤に腫れあがらせていた。首にはチェーンの痕がくっきり残っている。

瑛子は瞬時に距離を詰め、素振り用の鉄扇を振り下ろした。この大男を屈服させるには、特殊警棒では心もとない。約一キロの鉄の塊で右頬を狙った。

「クソッ」

瑛子の一撃を、蔡は中華包丁で払いのけた。金属同士が衝突する硬い音がする。中華包丁の刃が砕け、細かい破片がゴーグルにあたる。蔡が懐中電灯を捨て、空き瓶の入ったビールケースに手を伸ばす。

この大男が喧嘩慣れしているのは、川越の貸し倉庫で充分理解していた。まともにやりあう気はない。瑛子は左手に、掌サイズの催涙スプレーを握っている。

噴射ボタンを親指で押し下げる。カプサイシンの液体がビームのように、蔡の顔にヒットした。彼はビールケースから手を離し、顔を覆う。激しくその場で咳きこむ。

鉄扇を横に払って、蔡の右手首に叩きつけた。竹がへし折れるのと似たような音がし、蔡が中華包丁を取り落として悲鳴をあげる。袈裟斬りのごとく左肩へと振り下ろした。手首にまでずっしりとした手応えを感じる。蔡の鎖骨は折れたのだろう。左肩に歪みができた。

蔡はまた悲鳴をあげて背中を見せると、裏口から店内へ逃げこんだ。ドアを閉めようとする。

鉄扇をドアノブに叩きつけた。蔡の指ごとアルミ製のドアノブが粉砕される。

店内に入る。テーブル席とカウンターには誰もいない。フローリングの小上がりで、老いた男と女が壁の隅で縮み上がっていた。ふたりは首を激しく振る。抵抗の意思はないと主張しているようだ。

「てめえ、あの女刑事か。警官がこんな真似していいのか。弁護士を呼ぶぞ！」

蔡が叫びながら、ガスコンロに置かれた中華鍋を握ろうとした。まともに摑めずに取り落とす。

鉄扇でさらに蔡の背中を突いた。筋肉の鎧《よろい》をまとっているが、背骨に当たり、身体を大きくのけぞらせて倒れる。棚にあった大量の皿が、彼のうえに降り注ぎ、耳障りな音を立てて砕ける。蔡は身体をくねらせた。

鉄扇をキッチンの外に放り投げ、ベルトホルスターに手をやった。リボルバーを抜き出す。

蔡の左手には割れた皿の欠片があった。瑛子の足を突こうとしたのだろう。里美が言うとおり、プロレスラー顔負けの頑丈さだ。

「昼間のお礼をしに来たの。呂たちの居所はもちろん、いろいろ吐いてもらう」

「こんな喧嘩で撃てんのか。日本の警官は、簡単に発砲なんてできねえだろうが」

大量の汗を掻きながらも、蔡は強がってみせた。瑛子は裏口のドアを閉めると、トリガーを引いた。蔡の股の間に着弾し、コンクリートの床が弾ける。

「そんなの、どうとでもなる」

蔡が啞然とした顔で瑛子を見上げた。

リボルバーを持つ手が震えた。激怒しているのに気づく。蔡の顔に狙いを定める。

「私の男を殺した。あなたたちが」

催涙スプレーをポケットに入れ、両手でリボルバーを握り直す。いくら手が震えても、外しようのない距離だ。殺気が伝わったのか、蔡の喉が大きく動いた。

「男……まさか」

「甲斐を売ったのは誰？」

「なんで、それを――」

再びトリガーを引いた。蔡の腫れた右頰をかすめ、顔や首を赤く濡らす。

斐心組の事務所のセキュリティは最先端のものだった。カードキーや暗証番号が必要で、組員でなければ容易に入れない。呂たちは集金日をも把握していた。

さらに問いただす。

「あれだけの大仕事にもかかわらず、どうしてあなたはこんなところに身を潜めてるの。呂たちとなにがあったの」

ふたりの名前を出すと、蔡が視線をさまよわせた。瑛子は撃鉄を起こし、股間に狙いを定める。

「意地を張りたいのなら好きにすればいい。楽に死なせたりはしない。女を抱けない身体にして、あの若者たちと同じく、劉英麗のところに送るだけ」

「り、劉英麗だと」

トリガーを引きかけたところで、蔡は皿の欠片を手放して、また叫んだ。

「待ってくれ。数佐、数佐組なんだ！　あのヤクザどもが絵を描いた。おれは違う。殺《や》ってねえ。襲撃には反対したくらいなんだ！」

とっさに自分に言い聞かせる。集中しなければ。そうしなければ心が揺らぐ。

斐心組の誰かか、あるいは千波組の何者かが、裏で糸を引いているとは思っていた。まさか忠臣で知られる数佐だとは。

蔡が自白した。

呂はあまりに欲深く、無鉄砲だった。ヤクザ経営の闇金融だけを叩くのみならず、広域暴力団印旛会系のなかでも大組織で知られる千波組の事務所を襲うなど、あまりにクレイジーすぎる、と。

例によって呂は聞き入れなかった。千波組を敵に回すどころか、次のトップと言われる数佐がお膳立てしてくれるうえに、数億円を手にできるビッグチャンスを逃す手はないと言い放ったという。

「こんなもんうまく行くはずがねえ。だって、そうだろう。義弟の事務所を襲わせたなんて事実がめくれれば、次のトップどころか業界から追放だ。その事実を知るガイジンなんか、生かしておくはずがねえ。いくら言っても呂は耳を貸さなかった。カネをまるごとパクって福建に逃げればいいとうそぶきやがった。ついていけねえ」

瑛子は首を傾げた。

「不思議ね。あなたも呂に負けず劣らずの狂犬でしょう。ヤクザよりも怖いサクラの代紋の者《もん》に、鈍器持って襲いかかった。どうして芋引く気になったの」

「私らの娘さ」

それまで黙っていた老女が口を挟んだ。瑛子が問いただすと、老女は素直に答えた。老女のほうは日本訛りのない日本語だった。男は夫で山東省出身の中国人だ。彼らの娘は、さいたま新都心のＩＴ企業で働いていたという。蔡は肩を落とした。

「結婚はしちゃいないが、小さいガキがいるんだ。福建にはまだ帰れねえ。呂は逃げられても、おれは無理なんだ。生き残る手段はひとつしかなかった」

老夫婦を見やると、ふたりはすがるような目を向けてきた。老夫婦の様子を見るかぎり、信憑《しんぴょう》性はありそうだ。

斐心組襲撃事件には裏があった。カネを奪った後、数佐は呂たちの口封じを目論み、呂は数佐を出し抜こうと企んだ。蔡はボスとヤクザを天秤にかけ、呂の隠れ家を数佐組に密告したのだ。蔡は会社を畳んで、呂と逃亡するフリをしながら、日本に留まれるよう画策した。

結果、平井の元レンタル店で惨劇が起きた。数佐組の組員が大挙して、呂一派の命と甲斐の会社の売り上げを狙って襲いかかった。組員らはカネを奪うのに成功したものの、呂に返り討ちに遭い、口封じには失敗したという。

蔡がこの店に立て籠もったのも、呂の復讐を警戒したからだ。

唇に痛みが走った。無意識に唇を嚙み切っていた。血の味が苦く感じられる。

真相に大きく近づけたというのに、心の痛みは癒えるどころかひどくなるばかりだ。痛みに耐えかねて、蔡を撃ち殺したくなる。

「呂だけじゃなく……世古やファンも生きてるのね」

「数佐組の組員から連絡があった。たぶん、呂といっしょにいる」

瑛子は蔡に近寄り、胸倉を摑んだ。

やはり鎖骨が折れているのだろう。彼は苦痛のうめき声をもらした。リボルバーの銃口を鼻に押しつける。老夫婦が命乞いをする。

「女と子供に苦労をかけたくなかったら、呂たちが潜んでそうな場所を残らず言いなさい。私が撃ちたくなる前に」

蔡がガクガクと首を縦に振った。

## 21

やけに太陽がまぶしかった。目がしょぼつく。

須藤はあたりに注意を払った。秋葉原南口は会社に向かうサラリーマンで早くもあふれ返っていた。電気店が入ったビルが林立しているが、七時とあってほとんどの店が閉まっている。

そのなかに、二十四時間営業の海鮮系のチェーン居酒屋があった。店の入口に黒板を置き、BGMを大きめに流しては、営業中であるのをアピールしている。朝にもかかわらず、店は泥酔したバンドマン風の若者や水商売風の女たちで半分ほど埋まっていた。店員たちの威勢のいい声で出迎えられながら、井沢がいる奥の席へと向かう。

彼は四人掛けのテーブルで、携帯端末をいじくりながら水を飲んでいた。テーブルには空いた丼と皿があった。昨日は高熱と下痢に苦しんだというのに、海鮮丼でも平らげたらしい。

井沢の対面に腰かける。

「昨日は死人同然だったのに、やけに調子よさそうだな」

「急に呼び出してすみません」

井沢がテーブルに額をぶつけそうな勢いで頭を下げた。須藤は店員にオレンジジュースを頼んだ。

苛立った声で尋ねる。

「済むかどうかはお前次第だ。人の睡眠を邪魔して呼びつけたくらいだ。よっぽどの有力情報《マブネタ》なんだろうな」

病院で弱った八神を確認すると、警視庁本部に戻って仮眠を取った。眠りに陥っているときに、井沢が電話をかけてよこしたのだ。すぐにでも引き合わせたい人間がいるという。まだ寝ていたかったが、井沢のただならぬ口調に負けた。加治屋からも早く結果を出すように急かされてもいる。及川を叩き起こし、秋葉原まで運転させた。

須藤は叩き上げの元公安刑事だ。監視のための徹夜はお手の物で、昼夜問わず過激派のアジトを見張り続けたこともある。それも若いときの話だ。今は仮眠ごときで疲労は取れない。井沢の元気のよさが気に食わなかった。

「電話でも言ったとおり、引き合わせたい人がいるんです」

井沢が真面目くさった顔で答えた。須藤はあたりに目を走らせた。半分眠りこけているガキや、やかましく呑んでいる水商売風の女、朝飯を食べているサラリーマンぐらいしか見当たらない。

「どこだ」

「こっちです」

井沢は携帯端末を向けた。液晶画面には、ジャージ姿の女が映っている。

思わず目を見開いた。

「これは──」

「よくご存じでしょうから、紹介するまでもないですよね」

女が射貫くような視線を向けてきた。

井沢の恋人の笠原咲良だった。スポーツの指導者らしく、肌が焼けている。弱小女子柔道部を強豪に育てあげただけに、堂々とした貫禄を感じさせた。

テレビ電話のようだ。レンズを通じて女も須藤の姿が見えているはずだ。須藤は目を合わせられなかった。交互に井沢と笠原を見やる。

「お前、まさか――」

女に喋ったのか。井沢を問いただそうとしたが、笠原が口を開いた。

〈はじめまして。須藤さん。井沢さんから話をうかがいました。おふたりとも多忙でしょうから、さっそく本題に入ります〉

「笠原さん、あなたの過去を調べはしたが、だからといって――」

〈あなたには感謝してるんです、監察官〉

笠原が遮るように言った。

言葉とは裏腹に、瞳には試合に臨むかのような激しい光を湛えている。須藤が嫌いなタイプだ。上司だろうが男だろうが、お構いなしに刃向かってきそうな女だ。

〈私が悪党に誑かされたとはいえ、法で禁止されているクスリを摂取したのはまぎれもない事実です。井沢さんに悪党を追い払ってもらったとき、私はすっかり溺れて、自分からクスリをせがむようになっていたし、キメながら学生を指導していた時期さえあった。周囲に知られずに済んだけれど、バレなかったからそれでいいのかと、ずっと疑問を抱いてました〉

笠原が短めの頭髪をボリボリと掻く。

〈話が逸れちゃった。つまり、今から大学に行って、上司に全部報告するってことです。たぶん辞めさせられるけど、これで過去とケジメをつけられる。いいきっかけを作ってくれてありがとうございます〉

身を乗り出して叫んだ。

「早まるな！」

自分が奇妙な物言いをしているのに気づいた。さんざん井沢を相手に、大学に密告してやると脅してきたが。

井沢が携帯端末を自分に向けた。笠原の声が聞こえる。

〈それじゃダーリン、行ってくる〉

「行ってらっしゃい」

井沢は笑顔で手を振った。通話を終え、携帯端末をポケットにしまう。

「いい女でしょう」

「……この野郎」

喉がカラカラだった。オレンジジュースをひと息に飲み干す。井沢の顔にぶっかけてやりたかった。

「やってくれたな。主《あるじ》の手を嚙みやがって。どうなるかわかってんだろうな」

井沢が真顔になった。笠原と同じでまっすぐに見つめてくる。

「井沢悟《さとる》は情報提供者《エス》を辞めた。こいつは、なかなかの有力情報《マブネタ》でしょうが」

「警察《カイシャ》に残れると思うなよ。八神の耳にも入れてやる。一時的とはいえ、お前が八神を売ったのは事実だ。今さら仲間に忠義立てしたところで、あの女はお前を許したりはしない。後ろから撃たれるのが関の山だ」

井沢がすばやく懐に手を入れた。須藤は反射的に身を縮める。拳銃でも抜きそうな殺気を感じた。

彼が取り出したのは封筒だった。汚い字で〝辞表〟と記されてあった。ひらひらとそれを振る。

「ケジメつけるのはおれも一緒だ。今、姐さんはひどく弱ってる。襲撃事件が解決したら、おれのほうから告白するさ。なんなら、密告《チク》ってくれてもいいですよ。姐さんに撃たれるのなら本望だ」

「お前ら、バカか。なんで警察官のくせに我を通す」

井沢が微笑んで立ち上がり、須藤の顔を見下ろした。その目には蔑みの光が浮かんでいた。

「さてと。休んでる暇はねえや」

伝票を掴むと、井沢は足早にレジへと向かった。後ろ姿が父のそれとダブって見える。

手が無意識に震えていた。公安時代から、犬に刃向かわれるケースはあった。そのたびに次の手を打ってきたが、今は頭がまったく働かない。井沢たちに、須藤の人生を丸ごと否定された気がした。

## 22

世古は食器を洗った。

人を二人も殺した。血の池に沈む甲斐たちが何度も脳裏をよぎったが、それでも腹は減るのだ。二人分のパックご飯にレトルトカレーをかけ、味噌ラーメンを味噌汁がわりにし、胃につめこんだ。

ファンもパックご飯にスライスチーズを何枚も敷き、レトルトカレーを三つも使って、黙々と平らげた。部屋では、自称医者が呂のわき腹を縫い、薬液の臭いや血臭がしたが、大して気にはならなかった。

かつて、自称コンサルタントをバットで半殺しにしたときは、警察に出頭する前に、戸塚組が高級料亭でご馳走を振る舞ってくれた。腹はまったく空かず、値の張る料理の味はまるでしなかった。あのころは女房とガキがいた。今と違って未練があった。

世古が布巾で食器を拭いている横で、ファンがパックご飯と冷凍鶏肉を鍋で煮て鶏粥を作っていた。中華調味料の香りを漂わせている。

「武闘派なんて言われてるが、じっさいはたいしたことねえな。ええ？」

半死半生だった呂は、自称医者による治療もあって息を吹き返していた。

上半身を起こし、携帯端末を掛け布団のうえに置きながら、スピーカー通話で会話をしている。相手は数佐だ。泣く子も黙る東京ヤクザの顔役に、罵詈《ばり》雑言《ぞうごん》を浴びせていた。

「あんた、刑務所《ムショ》のなかで関西ヤクザを絞め殺したそうじゃねえか。あれだって、尻を貸してた彼氏に守ってもらっただけなんじゃねえのか。子分どものだらしなさを見ると、あんたの武勇伝ってのが嘘臭く思えて仕方ねえよ」

〈お前が大した男なのは認める。活きのいいのを向かわせたつもりだが、それほどまでに腕が立つとは。お前こそ真の武闘派だ〉

ひさびさに数佐の声を耳にした。すでに五十を過ぎ、声から張りがわずかに失われていたが、年を重ねた分の威厳を感じさせた。

数佐ほどの侠客が、どうして弟分を嵌めるような絵図を描いたのか。ふたりの会話に口を挟みたかったが、甲斐を殺した自分にその資格はない。

「おうよ。その活きのいい若い者《もん》に、何度も何度も突き刺してやったよ。『お母ちゃん』とか泣いて叫んでたが、そういう腰抜けをぶち殺すのは、覚せい剤《シャブ》をやるよりも気持ちがいい。感謝してるよ、親分さん」

〈それはいいことをした。ついでに、お前の手下の死体は養豚場に運んでおいた。今ごろ、豚の胃袋に収まってるだろう〉

呂のこめかみが痙攣した。品のない言葉で挑発する彼とは対照的に、数佐は冷静な態度を崩さない。

〈お前は小男だが、まるで『三国志』の呂布のようだ。ガサツな仕事しかできず、ひたすら暴れた末に手下にも見放される。さっきから威勢のいい言葉を吐いているが、お前を慕う手下はまだいるのか？〉

「んなもん、いくらでも集まるさ。あんたがちょろまかしたカネさえ戻れば」

呂は怒りのせいもあるらしく、全身から汗を噴き出させていた。

世古が見かねて、タオルで汗を拭ってやる。まさか、こんな男の看護をする羽目になるとは。ついさっきまでは、敵同士になりかねなかったのに。

〈ナイフでも持って、取り立てに来るか。手厚くもてなそう〉

「遠慮しておく。あんたの家も事務所も、今は警官がうじゃうじゃ見張ってるだろうしよ。おれが逮捕《パク》られたら、あんたも困るはずだ」

トラッシュトークは終わり、ようやく交渉が始まりそうだ。甲斐のカネを総取りした数佐だが、このイケイケの中国人を消せなかったのは大きな誤算だろう。

「おれは全部ぶちまけるぜ。警察も耳を傾けるだろうよ。あんた、警察からえらく嫌われてるからな。おれが喋ったことを、業界に全部リークするだろう。組のために人生の半分を刑務所で過ごしたってのに、あんたは義弟のカネに目がくらんだダメな兄貴として名を残すのさ。さしずめアベルとカインみたいにな」

しばらく、沈黙があった。

〈……どこへ運べばいい〉

絞り出したような数佐の声だった。

「そもそも、カネはいくらあったんだ。勘定する前に盗みやがって」

数佐が子分に尋ねている。あちらもスピーカー通話にしているらしく、呂が数佐を罵倒するたびに、息巻く組員らの声が聞こえていた。

〈三億二千七百万だ〉

呂が口笛を吹いた。

「三億超えてたのか。そいつをそっくりいただくとしよう。本当なら違約金も払ってもらいたいが、義弟と違って貧乏なあんたからじゃ、たいしたカネにはならなそうだ。それで手を打とう。場所と時間は後で知らせる」

呂が携帯端末に左手を伸ばした。

義指の人差し指で液晶画面をタッチし、通話を終える。たったそれだけの行動にも苦労していた。大口を叩いてはいたが、利き手の右手の指を切り落とされ、わき腹は縫合されたばかりだ。カネを奪い返すといっても、歩けるかどうかもあやしい。

それでも、呂が不敵に笑ってみせた。

「あの闇医者、やべえ野郎だな。血のめぐりがよくなって、すっかり頭が回るようになった。もっと早くに知り合ってりゃよかった」

自称医者の腕がいいのは、以前から知っていた。世古が知らぬ間に、設備や薬をさらに充実させていた。流血沙汰が日常茶飯事のアウトローたちのため、傷の手術や縫合だけでなく、輸血までするようになっていた。

世古の隠れ家には、業務用のライトバンでやって来た。クーラーボックスで運んできたのは全血製剤だ。人間の血液に血液保存液《CPD》を加えたもので、四度から六度で保存しなければならず、有効期限は採血後から二十一日と短い。

闇医者ひとりが、用意できるものではない。献血を行う認可法人や系列の病院とつるんでいるか、海外の血液銀行を頼ったのか。ルートは謎だ。

ともかく、危ない橋を渡っているせいか、自称医者は二百万もの金額を請求した。闇金融から奪ったカネで支払わざるを得なかった。

「けどよ、まともな血なんだろうな。あとで性病だの肝炎だのに苦しめられるのは嫌だぞ」

ファンが器に盛った鶏粥を盆に載せて運んだ。盆を布団のうえに置く。

「あとのことなんかどうでもいい。明日を生き残ることだけを考えろ」

「お、こりゃうまそうだ」

呂が左手でレンゲを握ると、ファンが手を伸ばして待ったをかけた。

「訊きたいことがある」

「なんだよ……冷めちまうだろうが。粥は熱さが命だぞ」

「仮に数佐や蔡が裏切らず、おれたちが三億もの大金を持ち帰ったとしたら、約束どおりの取り分を分け与えたか」

「なんだって、今さらそんな話を持ち出す」

呂が眉をひそめた。ファンの目は真剣だった。呂がしぶしぶといった様子で口を開く。

「さっきは数佐から、無鉄砲なアホ扱いされたが、おれだって計算ぐらいはできる。拳銃まで持った腕利きのあんたらと、あの場でドンパチやらかせば警察が駆けつける。通報を受けて、おまわりが現場に到着するのは六分だ。カネを総取りできたとしても、警察に逮捕《パク》られたら意味がない」

　呂は理屈をこねてみせたが、ファンはじっと見下ろすだけだった。呂が根負けしたように息を吐いた。

「多少値切る気ではいた。お前らの仕事にケチつけて、こっちの取り分を増やす算段だ」

　ファンが頬を歪めて笑った。

「シラを切るようなら、粥を顔にぶっかける気でいた。本音が聞けてよかった」

「そりゃなによりだ」

　呂は息を吹きかけてから粥を口に入れた。目を丸くする。

「……うめえ。ファンさん、冷凍の肉とレトルトのメシで、よくこんだけの味が出せるな。塩加減がバッチリだ。あんたはクリーニング工場なんかじゃなく、一流レストランで働くべきだった」

「この国に来たこと自体が間違いだった」

「これから正解にすりゃいい。三億を三等分すれば一億だ。億のカネを故郷に持ち帰れ」

　ファンが呆れたように首を横に振る。

「ヤクザが素直に渡すと思ってるのか。今ごろ、おれたちの口を封じるアイディアを必死に練ってる」

「おれもカネを奪還するアイディアを練ってる」

「どうする気だ」

ファンが怪訝な顔をした。呂が右手に巻かれた包帯で口を拭う。

「そりゃ脅しと暴力だ。おれたちにそれ以外、なにがある」

ファンと世古は顔を見合わせた。

## 23

須藤は船橋市でタクシーを降りた。介護老人福祉施設の『ぬくもりの里　悠々苑《ゆうゆうえん》』の前で。

タクシーは秋葉原の居酒屋を出た先で捕まえた。

秋葉原まで同行していた及川には、家庭の事情を理由に、他の係員と井沢を監視するように命じた。井沢に反旗を翻《ひるがえ》されたことはまだ知らせていない。

入口の自動ドアを潜ると、朝食の焼魚の匂いがした。受付の女性職員に一礼する。

「あら、須藤さん。久しぶりですね」

須藤は苦笑して頭を下げた。

職員に悪気はないのだろうが、たまにしか顔を見せない親不孝者と、皮肉を言われたような気がした。自宅は同じ船橋市内にあるが、面会は一ヶ月ぶりだ。

「今朝の親父、どうですか」

「ああ、今日はちょっと機嫌が悪そうでしたね。朝食を済ませたら、そそくさと部屋に籠もっちゃって……」

女性職員は顔を曇らせて二階を指さした。機嫌が悪いとは、須藤を息子だと認識できそうもないという意味だ。

父は定年を迎えるまで千葉県警に居残り続けた。退官後は再就職先を外郭団体などに天下った他の警官と違い、自力で就職活動をして、タクシー会社に拾ってもらった。以降、十五年もハンドルを握り続けた。

へそ曲がりな男だが、頭も身体も元気だった。五年前に母を亡くしてからも、千葉市内の自宅マンションで独身生活を送りながら働き続けた。

父が認知症を患ったのは二年前だ。七十六歳の誕生日を迎えたころ、慣れ親しんだ千葉県内の道を忘れるようになった。客の行き先どころか、タクシーを運転しながら、自分がどこを走っているのかがわからなくなり、リタイアを決意した。

認知症の進行は速く、タクシー会社を辞めてからは、すぐにひとり暮らしも困難になり、昨年の春にこの老人ホームに入所した。台所で鍋に火をつけたのを忘れ、危うく火事になりかけたことが二度続いたためだ。半年前からは、息子の顔もわからなくなった。

二階に上がって個室のスライドドアをノックした。反応はないが、ドアを開けてなかに入る。

部屋は広々としており、大きな窓から朝日がまぶしいくらいに降り注いでいたが、父はクッション付きの椅子に座ったまま、暗い顔をしていた。

須藤が入ると、父が我に返って立ち上がろうとする。いかにも元警察官らしい大きな身体をしていたが、自分の面倒を見切れなくなってからは、徐々に食が細くなった。椅子からゆっくり立ち上がり、腰を深々と折って最敬礼をする。

「課長、おはようございます！」

「おう、おはようさん」

須藤は上司のように振る舞った。やはり、今日は息子と認識できないようだ。父が若いころに配属された署の地域課長と思いこんでいる。須藤はテーブルセットの椅子に腰かけ、父にも座るように勧める。

父は座らなかった。ひどく緊張した様子で、食器棚から湯呑みをひとつ取り出した。ティーバッグの緑茶を淹れ、お盆で運び、須藤に差し出す。

緑茶をすすった。ほとんど白湯といっていい。しっかり煮出しきってなく、申し訳程度に色がついているだけで、味はほとんどしない。

それでも、須藤は満足そうにうなずいてみせた。

「うまい。ようやく、おれの好みを覚えたな」

「ありがとうございます」

父が盆を抱えたまま、身体をもじもじさせる。須藤は水を向けてやった。

「どうした」

「あの……例の領収書の件ですが」

「書いたのか」

「いえ……。私はなにせ字がえらく下手なものですから。他の者にお願いできませんでしょうか」

須藤を上司と勘違いする日、父は決まってニセ領収書のことを口にした。

――そんなことで悩んでいたのか。わかった。お前が正しい。

これまでは、そう声をかけて、父を楽にしてやった。それで父の機嫌はぐっとよくなった。

じっさいには、お前が正しいなどと言った幹部はおらず、裏金作りを拒む組織不適合者の烙印を押され、左遷されてばかりいた。須藤も小学校を四度も転校する羽目になり、九十九里浜の近くや、房総半島の先端で青春を送った。

父は裏金から出る分配金はもちろん、パチンコ店や飲食店からの付け届けも受け取らなかった。父よりもずっと若い警官が高級車を乗り回し、家族をハワイへ海外旅行に連れて行くのを須藤は見て育った。母も同じだ。山奥の駐在所での暮らしを嘆き、組織に迎合しない父をなじった。

――領収書、書いてよぉ。なんなのよ。うちらがどれだけ肩身の狭い想いしてるか、わかってるの？

泣きながら懇願する母の姿を、何度目にしたかわからない。

須藤は高校を卒業すると、警視庁の採用試験を受け、父と同じ職業を選んだ。ただし、父とは正反対の人生を歩んだ。父がやらなかった分を補うように、大量のニセ領収書をつくり、上司や署長が異動となれば、多額の餞別を贈って顔を覚えてもらった。

所轄の警備課長になると、カラ出張やカラ警乗でカネを作り、大学出のエリートたちを接待した。なかには須藤すらも鼻白むほどの強欲な幹部もいたが、いつだってイエスと答えてみせた。

おかげで高卒にもかかわらず、四十後半で警視にまで昇り、奥の院である警務部に配属された。八神の件が成功すれば、退職までには警察署の署長にでもなれるかもしれない。

今日はいつものように、お前が正しいとは言わなかった。

「どうして書かない。組織の運営のためだろうが」

　父は身体をブルブルと震わせた。お盆をきつく抱きしめている。心を鬼にして問いつめる。

「字が汚いだと？　言い訳になるか」

「で、ですが、あれは……。私文書偽造です。公金の横領にもあたるじゃないですか」

　仕事を放りだして、一体なにをしているのか。

「円滑に組織を運営するために必要なんだ。警察学校を首席で卒業したお前だ。決してわからぬ理屈じゃないだろう。現に会計課長も副署長も、署長までがカンカンだぞ。上に逆らうのは、お前のためにもならない」

「円滑ですって？」

「そうだ」

　父の震えがぴたりと止まった。厳しい顔つきに変わる。

「私はまだ若輩者ですが言わせてください。円滑な運営ですって？　冗談じゃない。あのカネは、いわば署長たちへの上納金じゃないですか。今度の異動で、署長には餞別にいくら包む気ですか。三百万ですか、四百万ですか」

「言葉が過ぎるぞ」

「いいえ、言わせてください」

父の勢いは止まらなかった。目に涙を溜めながらつめ寄ってくる。

「みんなでせこせこニセ領収書を書いているのに、それでプールされたカネはどこに消えてるんですか。先輩たちのなかには、身銭を切って捜査している者もいるんです。円滑な運営というのは、あなたら上の者にベンツ買わせることを言うんですか」

「いい加減にしろ」

それでも父は続ける。

「百歩譲って、カネが捜査費に回るならいいです。それがなんで――」

「もういい」

須藤は立ち上がって父を抱いた。父の股間は小便で濡れていた。

父が声をあげて泣きだした。

「なんで、なんで……」

泣き叫ぶ姿を見たのは、母が死んだとき以来だ。

「私は警官です！　警官なんです」

職員らが何事かと個室に入ってきた。彼らといっしょに、父をベッドに寝かせた。

父は歯を食いしばって怒りに震えていた。落ちつかせるのには骨が折れた。

父の本音を知りたくてここを訪れた。腹いっぱい聞かせてもらった。できれば、この人のように生きたかった。

トイレに寄って、スーツに付いた父の小便を、濡らしたハンカチで拭った。井沢の恋人の言葉を思い出す。

――これで過去とケジメをつけられる。

その意味を、今になって理解できたような気がした。

ポケットの携帯端末が震えた。及川からだった。電話に出ると、彼は緊張した声で言った。

〈井沢《マルタイ》の様子がどこか変です。やけに険しい顔で上野署を飛び出していきました〉

すぐに合流すると告げて電話を切った。

「八神瑛子」

彼女が動いているのだと悟った。

## 24

世古は双眼鏡を覗いた。

アスファルトで固められた大駐車場が見える。平日の午前中とあって、まだ五割程度しか埋まっていない。

彼がいるのは越谷市の巨大ショッピングセンターだ。アジア有数の売り場面積を誇り、二棟の商業施設とアウトレットモールが町の一角を占めていた。世古は駐車場の一角を見渡せる歩道橋にいた。八潮市のウィークリーマンションを出ると、約十キロ離れたショッピングセンターに移動していた。

駐車場はあちこちに分かれているが、合計すれば一万台の車が停められるほどの敷地を有する。世古が監視しているのは、アウトレットモールの前にあるRゾーンと呼ばれるエリアだ。

心臓が大きく鳴った。一台のSUVがRゾーンに入る。目をこらすと、ハンドルを握る数佐が見えた。ひとりで来たようだ。

「入ったぞ」

携帯端末でファンに伝えた。ファンが静かに答える。

〈了解〉

Rゾーンの北側には、呂のヴェルファイアが停まっていた。車内にはファンと呂がいる。彼らもSUVに気づいたようで、ドアを開けて外に出る。ふたりともキャップとマスクで顔を隠している。SUVに随行する車両は見当たらず、覆面パトカーらしき車もない。

呂は朝を迎えてから、改めて数佐に連絡を取った。受け渡し場所と時間を訊いてくる数佐に、呂は挑発を繰り返しながら、彼を引っ張り回した。

――んなことは、おれたちが自由に決める。若頭《カシラ》、あんたはひとりでドライブを楽しんでもらう。おれたちのナビゲートに従いながらな。怖い手下をひき連れて、またおれたちを嵌めようとしたら、その時点で終了だ。あんたの親分に報告させてもらうぜ。千波組には任俠道もへったくれもなく、弟分を殺してカネを奪うような腐れ外道がいるとな。

ヤクザどもが、始末しそこねた野良犬にエサを与えてくれるとは思っていない。

SUVを運転する数佐には、三郷市のロードショップや草加市の総合病院に向かわせた。さんざん引っ張り回しては、呂たちを消そうとするヤクザの有無を入念に確かめ、越谷のショッピングセンターに呼びつけた。ファミリーやカップルで賑わう場所では、拳銃や日本刀をふりかざすわけにはいかないはずだ。

SUVがヴェルファイアの隣に停まった。ファンが作業着の懐に手をやり、いつでも拳銃を抜き出せるようにしていた。

ジャージ姿の呂が、手を大きく広げて数佐を出迎える。歩けるのがやっとのケガ人だが、闇医者からもらった鎮痛剤と、ポケットに入れていたコカインを鼻から吸引し、ドラッグの力を大いに借りていた。包帯だらけの右腕で胸を叩くなど、健在ぶりをアピールしている。

数佐もSUVの運転席から降りた。すかさず、ファンがぴったりと寄り添い、SUVの車内を確認する。

数佐は無表情だった。スポーティなゴルフウェアを身に着けていたが、岩のようなごつい身体と鋭い目つきは相変わらずだ。腕利きのベトナム人と危険な中国人マフィアと対峙しても、怯む様子をまるで見せない。淡々とリアドアを開け、荷台のふたつのキャリーケースを見せた。世古らが使用したものとは違う色をしていた。

世古は商業施設の屋上駐車場や通路を見やった。数佐も尻に火がついている状況であり、なんとしてでも呂たちの口を封じたいと思っているはずだ。狙撃や車両特攻を仕かけそうな人物がいないか確かめる。

再び数佐たちを見た。数佐が荷台のキャリーケースを開けた。世古には中身までは見えない。呂が手を突っこみ、札束をパラパラとめくるのが見える。呂がふたつ目も開けさせ、カネの中身を確かめた。ひとまず、数佐はカネを持参したようだ。

呂が数佐にふたつのキャリーケースを運ばせた。隣のヴェルファイアの荷台に積みこませる。

カネの受け渡しは無事に済んでいるように見えた。数佐にカネを運ばせ終わると、ファンがあたりを見渡してから、膝にローキックを見舞った。音までは聞こえないが、加減のない回し蹴りだ。周囲には人がたくさんいるが、ファンのすばやい動作に気づいた者はいないようだ。素手喧嘩《ステゴロ》を得意とする数佐でさえも、ファンの蹴りはかなり効いたらしく、がくりと膝をついた。呂がSUVに近づき、刃物でタイヤを裂く。

ふたりは追って来られないように細工を済ませると、急いでヴェルファイアへ乗り込んだ。駐車場を徐行するコンパクトカーやセダンを蹴散らすように走り、商業施設のまん中を走る東埼玉道路に出る。世古も歩道橋を駆け下りる。

ヴェルファイアが歩道橋の下で急ブレーキをかけた。後ろを走っていたタクシーがぶつかりそうになり、老運転手が窓を下ろして怒鳴り声をあげる。世古は歩道に降りて、ガードレールを飛び越え、ヴェルファイアに乗りこんだ。

後ろのタクシー運転手がクラクションを派手に鳴らしたが、無視してヴェルファイアはスピードを上げた。商業施設から遠ざかる。

助手席の呂が叫んだ。

「どうだ、カネを奪い返してやったぜ。おれの脅しがかなり効いようだな！」

もともと、怖いもの知らずの狂犬だが、コカインをキメたせいだろう。瞳孔が開き気味の危なっかしい目つきをしている。

呂が運転席のファンを称えた。

「いいキックだったぜ！　胸がすっとしたよ。トドメに野郎の喉を掻っ切ってやりたいが、それは次の機会に取っておこう」

「バカを言うな」

世古はセカンドシートに座って諫めた。

後ろのサードシートが折り畳まれ、ふたつのキャリーケースがすっぽり入るほどのスペースができている。留め金を外して、再び開け放った。

ファンの運転は荒っぽかった。信号を平然と無視し、ろくに速度を落とさずに交差点を曲がった。そのたびに、ドアや窓に身体をぶつける。

なかには、斐心組から奪ったカネが、たしかにつまっていた。消火器の粉末や血のシミがついたままだ。キャリーケースをひっくり返して、荷台のうえに札束をばら撒いた。骨折した右腕が目もくらむほどの痛みを訴える。

呂が目を剝いた。

「おいおい、おっさん、なにしてんだ」

「おれたちのような死にぞこないの脅しに、びびるような相手じゃないってことだ」

空っぽになったキャリーケースの内部に触れた。中仕切りに小さな膨らみがある。ヒップポケットから折り畳みナイフを取り出し、中仕切りを切り裂き、手を入れてみると黒い塊が触れた。もっぱら探偵やストーカーが使うアイテムだった。消しゴムよりも小さいが、リアルタイムに居場所を伝えるＧＰＳ発信機だ。

呂が額をぴしゃりと叩いた。

「やっぱり、素直によこす気はねえか」

もうひとつのキャリーケースを開け、やはり中身を荷台の床にぶち撒けた。消火器の粉末と紙幣の臭いがし、斐心組を襲ったときの記憶が蘇る。凍てついた表情の甲斐がちらつく。

数佐はカネをただでは手放さなかった。血と火薬の臭いでむせかえるような戦いが、また待っているのだ。胃が何千本もの針で刺されたように痛む。やはり、もうひとつのキャリーケースからもＧＰＳ発信機が見つかった。それらを窓から放り投げる。

国道や県道といった道を避け、ヴェルファイアはひたすら南下し、草加市を通り過ぎて都内に入った。足立区入谷の工場地帯が見えてくる。物流の拠点地域とあって、倉庫や工場、資材保管所がある。

近くに世古らもすでに知っているヤードがある。呂が所有していたもので、鉄くずや中古のバッテリーといった部品にまぎれ、大量の武器を隠している。

世古は舌打ちした。後ろには、ヴェルファイアと同じく速度制限を無視した単車が走っていた。

# 25

「あの……座席倒して、横になっててください。うちらがしっかり見張っときますんで」

運転席の井沢が労《いた》わってくれた。瑛子は微笑んでみせた。

「ありがとう。この事件《ヤマ》が片づいたらね」

「だいたい、水臭いですよ。ひとりで中国人マフィア《チャイマ》の口をこじ開けに行くなんて」

「風呂に入っておとなしく寝ようとしたんだけど、なんだかじっとしてられなくて」

「おれたち、姐さんが過労死するんじゃないかって、いつもハラハラしてるんですよ。なあ？」

井沢が後部座席の花園に声をかけた。花園も同意するようにうなずく。

浦和にいた蔡から、呂のアジトを残らず聞き出した。日本を離れる予定だが、まだ売却していない不動産や未解約の物件が首都圏にいくつかあった。知人の華僑に売却したものを合わせると、かなりの数に上る。上司の石丸に、暴力団の襲撃事件を計画したのは福建マフィアの呂子健であり、裏には数佐組が絡んでいることを伝えた。

情報はすでに警視庁本部や埼玉県警にも共有され、雲隠れした呂や世古を確保するため、多くの捜査員が呂のアジトを監視し、捜索令状の作成に勤《いそ》しんでいる。瑛子たちも呂のアジトのひとつを見張っていた。

平井の元レンタル店の血痕が呂一派と数佐組が衝突して残されたものだろうとも、瑛子は報告している。

警視庁は、数佐組や上部団体の千波組の事務所や関連施設に、大量の武装警官を動員して警戒にあたらせた。今回の黒幕と思しき数佐本人は組事務所や自宅にいる様子はなく、未だに消息は摑めていなかった。

瑛子は井沢をじろじろと見つめた。

「あなたこそ、今日はやけに元気すぎる」

「そうすか？」

「元気なのとも違う。なにかあったでしょう。もしかして、仲が戻った？」

小指を立ててみせた。

「うっ」

井沢の目が泳いだ。図星だったらしい。ふいに真顔になる。

瑛子は花園に眠気覚ましのガムとコーヒーを買ってくるように命じた。空気を察した花園はミニバンを降り、近くのコンビニへと駆けていった。

瑛子は水を向けた。

「あなたはあなたで、最近は激動の日々だったみたいね」

井沢が内ポケットに手を伸ばし、なかから白い封筒を取り出した。表には汚い字で辞表と記されてある。

思わず目を見開き、彼の意図を汲み取ろうとした。

「富永署長？」

彼は首を横に振ってうつむいた。

「人事一課《ヒトイチ》でした。連中にキンタマ握られて」

井沢が打ち明けた。

監察官の須藤から、恋人の咲良の過去をネタに脅され、瑛子を追い落とせる情報を集めるよう命じられたと。

コワモテの刑事も震え上がる監察係は、公安出身者で構成されており、調査対象者を徹底して洗うのを得意としている。瑛子を追い落とすため、井沢をスパイにしようと企んだらしい。

一年前、瑛子は雅也殺しについて捜査を進め、大物ＯＢを追いつめた。結果、警視庁や警察庁の人事にまで影響を与え、新たな派閥争いの火種を生んだ。

警視庁内には瑛子を危険分子として排除に動いているという情報を摑んでいた。瑛子自身は監視されてもボロを出さないように気を配っていたが、井沢の恋人にまでは目が行き届かなかった。

瑛子が英麗の汚れ仕事を引き受けているようだと、井沢は須藤に報告してしまったという。

「甲斐の死で思い返しました。姐さんは警察《カイシャ》に絶対いるべきだって。咲良にもどやされました。なんでもっと早く相談しなかったのかって」

「で、辞表を書いたわけね」

井沢が思いつめた顔で言う。

「本当は指でも詰めようかと思ったんですけど、ヤクザじゃあるまいし。ケジメつけるには、全部打ち明けたうえで、警察《カイシャ》辞めるのが一番だと思ったんですけど……」

「ふーん」

ジャブのように腕を素早く伸ばし、井沢から封筒を奪い取った。

「あっ」

「きったない字。こんな紙切れひとつで、ケジメつけられると思ってんの」

封筒を細かく引き裂いて、井沢の胸ポケットに押しこんだ。

「それならどうしたら。警棒で滅多打ちとか……」

「それこそヤクザじゃあるまいし。決まってるでしょう。まずは咲良さんを幸せにすることよ。コーチだって辞めさせたりはしない」

「でも、どうやって」

「スパイ工作が得意なのは、こっちだって同じ。警視庁《カイシャ》には偉い柔道家がいっぱいいるんだし。その人らのキンタマを早々に握って、大学には寛大な対応をしてもらいましょう」

「それで、おれのほうは……」

「なにも。今までどおりよ」

井沢は困ったように顔を歪めた。

「なによ。マゾじゃあるまいし。人事一課《ヒトイチ》に届したって言っても、たった二日かそこらの話でしょう。けっきょく、私に打ち明けてるし」

「そうは言っても――」

「裏切ったことにはならない。あなたは充分苦しんだ」

井沢の顔を見つめる。彼は目を潤ませた。

本心だった。一途な井沢のことだ。一歩間違えていれば、自殺でもしていたかもしれない。

裏切られた想いはなく、むしろ井沢に対して謝りたかった。まっとうな刑事とはいいかねる自分とつるんでいるために、監察係に目をつけられる羽目になった。咲良との将来を考えれば、八神金融からも足を洗わせなければならない。

警視庁の力関係についても考えた。彼女が手がける金融業のおかげで、所轄の交番警官から、本庁に出向しているキャリアまで、幅広く情報提供者を飼っていた。身を守る意味でも、警察内部の政治に通じていなければならなかった。

須藤という監察官は初めて知る。上司は加治屋という首席監察官で、今や時の人となった能代の腰ぎんちゃくだ。

瑛子自身はどの派閥にも加わっていない。大物OBを追いこみ、結果的に能代英康が出世を果たし、ライバルたちが出世レースから脱落した。瑛子や署長の富永は、能代派の兵隊と見られている。

今回の監察係の調査には、上層部の暗闘が絡んでいるのだろう。おかげで、咲良のような無関係な人間が被害を受けた。加治屋を含めた監察係には、きちんとケジメをつけさせなければならない。

井沢が洟をすすった。

「すみません……すみません」

「泣くのは禁止。どうやら的中したみたいだから」

井沢が顔を強張らせた。鼻水を垂らしながらも、刑事の顔つきに変わる。

派手に唸るエンジン音が聞こえた。それも一台ではない。単車も混じっているようだった。

瑛子らがいるのは、足立区入谷の工場地帯だった。ここには呂の武器庫があると、蔡から聞き出している。

狂犬と呼ばれる呂なら、数佐とやりあうのではないか。甲斐を殺した連中のツラを拝むため、数ある彼のアジトのなかからここを選ばせてもらった。

どうやら正解のようだった。一台のヴェルファイアが火の玉みたいな速度でやって来る。その後ろには、競いあうかのように走るビッグスクーターと中型バイクがいた。

## 26

ファンがヤードの出入口でブレーキを踏んだ。タイヤが派手な音を立てる。

座席にしがみついた世古は、ヴェルファイアを降りると、出入口の門扉に手をかけた。

出入口は大型トラックが通れるほどの大きさのため、スライド式の鉄製の門扉も横幅があり、片腕しか使えない世古には骨の折れる作業だ。

門扉を開け放ち、ヴェルファイアをなかに通した。世古は追尾してきた単車を見やった。

フルフェイスのヘルメットをかぶったライダーたちは、離れた位置に停まる。

世古は息を呑んだ。ライダーたちが止まった。十人乗りの大型ヴァンと、十トンダンプが姿を現す。門扉を閉める暇はない。再び単車がエンジン音を轟かせ、世古に迫ってくる。ヤード内をまっすぐ走った。テニスコート四面ほどの広さだが、スクラップやバッテリーの山がそこかしこにあり、機械オイルや錆びた鉄の臭いが充満している。

奥には小さなプレハブ小屋があり、ヴェルファイアを降りた呂とファンがなかに入っている。世古も小屋を目指し、肺や心臓が悲鳴をあげるのもかまわずに走った。

振り向くと、二人乗りのビッグスクーターが見えた。ぐんぐんと近づき、タンデムシートに乗った男が拳銃を世古に向けてくる。

派手な音がした。銃声に似ていたが、弾丸は飛んでこなかった。ビッグスクーターの破片らしきものが飛び散ってくる。ライダーらは空中に放り出された。ソ連製の地雷だ。骨董品と思われたが、きちんと爆発した。ひどい耳鳴りがする。

息を切らせて、プレハブ小屋に飛びこんだ。呂が両手にナイフを握ってはしゃいでいる。

「見たか！　ヤクザどもの飛びっぷり。ちくしょう！　録画しておけばよかったぜ。YouTubeにアップしたら、けっこうなカネになったかもな！」

「小屋を出ろ！　やばいのが来る」

プレハブ小屋には、武器が豊富に揃っていた。

拳銃やライフルといった銃器に、日本刀や青竜刀などの刀剣類だ。取引がこじれたさいは、ここで数佐組を追い払う計画を立てていた。死にぞこないの三人だが、戦争ができそうなほどの物量で迫れば、尻尾を巻いてくれるものと期待したが、そう簡単にはいきそうにない。

呂とファンもダンプを見て顔を強張らせた。大型ヴァンと中型バイクはヤード内に侵入するも、ダンプに道を譲るようにして脇にそれて停まる。

「呂布はどっちだよ……。クソッタレが」

呂が目を剝いた。

ダンプを運転しているのは数佐だ。ディーゼルエンジン独特の音を響かせ、速度をあげて突進してくる。世古らはプレハブ小屋を飛び出る。

ダンプがプレハブ小屋に突っこんだ。地雷とは異なる轟音がし、埃や土煙がもうもうと上がる。轢き殺されずには済んだが、砦となる予定だったプレハブ小屋は原形を留めていない。プレス機で押し潰したようにぺしゃんこだ。

ダンプもフロントガラスが砕け、バンパーがひしゃげていたが、数佐はケガを負った様子はない。白鞘の日本刀を握ってダンプから降りてくる。

大型ヴァンからは、戦闘服を着た者たちが飛び出してきた。数佐が鞘を払って命じる。

「三分でカタをつけろ。警官《ヒネ》が来る前にずらかれ」

拳銃やドスを手にした者が、わめき声をあげながら世古らに向かってくる。ヤード内には数個の地雷が仕かけられている。

爆発がまた起きた。ひとりが脚を吹き飛ばされながら宙を舞う。

「上等じゃねえか！」

呂が両手をダクトテープで巻き、二本のナイフを取り落とさないように固定していた。とんでもない厄ネタのケツを嗅いでしまったものだと、世古は改めて思いながら折り畳みナイフを手にする。

ファンがヴェルファイアを遮蔽物にし、組員たちを次々に撃った。弾を命中させるものの、相手も防弾ベストを着こんでいるらしく、激痛で地面をのたうち回りながらも応射してくる。

世古らも弾薬はたくさん抱えていたはずだが、ダンプが補給を無慈悲に断った。数佐は相変わらず喧嘩上手だ。

「世古」

数佐が日本刀を中段に構えた。柔術と剣術に長けた武道家であり、剣を握る姿は堂に入っていた。顔は苦渋に満ちている。

「戻ってくれれば、足など洗わせなかった。組のために働いた人間を、千波組《うち》は厚く遇する」

「よしてください。おれは目先のカネ欲しさに、かつての仲間も殺した外道です。あんたも目先のカネ欲しさに義弟を襲った外道だ。あの数佐周作ほどの侠客をも腐らせる。そんな業界はまっぴらですよ」

「お前にはわからない」

数佐が間合いをつめて日本刀を振った。

世古の目には追いきれず、左手首に熱い痛みを感じた。左手ごと折り畳みナイフが地面に落ちた。左手首から血があふれ出る。

身体が右に傾き、身体から力が抜ける。

「ファンさん！　ファンさんいるか？」

数佐を見すえながら尋ねた。

「今、助けにいく！」

ヴェルファイアの陰から声がした。耳鳴りがひどかったが、声はかろうじて聞こえる。

「いいや、来るな！」

昼だというのに、視界が夜みたいに暗くなる。

「先にズラかれ。恋人にパクチーとフルーツをどっさり買ってやれ。あとで駆けつける！」

数佐の背後で、呂が躍っていた。

組員たちに撃たれて、身体中に穴を穿《うが》たれているが、大量のコカインによって痛覚が麻痺しているのか、血をまき散らしながら組員たちをも切り裂いている。

「待ってろ！　今いく」

またファンの声が聞こえた。

「来るな！　マイさんはお前しか守れない。いっしょに食堂を開くんだ」

ファンが動くのが見えた。

ヴェルファイアの陰から飛び出し、二メートルはあるヤードの外壁に手をかける。組員たちが発砲するが、外壁にあたるだけだ。やはり彼の身体能力は大したものだ。瞬く間によじ登り、外壁を乗り越える。

ファンに見とれていた。数佐に視線を戻すと、日本刀が迫っていた。

首の皮膚に冷たさを感じると同時に、視界が真っ暗になった。痛みはない。数佐も大した腕だった。

## 27

須藤たちは戦慄した。

地面が揺れるほどの爆発音だ。運転席の及川が頭を抱える。

船橋の老人ホームを出ると、井沢を追跡していた及川らと合流した。井沢が八神とともに、足立区にあるヤードを監視していた。暴力団事務所襲撃事件の容疑者が所有するアジトだという。

八神らの読みが当たった。容疑者と思しき男たちが現れたが、千波組系のヤクザが車両特攻をしていた。拳銃の発砲音だけでなく、爆発音も轟いた。八神らも警察車両から飛び出すと、迷うことなくヤード内へと入っていった。

再び爆発音がした。須藤らのミニバンはヤードの傍に停めていたが、外壁を越えて金属片が降り注ぎ、サイドウィンドウに赤いなにかが貼りついた。

「ひっ」

氷の女の明菜も悲鳴をあげた。人の肉片だった。サイドウィンドウに血がこびりつく。

及川が訴えた。

「い、いったん、離れましょう。じきに応援が来ます」

それを無視して尋ねた。

「お前ら、拳銃は持ってきてるか？」

「そんなもの、ないですよ」

明菜が声を震わせた。

「やっぱりないか」

　私服警官で常に拳銃を携行しているのは、せいぜい機動捜査隊ぐらいだろう。拳銃を握る機会などめったにない。須藤も丸腰だ。持っていたのは、井沢を小突くための特殊警棒ぐらいだった。

須藤はミニバンに落ちていた週刊誌を手に取った。ベルトの内側に突っこんで防具代わりにする。

明菜が目を丸くした。

「須藤さん、一体なにを」

「応援しに行くんだよ。調査対象者《マルタイ》がくたばったら、元も子もないだろう」

「バカな。八神に知られますよ。我々の任務は――」

須藤は苦笑した。

「とっくに知られてるんだよ」

スライドドアを開け放ち、ミニバンから降りようとした。明菜に腕を摑まれる。

「だったら、なおさらです。八神が二階級特進《にとくしん》でもすれば、あるいは障害でも負えば、加治屋さんは満足するはずです」

明菜は必死だった。彼女も須藤と同じだ。のし上がるためなら、なんでもやるタイプだ。

彼女の言い分は、ある意味正しい。今までの須藤なら同じ意見を口にしただろう。警官の仕事とは、上を満足させることだと思っていた。

「アホな上司を持ったと諦めてくれ」

「急になんなのよ！」

彼女の腕を振り払い、ヤードの出入口へと駆ける。

ヤクザたちが、ヤードの外へと飛び出してくるかもしれない。轟音の連続と人間たちの怒号を耳にし、周りの工場労働者が外にぞろぞろと出てきている。

警察手帳を掲げて、ヤードに近づく人々に叫んだ。

「危険です。外に出ないで！　屋内に避難しててください。銃弾が飛んできます。外に出ないで！」

すぐに息が切れた。声掛けの効果があったのか、人々がヤードから遠ざかった。特殊警棒を握って出入口を通る。

全身が震えた。想像以上の惨状だった。ダンプカーがプレハブ小屋を潰し、ビッグスクーターが黒煙をあげて燃えている。戦闘服姿のヤクザたちが血にまみれながら戦っていた。あるいは脚だの指だのを失って、地面をのたうち回っている。

ヤクザたちに狙われているのは、包帯だらけの小男だった。銃弾で蜂の巣にされ、両目も耳も切り裂かれていたが、それでもナイフを振り回している。背恰好からして、襲撃事件の主犯格である呂子健と思われた。警視庁が目の色を変えて追っているお尋ね者だ。

井沢や花園が空に向けて威嚇射撃をしていた。それでも血に興奮しきったヤクザたちは、武器を捨てようとせずに襲いかかった。ふたりは特殊警棒で殴り、あるいはヤクザの足を撃った。

八神はダンプの近くにいた。血に濡れた日本刀を握った初老のヤクザと対峙している。千波組の数佐周作だ。

全身の毛が逆立った。数佐の足元には生首が転がっていた。襲撃事件の実行犯である世古だ。首から切り離された胴体からは、ポンプのように血が流れ出している。

数佐はゴルフウェアを返り血で汚し、まるで地獄の鬼のようだった。八神は怯まずに特殊警棒と拳銃を持って対峙している。

「数佐周作、殺人の現行犯で逮捕する。武器を捨てなさい」

八神が告げた。数佐が表情を消したまま、日本刀を正眼に構えていた。すさまじい殺気が、須藤にまで届いた。

須藤も大声を張り上げた。

「お前らは包囲されている。抵抗しても無駄だ！　武器を捨てろ！」

数佐はびくともしなかった。

ヤクザのくせに、雑念を消し去った剣豪のようだ。八神は拳銃を持っているが、ふたりの間は三メートルほどしかない。危険な距離だ。八神も剣道三段の腕を持つらしいが、私服警官用の特殊警棒ではいかにも頼りない。井沢たちは組員らを制圧するのに必死だ。

数佐が動いた。思いがけない行動だった。日本刀を逆手に持ち替え、剣先を自分の腹に向ける。

八神も俊敏だった。数佐に襲いかかり、特殊警棒を手首に叩きつけた。

切腹を試みた数佐だったが、八神の一撃で切っ先が逸れ、わき腹を傷つけるだけだった。

数佐は雄叫びをあげ、八神に前蹴りを喰らわせた。彼女は顔を歪めて地面を転がる。

再び数佐は日本刀を腹に向けた。同時に須藤が走り、足にタックルをした。数佐とともに倒れる。

日本刀を奪い取ろうと、刃ごと両手で摑んだ。掌に鋭い痛みが走る。覚悟を決めて強引に引っ張った。

八神も突進してきて日本刀の柄を摑んだ。二人がかりで、数佐のごつい手から日本刀をもぎ取った。

「抵抗するな！」

須藤はむしゃぶりついた。掌の血を数佐の顔に塗りたくると、彼はようやく顔をしかめた。その間に八神が彼の手首をひねって手錠をかける。

彼女が困惑した表情になる。

「あなた、須藤監察官？」

「ああ」

「なんでこんなところに」

井沢たちが血みどろになりながらも、ヤクザたちに手錠をかけていた。呂は息絶えたのか、倒れたままぴくりとも動かない。

ヤードの出入口には、サブマシンガンを持った武装警官が集結していた。

「おれにもわからん」

首を傾げてみせた。

須藤の出世の道は断たれた。これからは父と似たような警察人生を歩むだろう。

警視庁に奉職してから、三十年近い月日が経つ。ようやく本物の警官になれた気がした。

## 28

瑛子はスカイラインを走らせながら、携帯端末のイヤホンマイクで会話をした。

「やっぱり、マイさんは故郷に戻ったのね」

〈ただでさえ、体調がよくなかったうえに、彼氏があんなことをしでかして超有名人になっちゃった以上、とてもじゃないけど働けるようなメンタルじゃなかった。警察やマスコミもべったり貼りついていたし〉

電話相手の英麗はため息をついた。

足立区で起きた騒動の後、マイの居所はすぐに割れた。同胞が暮らす三郷の団地に匿《かくま》われていたが、夜の蝶として活躍する可能性はゼロに近かった。英麗はコレクションに加えるのを断念した。

マイの恋人であるファンが、連続強盗などの容疑で指名手配の対象となったからだ。暴力団からも追われていると知り、彼女は強いショックを受けた。ファンをよく知る人物として、マスコミの取材攻勢にも遭い、警察の監視下に置かれた。体調をさらに悪化させ、三郷市内の病院に入院している。

斐心組襲撃事件から五十日が経った。斐心組は組長の甲斐と組員ひとりを失い、襲撃の糸を引いた数佐組は、平井の元レンタル店と足立区のヤードで、十三名の組員が命を落とす羽目になった。

襲撃を計画した福建マフィアは、リーダーの呂子健を含めて五名が死亡した。実行犯の世古とカルマを加えると、合計二十二名の命が失われたことになる。負傷者や逮捕者は数えきれないほどだ。事件後は、テレビもネットも彼らの話題で埋め尽くされた。

足立区のヤードから脱出して以来、ファンの消息は現在も不明のままだ。

「多額の借金を抱えて、おまけに深い傷まで負って。故郷に帰っても、どうやって生きていくのか」

雨に濡れたフロントウィンドウを、ワイパーが高速で拭い取った。今日は朝から荒れた天気だった。

瑛子は、病床のマイに何度か事情聴取を行っている。本来なら、彼女を英麗に紹介するはずだったが、目的はすっかり変わってしまった。

マイは襲撃事件について、なにひとつ知らなかった。共犯者である世古とは面識があった。体調不良にあった彼女を見舞い、たくさんのフルーツや栄養ドリンクを差し入れてくれた優しい男だったという。ファンとも打ち解けあった様子で食卓を囲んだと証言した。

〈心配いらないと思うけど〉

「どうして？」

〈マイさんの借金なら、もう消えたわ〉

「あなたが払ってくれたの？」

〈なんで私が払うの〉

「そうよね」

〈ベトナムにいる同胞から聞いたの。マイさんが借金してたブローカーのところに、ある日突然大金が届いたそうよ。なぜかネパールから〉

ハンドルを握り直した。ネパールといえば、ファンの共犯であるカルマの故国だ。ファンら襲撃犯は、斐心組から三億を超えるカネを強奪している。足立区のヤードで現金が発見されたものの、一千万円ほど足りなかった。ファンが逃亡のさいに持ち去ったものと思われた。そのカネで国外へと脱出したのか。

〈生粋の猟犬のあなたでも、ネパールくんだりまでは追いかけられないでしょう〉

「いいえ。きっと捕まえる」

迷いなく言い放った。カーブが続く山道を上り、目的地である八王子の墓地の駐車場に入った。

「その前に、ケジメをつけさせなきゃいけないやつがいる。そっちが先」

英麗が呆れたようにうなった。

〈あなたって、本当に救いようのないジャンキーよ。まったく〉

＊

瑛子は坂道を上った。

八王子の墓地は雨に濡れていた。梅雨の悪天候が続き、地面もだいぶぬかるんでいる。平日の雨の日とあって、瑛子が訪れたとき、駐車場には車が一台しかなかった。

傘を差しながら、花束とバッグを持って、甲斐に会いに行く。昨日が納骨式だ。彼が眠る墓は、白や紫の花で埋め尽くされていた。

そこは生前の彼がよく通っていた場所でもあり、有嶋組長の妻と娘の向谷香澄の墓でもある。

甲斐には家族がいない。父親は誰かわからず、母親は都内の施設に幼い彼を残して姿を消した。有嶋は彼の遺骨を、娘と同じ墓に入れ、ともに過ごせるように取り計らった。

墓の前には、その有嶋が佇んでいた。傘を差した若者をひとりだけつけ、喪服姿で頭を下げて念仏を唱えている。

長くはないものと思われたが、事件後の彼は驚異的な回復を見せた。豊かな白髪がごっそりと抜け、トレードマークの白髭も剃り、見た目は別人と化していたが、甲斐の死のときに目撃したときよりもふくよかになり、顔色もよくなっている。背筋を伸ばして祈る姿は威厳と力を感じさせる。

　有嶋が口を閉じ、墓と向き合った。若者が瑛子に気づいて有嶋に耳打ちする。瑛子が目礼すると、彼は軽くうなずいて、再び仏の名を唱えた。

　瑛子は花束を供え、線香をあげた。雨で火が消えないように傘で守る。冷たい雨が頭に降り注いだが、静かに両手を合わせた。

　甲斐との再会は五十日ぶりだ。千波組が所有するホールで、葬式が営まれたが、瑛子らは集まる組員のボディチェックと監視に追われた。四十九日法要や納骨式も同じだった。会いに来るのが遅れたのを詫びつつ、五分ほどかけて冥福を祈った。

　有嶋が念仏を唱え終えたところで声をかけた。

「彼をこの墓に納めてくださって感謝します。ありがとうございます」

「あんたから言われるスジはねえが、気持ちは受け取っておこう。あいつがここを頻繁に訪れていたのは知っていた。香澄と安らかにやってくれてるといいんだが」

「そうですね」

　彼がハンカチを差し出した。首を横に振って、バッグに手を入れる。

「あなたがくたばれば、もっと安らかに眠れる。そうでしょう、有嶋親分」

バッグからリボルバーを取り出した。若者が血相を変えて、懐に手を伸ばしたが、有嶋は腕をあげて制した。

「そいつはなんの真似だ」

「今度の件、あなたが絵図を描いた。そうでしょう？」

「数佐がそう言ったのか」

「いいえ。未だに完全黙秘《カンモク》を貫いている。たぶん、死ぬまで口を開く気はないでしょう」

撃鉄を起こして、銃口を有嶋の眉間に向けた。

「外せ」

有嶋は若者に命じた。彼はためらったが、親分に睨みつけられると、傘を有嶋に渡して墓から離れた。

「そうだろうな。数佐も甲斐も一途なやつだ。おれの自慢の子分たちだよ」

有嶋に怯む様子はない。瑛子を静かに見つめるだけだった。

「まるでリア王ね。愚かな企みのおかげで、娘だけじゃなく、優秀な子たちまでみんな亡くした」

トリガーに指をかけ、有嶋の目を見極めた。

彼の瞳に光はない。身体こそ回復傾向にあったが、目には絶望的な暗さのみがあった。彼は深々とため息をついた。

「策士策に溺れるというやつだ。この世でおれほど愚かな老いぼれはいねえだろう」

千波組の内紛は、メディアを大いに沸かせた。若頭の数佐が不良外国人を使って弟分を殺害。事務所から大金を略奪した。侠客と謳われた数佐の行動に、週刊誌やワイドショーは、いよいよヤクザ絶滅時代の始まりと書き立てた。警視庁も、数佐が目障りな弟分を嵌めるために謀略を練ったと見ている。

瑛子の見立ては違った。数佐はやはり寝技を好まぬ極道であり、東京一の子分と称えられるほどの男だった。

瑛子が春にここを訪れたとき、有嶋の妻の月命日に墓参する数佐を見た。目先の欲に駆られるような外道であれば、くたばりかけの親分の妻の供養のために、わざわざ八王子くんだりまで足を運んだりはしない。

足立区のヤードで、日本刀を構える数佐と向き合った。彼は自決を試みたが、それは生き恥をさらすのを避けるというより、あえて自分が泥をかぶるためにやったとしか思えなかった。つまり、有嶋を守るためだ。

瑛子は冷たく告げた。

「だったら、死になさい。生きて念仏なんか唱えるより、あの世で甲斐に土下座したほうがいい。そのほうが喜ばれる」

「殺してくれるか、八神さん」

有嶋は無抵抗だった。逃げるそぶりも見せない。回復したとはいえ、立っているのがせいぜいだろう。なにより、本当に死を望んでいるようだ。

「江戸っ子は気が短いんだ。殺《や》るなら、さっさと殺《や》ってくれ。あんたが風邪を引くだけだ」

「なぜなの……」

雨でずぶ濡れになった。それでも問わずにいられない。

「跡目さ。それ以外になにがある。数佐に組を継がせるためだ」

「甲斐はトップに立つ気なんてなかった。くだらない策なんか練る必要もなかった」

「あったんだよ。あんたはヤクザを熟知しているつもりだろうが、しょせん刑事《デコスケ》でしかない。本人がそう誓ったとしてもどうにもなりゃしないのさ。おれがあのままくたばれば、組はバラバラに砕け散ってた」

有嶋が打ち明けた。

次代の九代目候補の中で、甲斐が圧倒的に支持を集めていた。意外なことに、有嶋の舎弟である組の長老たちや、上部団体である印旛会の最高幹部たちも甲斐を強く推していた。跡目の問題は、病の床にあった有嶋本人や、甲斐たちだけでは決められないところへ進んでいたのだ。

「『九代目甲斐組長の誕生とともに、千波組は大きな若返りを図る』。実話誌あたりが書きそうな綺麗事さ」

唇を嚙んだ。有嶋の意図がようやく理解できた。

暴力団にかぎらず、組織内では若返りと称し、若手を担ぐことがある。組織の刷新を掲げながらも、若いリーダーが本格的に力をつける前に、古株たちがこぞって組織を牛耳るためだ。印旛会の親分衆にとって、千波組の跡目問題は恰好のチャンスだった。

千波組は豊富な資金力と旨味のある縄張りを持つ大組織だ。実力者である数佐より、若い甲斐のほうが操りやすい。有嶋が病に苦しむなか、印旛会はひそかに甲斐擁立工作を進めていた。甲斐自身もそれに気づき、数佐の右腕になると決意したのだ。

有嶋は淡々と口にしたが、手は怒りに震えていた。

「印旛会の老いぼれだけじゃない。警察《サツ》のマル暴も、甲斐を組長に据えるため、千波組の者《うちもん》にあることないこと吹きこんだ。警察《サツ》嫌いの数佐が、九代目になれば面倒なことになるのは明らかだ。強欲な老いぼれや警察《サツ》の目をくらますためにも、甲斐にはヘタを打ってもらう必要があった。まだ大親分の器ではないと思われる程度にな。数佐には九代目として五年。その次は甲斐が十代目を。そんな青写真を思い描いて、策士きどりの愚かな老人が一計を案じ、取り返しのつかない失敗をした。それが真相だ」

「本当に……愚かよ」

瑛子の手も震えた。銃口がブレる。有嶋は頭を指した。

「さて、情報料として弾をいただこうか。一発でかまわん」

トリガーを引く。シリンダーが回転する音しかしなかった。拳銃を下ろす。

有嶋が目を細める。しばらくして、残念そうにうつむく。

「なんの真似だ」

「生きるほうが、今のあなたにとっては地獄でしょうから。それに私は警官よ」

「甲斐はあんたを高く買っていたが、やはり警官《ヒネ》は警官《ヒネ》か。たちが悪い」

有嶋が口を歪めた。

「引退する気はなさそうね」

「降りられん。死んだ者たちのためにも、組はなにがなんでも再建させる」

「私は潰すほうに回る。屁理屈をこねるあなたと千波組を、どんな手を使ってでも」

雨が降り続けていた。線香の火が消えないように、傘を置いたまま墓から離れた。

有嶋が瑛子の背中に声を浴びせた。

「やらせんぞ。婦警《メスポリ》ごときが！」

参道を下りながら呟いた。

「ごめん。まっとうな刑事には戻れそうにない」

鈍色に染まった八王子の街を見つめた。

雨はひどくなる一方だった。あの世にいる甲斐が泣いているように思えた。

## 29

富永は署長室の窓に目をやった。

なんとも陰鬱な空だった。昼間だというのに、街灯が道を照らし、行き交う車はライトをつけて走っている。

デスクに置いていた携帯端末が震えた。液晶画面に表示された名前を見て、思わず顔をしかめる。

「富永です」

電話に出て答えた。

〈元気にしてたか。ちょいとバタバタしてたもんだからよ。礼を言うのが遅くなっちまったず〉

太く濁った声がした。警察庁長官官房長の能代だ。

「官房長に礼を言われるようなことはとくに」

〈謙遜すんなや。お前らのおかげで、こっちは獅子身中の虫を排除できた。まったく、警察組織ってのはおそろしいところだべ。油断も隙もありゃしねえ。念のため、お前に声をかけておいてよかった〉

「なんのことか……私にはさっぱり」

富永はとぼけてみせた。

〈とくに確証があったわけじゃねえんだが、こうもズバリ的中するとはな。我ながら自分の勘の鋭さに惚れ惚れしちまう〉

能代が口にした虫とは、首席監察官の加治屋だ。能代にかいがいしく仕えながらも、その一方で部下の須藤を使い、八神の追放を企んだ。富永や八神は、過去の経緯から能代の懐刀と目されている。いくら富永が否定しても、能代が周囲に匂わせている。はた迷惑な話だった。

襲撃事件で須藤は思わぬ行動に出た。戦場と化したヤードに突入し、八神とともに凄腕のヤクザを逮捕したのだ。現場の警官であれば、警視総監賞ものの大手柄だが、監察官としては失格だった。加治屋の策略は露呈し、事件後に彼は外郭団体へ飛ばされた。

須藤も人事一課内の怒りを買って左遷された。船橋に自宅があるにもかかわらず、あきる野市の警察署の副署長に任ぜられた。罰俸転勤と呼ばれるもので、通勤だけでも片道二時間半はかかる。警察を辞めるまで、自宅からなるべく離れた職場に異動させられるのだ。外郭団体への出向を命じられたときに気を失った加治屋とは対照的に、須藤は左遷を快く受け入れ、今では新しい職場で楽しく働いているという。あきる野市内に安アパートを借り、しばしば独身寮の若手たちと酒を酌み交わしている。

上の顔色ばかりうかがうキリスト須藤が、下の者となじむなど考えられない。第九方面の署長や幹部らは驚いているという。おそらく、彼も八神に感化されたのかもしれない。

須藤が八神の悪行を摑み、所属長である富永をも葬り去る可能性はあった。あえて彼の調査を放置したのは、こうなる予感がしたからだ。

能代は小さく笑った。

〈お前を上野署に据え置く……やはり名案だったな〉

「私もこの土地を気に入ってます」

〈そりゃいい。とりあえず秋までいてもらおうか。なにしろ、お前と八神は強力な誘蛾灯だ。内から外から、これからも虫が飛んでくる。バチバチ焼き殺してくれるのを期待してるぜ〉

「花園の件をお願いします」

〈おう、人事二課に話しておく。やっこさんは栄転だ。瑛子ちゃんをぴったり監視できたっていうなら、どこの部署でも活躍できるだろう〉

電話を切った。

能代の言葉は脅しではない。八神は深い絆で結ばれた仲間を失っている。監察係から刺客も放たれた。事件後もいつもどおりに振る舞ってはいるが、傷が癒えたとは思えない。

今日の彼女は珍しく休暇を取った。仲間の弔いのため、八王子の墓地へ行っているという。

富永は再び判子を手に取って、デスクワークに取りかかった。

## 主要参考文献

『外国人労働者をどう受け入れるか　「安い労働力」から「戦力」へ』ＮＨＫ取材班／ＮＨＫ出版新書）
『警視庁監察係』今井良／小学館新書
『現職警官「裏金」内部告発』仙波敏郎／講談社
『新　移民時代　外国人労働者と共に生きる社会へ』西日本新聞社編／明石書店
『「中国全省を読む」事典』莫邦富／新潮文庫

# 解　説――〝本物〟たちが奏でる苛烈極まりない怒りの哀歌《エレジー》

宇田川拓也

いきなり余談から始める愚をお赦しいただきたいが、本稿執筆に取り掛かる際、ふいに二〇一一年の熱い記憶が甦ってきた。

街の本屋の店員である筆者のもとに、幻冬舎営業氏が届けてくれたゲラ（校正用の試し刷り）の束。自信に満ちた猛アピールと売り場での大きな展開を乞う熱意に押され、「これはただごとではない」と早速読み始めるや、荒ぶるエンタテインメントというべき問答無用の面白さに快哉を叫んでしまった。

犯罪者を追い詰めるためなら違法捜査や暴力も辞さず、警察関係者相手の〝金貸し〟として君臨し、裏社会の人間たちとも通じる美貌のアウトロー刑事が発するダークな魅力。警察官としてあるまじき道に外れた行ないに隠された、夫の死の真相究明への執着と復讐心、警察組織に対する憎悪から立ち昇る黒い熱量。そしてページをめくればめくるほど加速し、激化していく火を噴くような疾走感。それが世に出る前の深町秋生『アウトバーン　組織犯罪対策課　八神瑛子』であった。

この一作が刊行されるや、読者から大いなる歓迎を受けたことはいまさら説明するまでもない。街の本屋でもたちまち三桁の冊数が飛ぶように売れ、続刊『アウトクラッシュ』（二〇一二年）、『アウトサイダー』（二〇一三年）とあわせて四十万部を超えるベストセラーシリーズへと成長を遂げる足掛かりとなった。デビュー作『果てしなき渇き』（第三回『このミステリーがすごい！』大賞「大賞」受賞／二〇〇五年）以降、暴力にさらされた極限状況下の人間たちを容赦ない筆致で描き、注目を集めてきた著者が物語に込めた尋常ではない熱。それが版元と本屋の「売り伸ばしたい」という気持ちを奮い立たせ、その増幅された熱がさらにセールスという形で読者に広がっていったあの高揚感は、鮮やかに胸に残り、いまも冷めることはない。

さて、本書『インジョーカー』は、そんな人気シリーズの第四弾。二〇一八年に書き下ろしで刊行された単行本を文庫化したものである。

物語は、瑛子が木造建築のボロ屋を監視している場面から幕が上がる。

生活困窮者の自立支援を目的とするNPO法人『ふたたびの家』とされているそこは、じつはホームレスや野宿者を狭い部屋に閉じ込めて飼い殺し、生活保護費を巻き上げる〝囲い屋〟の根城だった。常務理事の安西が戻ってきたタイミングで家宅捜索に着手した瑛子たち組対課は、薬物を押収するなど想像以上の成果を挙げる。

だが、上野署の署長となって三年目の富永昌弘には、その朗報を受けても心が晴れない気掛かりなことがあった。春の人事異動に、あるべき自分の名前がなかったのだ。キャリアなら所轄の署長は二年で異動となるのが通例だ。上層部に睨まれたのか、それとも秘かに特命でも帯びているのか――組織内で様々な憶測が飛び交うなか、警察庁刑事局長から警察庁長官官房長へと出世した能代英康より連絡が入る。それは人事に関する驚くべき真相と瑛子に迫る危険を報《しら》せるものだった。

いっぽう、元極道の世古雄作は、都内の中国人社会の老板《ボス》のひとり、呂子健《リュズージェン》の手引きでネパール人のカルマとベトナム人のファンと組み、暴力団曳舟連合の息の掛かった闇金を襲撃。七千万円を強奪するが、呂から伝えられていた一億五千万円とはほど遠い結果に怒りを覚える。組のために刑務所で八年を過ごした自分に待ち受けていた報われない境遇。それはブローカーを介して稼ぐために来日するも、使い捨て同然の手酷い扱いを受けてドロップアウトしたカルマとファンも同様だった。騙され、こき使われ、搾取され続ける終わりのない無間地獄。三人に呂は、つぎの仕事は四日後だと告げる……。

作中では『アウトサイダー』の結末から一年しか経過していないが、本作は上梓《じょうし》されるまでに約五年という短くない時間が流れている。その間に著者は、『猫に知られるなかれ』（二〇一五年）、『バッドカンパニー』（二〇一六年）、『ショットガン・ロード』（二〇一六年）、『卑怯者の流儀』（二〇一六年）、『探偵は女手ひとつ』（二〇一六年）、『PO　警視庁組対三課・片桐美波』（二〇一七年）、『ドッグ・メーカー：警視庁人事一課監察係　黒滝誠治』（二〇一七年）、『地獄の犬たち』（二〇一七年）、『死は望むところ』（二〇一七年）、『オーバーキル　バッドカンパニー2』（二〇一八年）といった、自身の作風を拡げ、評価を押し上げることになる優れた作品をいくつも完成させており、その飛躍と蓄積が本作にも反映されている。たとえば、これまでの三作に共通していたリアルに縛られない猛烈な疾走感でストレートに突き進む構成が、外国人技能実習制度の矛盾、不当な労働によって疲弊していく人間の深い苦悩と渦巻く怨嗟など、現代社会が孕むリアルな闇に着目した奥行きのあるものへとバージョンアップしている。主要登場人物たちの立場や意識、抱えている問題の変化がこうした世相を背景とすることで、より真に迫ったものになっているのだ。

この構成の違いは、本作のテーマ性と決して無関係ではない。『インジョーカー』というタイトルは単に前三作で統一されていた〝アウト〟を転じてみたわけではなく、「人間の内なる戦い」を象徴している。

『アウトサイダー』で夫の復讐を成就させた瑛子だったが、その相手は奇しくも自身を鏡に映したような〝怪物〟であった。怒りをぶつける一番の敵がいなくなったことで、異端の刑事であり続ける理由が失われたいま、それでも手を汚しながら捜査にのめり込む瑛子は、まさに禁断の力に味を占めたあの〝怪物〟と変わらない存在といえた。つまり犯罪者を追い掛けるだけでなく、危うい己とも向き合わなければならない難題を背負うことになるのだ。

このテーマは、瑛子だけでなく他の登場人物たちにも重く課せられる。なかでも瑛子を潰すための刺客として放たれる〝警察のなかの警察〟警視庁警務部人事一課の監察官である須藤肇は、警察官の在り方を問い、本シリーズの警察小説としての格をさらに上げるほどの重要な役割を果たすことになる。

ひとは誰でもその内側に、弱さや愚かしさ、欲や驕りといった様々なものを秘め、時に囚われ、抗いながら生きている。そうした内なる戦いを通じて本作が描き出すのは、どんなに卑しき世界にあっても潰《つい》えない〝本物〟とはなにか――である。正義、信頼、愛情、矜持、義理――こうした目に見えないが尊び忘れてはならない肝要を識《し》る人間たちの〝本物〟の輝きが、作中で何度も胸の奥に熱を灯す。

それは同時に、いまこれらを軽んじ、のさばる輩と世相に対する著者の憤怒の顕れともいえ、瑛子と世古それぞれのパートが収斂し、ページから血まみれの死と暴力が迸《ほとばし》るような苛烈極まりない大活劇が繰り広げられるクライマックスは、さながら〝本物〟たちが奏でる怒りの哀歌となって盛大に轟く。活劇をシークエンスのひとつとしてだけでなく、これほどまでに読む者の感情を揺さぶる得物として使いこなす作家は、深町秋生を措いてほかにいない。〈組織犯罪対策課　八神瑛子〉シリーズは本作を機に、より悪に対する怒りを滾《たぎ》らせ、あるべき正義を問う警察小説として、新たな次元に突入したといえる。

最後に、本作もこれまで同様、大変続きが気になる結末となっているが、本書が発売される二〇二〇年八月現在、幻冬舎の月刊文芸誌「小説幻冬」にて続編「ファズイーター」の連載が進行中だ。

『インジョーカー』の事件から四か月後。秋葉原の北側、住宅街にある台湾料理店が覚せい剤の密売拠点であることを察知した瑛子は、家宅捜索の際、現場から逃走を図った千波組系斐心組の清谷を逮捕する。そこに組対課長の石丸から瑛子も絶句する連絡が入る。池之端交番で夜勤の若い巡査がナイフを持った男に襲われ、指を切り落とされるケガを負い、拳銃を奪われそうになったのだという。犯人はただちに逮捕されたが、品川では何者かに元警察官が至近距離から頭を撃ち抜かれる射殺事件が起きたばかり。警察関係者を狙ったさらなる犯行が危ぶまれるなか、清谷の取り調べを進める瑛子たち。すると、この数か月の間に大物ヤクザが立て続けに事故死、失踪しているが、これからもっと多くの血が流れると清谷はいう……。

退屈を一瞬で焼き払う深町秋生が紡ぐ荒ぶるエンタテインメントは、ますます血の色を濃くし、熱く激しく進化しているようだ。連載終了後、二〇二一年には一冊にまとまることだろう。火傷を覚悟して、大いに期待していただきたい。

——ときわ書房本店　書店員

この作品は二〇一八年七月小社より刊行された
『インジョーカー』に副題をつけたものです。

# インジョーカー
## 組《そ》織《しき》犯《はん》罪《ざい》対《たい》策《さく》課《か》 八《や》神《がみ》瑛《えい》子《こ》

深《ふか》町《まち》秋《あき》生《お》

令和2年8月10日　初版発行

発行人――石原正康
編集人――高部真人
発行所――株式会社幻冬舎
〒151-0051東京都渋谷区千駄ケ谷4-9-7
電話　03(5411)6222(営業)
　　　03(5411)6211(編集)
　　　振替00120-8-767643
印刷・製本―図書印刷株式会社
装丁者――高橋雅之

検印廃止
万一、落丁乱丁のある場合は送料小社負担で
お取替致します。小社宛にお送り下さい。
本書の一部あるいは全部を無断で複写複製することは、
法律で認められた場合を除き、著作権の侵害となります。
定価はカバーに表示してあります。
Printed in Japan © Akio Fukamachi 2020

幻冬舎文庫

ISBN978-4-344-43010-5　C0193　ふ-21-5

幻冬舎ホームページアドレス　https://www.gentosha.co.jp/
この本に関するご意見・ご感想をメールでお寄せいただく場合は、
comment@gentosha.co.jpまで。